像树一样生长

宁静 ◎ 著

陕西新华出版

太白文艺出版社 · 西安

图书在版编目（CIP）数据

像树一样生长 / 宁静著 . —西安：太白文艺出版社 , 2023.7

ISBN 978-7-5513-2416-8

Ⅰ . ①像… Ⅱ . ①宁… Ⅲ . ①散文集—中国—当代 Ⅳ . ① I267

中国国家版本馆 CIP 数据核字 (2023) 第 117846 号

像树一样生长
XIANG SHU YIYANG SHENGZHANG

作　　者　宁　静

责任编辑　黄　洁

整体设计　悟阅文化

出版发行　太白文艺出版社

经　　销　新华书店

印　　刷　成都市兴雅致印务有限责任公司

开　　本　880mm×1230mm　1/32

字　　数　245 千字

印　　张　10

版　　次　2023 年 7 月第 1 版

印　　次　2023 年 7 月第 1 次印刷

书　　号　ISBN 978-7-5513-2416-8

定　　价　78.00 元

献给我的父母，感恩你们给予我生命，竭尽所能地爱护我。

献给我的爱人，以及所有的亲友，谢谢你们出现并陪伴在我的生命里。

献给刘小童——我的小家伙，妈妈答应为你写本书，你是妈妈把这些文字付梓出版的最大动力。

献给亲爱的自己，谢谢你，四十多年里从来没有放弃向光向暖去成长。

自　序

回溯一棵树的生长

原本只想把近两年来发布在微信公众号上的文字简单结集，整理时扒拉出不少旧文，索性按时间给文章排了顺序，结果发现它们散落在我从大学毕业至今的二十年里。一不小心，我就从 20 多岁的青春女孩成为如今 44 岁、上有老下有小、诸多角色加身的中年女人。

这些当时有感而发的文字，写时没有谋求过特定的主题，也没有想过有朝一日会结集出版。如今再去审视它们，倒好像飘落在人生小径上的落红片片。

我不由得捡拾起这片片落红，循着文字的脉络重回过往，去找寻自我成长的蛛丝马迹，去看看现下已经尘埃落定的很多人事，再看看当下的自己，是怎样从来处一步一步地走到了现在。

很多文字重读起来相当陌生，想来也是，那是蝉蜕的无数个自己在发声。不过无论如何，读着读着，总归还是会像在阳光铺洒的马路上迎面遇见了老朋友，擦肩而过的瞬间，心里涌上恍惚的唤醒和回神的感慨。

整理中我也越来越觉察到，这些看似零散的小文总让我心中浮现"像树一样生长"的意象。仔细回味，这些文字的渡船曾经一次又一次地载我重回心灵的故乡，去联结内心深处的自性，让生命像树一样去开枝散叶，努力把这普通人生过得率性、有趣和自洽。

同朋友聊起这些感触，他说："出本书吧，多好，就像回溯一棵树的生长。"

好，那就出本书，让我带你一起，来看看那些曾经触动我的况味，看看柴米油盐酱醋茶的生活，看看平凡如树的人生，经由岁月，怎样以自有的速度、轨迹在自然地生长。

2022 年 9 月 23 日

目　录

CONTENTS

向己旅行

透过生命交会的时刻

归乡深处

琐屑的美好

向己旅行

无论到哪里，都不比你自己的灵魂更加安宁，更远离干扰。

——[古罗马]马可·奥勒留

那些以为能通过远离家乡的旅行来解决一切问题的人，那些以为盯着古代斗兽场或是一尊长满青苔的巨大佛像就能找到答案的人，都等于是把废墟带入了废墟。无论他们走到哪里，也无论做什么，那悲伤的自我都会如影随形。

——[美]拉尔夫·瓦尔多·爱默生

轻梳我的长发

我以为再也不会有人疼惜地帮我打理一头长发了。

我留一头长发，不飘逸，不柔顺，不光亮。

我留一头长发，一度剪短之后又蓄起它。

我留一头长发，并非喜欢，皆因受困于自来卷的飞扬跋扈，不会打理，只好如此。

满头乱发的日子，成串成串的颓废、迷茫，怠于打理它，就像惰于梳理刚刚踏进这座城市兵荒马乱的心情。

如果还在大学，玲姐会一把拉住出了澡堂仍然披头散发的我，耐心地替我理顺缠在一起打结的头发。

梳子摩擦头皮，温柔穿行发间，恰似双手轻抚心田。同玲姐的友谊，仿佛就这么一下一下地梳出来。

她不时地会问："重不重？疼了你就说啊。"抑或大惊小怪地喊："啊，不小心扯着了，对不起。"

对于她的小心翼翼，我先是不以为然。随着她一次又一次地重复询问，时光倒流，好像自己又变成那个七八岁的小女孩，一脑袋多得不像话的乱发被外婆苍老的手握住，一下一下地梳通。

外婆皲裂的手老要勾起发丝，不过，外婆下手比妈妈轻多了，更不会因为头发太长太多，半天梳不开就急躁骂人。反倒是我不断地要求加劲，把辫子或者马尾扎得紧一些再紧一些。

"这下够紧了吧？不能再紧了，扯着头皮你不疼啊？"外婆手上加力，总要不放心地确认。

"不行，太松了，再紧些，紧了几天不梳都看不出来。"

"没事，娃，隔两天你就回来，我再给你梳。"

如今初入社会，虽说经历了公务员笔试、面试，成为当年学校考入这座城市海关体制的三个人中的一个，但对于这样的结果，我其实是茫然的。就像一直以来的读书考试，跟着大部队行军，一仗一仗地打，一关一关地闯，事情仿佛就自顾自地去往它该去的地方。相对于工作的顺利，分离的不适，爱情的迷茫，内心的冲突，都快让我跟不上现实的脚步。

录取后，首先遇到为期三个月的岗前军训。从学校宿舍切换到部队营房，全封闭管理，戒备森严，操练严苛。与头发有关的烦恼再次凸显出来，洗澡是在公共澡堂，男女分时间段，女生先洗，留给几十个女生的是固定的二十分钟，所以，每次洗澡都像打败仗撤退，湿漉漉夹缠的长发尤其显得拖累。于是，我干脆拿毛巾胡乱裹住回到宿舍再梳。

没了外婆、朋友的援手，对于头发，我又回归了冷酷地对待，生拉硬扯，梳子所到之处一片残败。心里总响起愤愤的骂声："闷人（方言，陕西话，笨人的意思）多头发！长这么多头发干什么，烦死了！"

显然我的焦躁、野蛮被睡在上铺的姑娘尽收眼底。她先是诧异，几度发声制止，终至忍无可忍，抢过梳子，把我摁在马扎上，"哎呀，你轻点儿，多大的仇怨，看着都疼，让我来"，不由分说就接管了阵地。

刚开始，洗澡前，她总不放心地警告我："要是你先回来，等我。你的头发不许动，原封不动地给我留着。"

"好，给你留着。"我笑着答应。

轻梳我的长发，有时，她会捏起几根掉落的发丝到我眼前，慢条斯理地说，"看，才掉了几根。你要像我这么梳，慢一点儿，轻一点儿，是不是，也没你说得那么难梳不是？"枯黄的发丝在她葱白的指间微颤，依稀有了生命。

有时，我们也沉默。她自顾自地梳，我一任思绪飘飞，童年、故乡、外婆、玲姐，过往种种，一度逝去的昨日恍然重现。

有时，头皮的麻木似乎悄无声息地裂开了缝隙，成长岁月中对于发肤乃至自己的不以为然，仿若冰下泉流，隐隐有声。

再有时，我甚而"娇气"地喊"疼疼疼"，心安理得地听帮我梳头的她连声道歉。

轻梳我的长发，在他乡的日子里，我学着像外婆、朋友一样去打理它，感受那份温情、那份善意，以及那份缺失的对自己的关爱。

（2002 年 1 月）

瞬间的微笑

上午十一点半。

"我们到机场了。"郑耀说。

略微收拾了下，苏眉打车赶往约定地点。

当苏眉风风火火地闯进香格里拉酒店大厅，一头扎向总台，正待向服务员打听时，不经意地瞥了瞥身边的人，大脑兀自反应了下，在一堆堆的信息中快速筛选，然后意识中有什么东西快速闪烁了下，苏眉无暇捕捉，眼睛已先行一步注意到身旁，眼神刚好撞见近在咫尺的郑耀。

四年多分离时光由模糊到清晰，苏眉仿佛从一辆飞速前进的列车上跳下，耳听得震耳欲聋的轰鸣声瞬息远去，站在渐渐安静的站台上，看到被时光相机聚焦后的景象，无比清晰，无比宁静。是他，分明无比熟悉，但毕竟透着一点点陌生。

在冷热交织的感觉里，苏眉的手径自拍了拍他的肩膀，她听见自己的声音响起："嗨！"她自己也被这不假思索、熟稔无比的动作和招呼吓着了。他笑，痞痞的笑绽放在略微发胖的脸上，平添了几分温和。她灵魂脱窍样的眩晕和呆怔，眼见着他指指身旁："这是××。"她才惊醒样地冲他的伙伴问好。

等着他们办完入住手续，跟随他们到达房间。他的朋友忙着上网处理事情，她和他并排坐在沙发上。

四年离别堆砌的陌生，以及曾经沧海造就的苍凉，在不多的言语交谈里，在不时的眼神交流里，慢慢融化。

她不大看他，甚至刻意平视前方，但她能感觉到他搜寻的目光，带了穿透力样，把一点点痛的、酸的、甜的、苦的悉数传达进心里，汇聚到一处，调和成难以言说的烧灼感。

她知道，他嘴角一定洋溢着一丝笑意，顺着弯弯的唇线流淌开去，与眼神里研判的、戏谑的笑相互碰撞，擦出灿烂的火花。她仿佛听见他说："小姑娘，你是不是怕羞啊？"这句六年前初识时北京公交车上的戏谑之言在幽幽的时间隧道里回荡，如天空中绽开到极致的烟花，璀璨过后，归入黑暗、沉寂，仿佛梦一场。

她佯作嗔怒地猛然扭头，冲他恶狠狠地嚷嚷："看什么看！"但目光虚虚一晃，掠过他的面孔，看向别处。她不敢看他的眼睛，怕掉入轮回，怕历经战栗，就像怕历经幸福。

她往电水壶里加水，他跟进卫生间，拦腰抱住她，脸深深埋进她的颈窝，叹息样地低语："让我抱抱你。"她被他突如其来的动作烫着了，愣愣地站着。他的叹息仿佛嘘出了胸中淤积已久的一口气，是放松，是释然，是感叹，或许还有无奈。她的心无来由地一阵酸楚，心里似乎满满的都是感慨，又似乎空空落落，一无所有。她看见迎面镜子里的自己，眼神古怪，眼底隔着一层东西，厚厚的，没有反光。

他们拥抱。隔着四年的时光荏苒、似水流年、物是人非；他们沉默，原谅了当年的痛彻心扉、刻骨铭心、大喜大悲。时光让他们握手言和，磨砺让他们宽容平和。他们听见彼此的心跳，听见彼此沉默的语言，告诉他们美好，告诉他们珍贵，告诉他们坚持，告诉他们珍惜。

他哑着嗓子说："其实，有时我很恨你。你的放弃，让我觉得没有目标。我不知道读书给谁看，不知道读完书回国有何意义。"

她轻拍他的背，在他的肩头看见镜中的自己，一脸黯然，泪如雨下。

"傻瓜，又哭了？"他轻声问。

"都怨你，非要把我惹哭。"她接过他递来的纸巾，破涕为笑。

"傻啊你！"他拍拍她的脸，像对付一个顽皮的小孩子。

"出去吧。"她说。

他点点头。

午饭时他又恢复了满不在乎、嘻嘻哈哈的样子。上菜期间，他和同伴在打牌，玩得不亦乐乎，她静静地瞅着他们，突然觉得恍惚。他不时抬眼看她，递过来几句话。席间，她和他斗嘴笑闹，暂时抛却了现实的纷扰。吃完饭出门时，他冲一旁笑看热闹的朋友说："其实，我们两个挺好的，要不是她当年不珍惜，现在……"他打住话头，瞅见了她制止的眼神，没再往下说。

她知道，往事无法重来。即使很长一段时间，它如涓涓细流，隐隐流淌在生命深处，若即若离地触动灵魂，甚至引发刻骨的震颤，让人以为昔日重现。但也只是无限接近，一线相隔，即成永诀。用时光的公式计算，无限的近等于无垠的远。他们别无选择，所以他们选择原谅时光。原谅时光让过去的过去，让现在的继续，让未来的等待。而那照耀了旧时的太阳，不单含笑见证了流逝，亦见证着成长。

她在便笺上写下这样一段话——

既已无心，何必不忘。
既然无缘，何须誓言。
今日种种，似水无痕。
明夕何夕，君已陌路。

他小心收起，仿佛以往珍藏她写给他的长长的书信。
在明亮的阳光下，他们微笑。
原来，青春，是一个瞬间的微笑；原谅，是一个微笑的瞬间。
在心中默默道声：珍重。

（2006 年 2 月）

我从远方赶来，恰巧你也在

"我对你俩的拍摄有个想法。"栾镜片后的眼睛连同脸上的几个小疙瘩都放着光，"灵感来自《诗经》'执子之手，与子偕老'，我们以'携手'为主题，突出人，弱化外景的地理属性……"

栾是一腔热情的摄影爱好者，业余兼职做摄影师。我们通过朋友才认识他。

栾还在喋喋不休地说着，身边的爱人紧了紧我的手。我看他，跌进他的笑里，是静静的水波荡漾，恍若漫漫光阴从我们相扣的指缝间无声地滑过。他的手，一如既往地宽厚、温暖。

那时候，我和他一起"轧马路"，我们被商店喇叭里《生如夏花》的歌声勾了魂，顺脚拐进店里去，接着我又被琳琅满目的各色小玩意儿闪了眼。这个掂掂，那个摸摸，过足手瘾了，末了却怎么也无法把掏出来的东西原样塞回去，毛手毛脚一阵后，糗出了一头汗。他先是静静地等在一旁，见状过来解围，三下五除二，物归原样。我不好意思直视他，冲着镜子里的他讪笑，他冲我温和地眨眨眼。那是我们第一次约会。

那时候，因一场意外，我伤了手，左手拇指的指腹生生被撕掉了一块肉。当晚急诊后做了应急包扎，大夫一再强调次日要去专科医院会诊，好决定是否需要手术植皮。手疼了一整晚，第二天一早他就来敲门，带我去看大夫。医生助理拆开包扎，血立刻涌满指腹，吧嗒吧嗒地往下滴，须臾脚边殷红一片。我前面排着几个病患，专家见怪不怪、慢条斯理地问诊。空气中混杂着来苏水、酒精、腐肉的气味，时不时有人呻吟出声或者吃痛大喊。他急了，冲上去跟专家理论，要人家先给我止血。老头抬眼怼他，到底还是把我喊过去，托着手端详半天，又喊过来两个人，一番嘀咕，末了还不忘跟带的学生说："要是按书上，这个情况最好手术植皮，不过依经验判断，她这程度要是直接处理，组织是可以自己修复的……"给我清理伤口时又说"忍一下，会疼"。我佯装无所谓，忽而他的手握紧了我另一只手，紧紧地握住，连同我飘忽彷徨的心。那时我们初识。

那时候，很长一段时间里，他牵着我的手，奔走于医院和住处间。在天空白茫茫的早晨，半开的卷帘门，杂沓的脚步声，川流不息的车流……我们看到过这座城市的苏醒、纷乱和茫然。在阳光当头的正午，尾气、嘈杂，各种汇聚的声浪和气流，我们看到过这座城市的奔忙、喧嚣和疲惫。在夕阳西下的黄昏，晚霞、轻风、碎语、薄雾，我们看到过这座城市的闲适、从容和静谧。在霓虹闪烁的暗夜，蓝黑的天，翻卷的云，涌动的海，浩荡的风，我们看到过这座城市的孤独、伤痛和柔软。彼时的我们，坐着公交车，穿过长长的街市，从东到西，从西到东，好像永不知疲倦。有时，他拍拍我的脑袋，戏谑着说："折腾一通，找回一个傻乎乎的家伙。"那时，我们一点点相识。

那时候，我还没有从上一段情伤中恢复，与他相识的好感抵不过内心的冲突。短暂交往后，我发现无法投入一段新感情，于是决定分手继续漂着。之后一帮朋友聚会，我喝多了酒，被某位曾拒绝过的追求者殷勤地送回去，昏昏沉沉间那人强吻我，我奋力推搡，忽然听见那人连声地告饶，说是个误会……神志涣散里，他来抱我，我胡乱地一通踢打，等到听清是他的声音，放了心，失去了知觉。

次日，我在烟熏雾罩里醒来，发现他守着醉酒的我抽了一夜的烟。我把头埋进被子里死也不出来，他隔着被子一下一下地拍着我，一字一句地说："昨晚我真想揍你！不过，一晚上我也想明白了，可能真是上天派我来守护你的。昨晚给你打电话，那边乱哄哄的，到后来就死活打不通了，我觉得心烦意乱，担心你有什么事，多亏赶来了……我们是分手了，不过你要记得你的承诺，缓一缓，好好对自己。以后像这样的混蛋，来一个我揍一个……"那时，我学着放下心结，真正开始进入一段关系。

那时候，即便决定投入一段关系，我还是会习惯性地害怕付出，怕受伤。内在是脆弱而任性的孩子，莫名其妙地就会竖起浑身的尖刺，扎着想要靠近的人。很多次的歇斯底里中，我动辄就会投掷"分手"的匕首，内心涌起不顾一切想要毁灭的冲动。记得那一回，在又一次因鸡毛蒜皮引发的冲突里，一向包容又好脾气的他被彻底激怒，他气到不行，转而抢起拳头狂怒地砸门，三合板的门成了破烂的木板。我兀自铁着心肠不看他，一迭连声地要他滚。他哑着嗓子说："你心里有伤，我知道。我也知道，真正的你不是糟糕时候看到的样子，你只是需要时间一点点养回原来的样子。所以每一次，无论你脾气多么差，我都能担着。但是，能不能别一吵架就提分手，你每说一遍，我的心就像被砸了一锤。就像这门，风暴过后是会留下疤痕的。"我去看他，他耷拉着身体，双手肿烂一片，那么高大的一个人无助得像个孩子，我去拉他，受伤的心开始有了疼痛的感觉，眼泪一滴一滴地掉到他手上，那一刻，第一次，我抛开"自尊"，学会道歉。

那时候，我们在租屋里养过一只吉娃娃，因为一开始它还没有被训练好大小便，所以我们叫它臭臭。臭臭是刚满月的小狗，带回来的时候活蹦乱跳，一星期后，突然开始呕吐、便血。朋友说我们买了"星期狗"。我给卖狗的人打电话，对方先是抵赖，到后来再也打不通电话。我又着急又愤怒，要去找那人当面理论。

他拦住我："现在不是较劲的时候，臭臭是我们的狗，当务之急是救它的命。他不管，我们要管。"那几日，我们抱着臭臭四处奔走，最终它还是离我们而去了，我守着它哭得肝肠寸断。

他无言，紧紧地抱住我。之后我们收养了一只流浪小猫。在我们的分工里，小猫的吃喝拉撒基本上全是他料理，我主要负责逗弄、嬉戏，他每每打趣："我的天！两只猫，两个太后。"

那时候，我慢慢把手交给他，我们手拉手逛遍了这座城市的大街小巷。我和他挤入人山人海的会场，流连于炫目的各色摊位、店铺前。走着走着，我突然意识到，不知何时，多年来在我内心曾掀起过滔天巨浪的不安、漂泊，以及极度的自我否定和攻击，在这温暖的人间烟火里，已悄无声息地一点点被融化。无数次，也和这个人，在快乐的夜晚，点燃冷焰火，一起手牵着手走上海中大坝，海浪拍打着堤坝，身后是灯火闪烁、嘈杂纷繁的城市，面前是茫茫、幽深的前路，我们满怀着甜蜜与憧憬，相视而笑。就是那个时刻，我们在心里默默许下了一个执子之手的承诺。

现在，那些照亮我的时刻，在我们的眼中流转。

年少轻狂、意气风发的青春终将渐行渐远，携手的我们还是会一路向前。

我直视着他的眼，耳边又一次响起第一次约会时朴树那首勾了我魂的歌：

也不知在黑暗中
究竟沉睡了多久
也不知要有多难

才能睁开双眼

我从远方赶来

恰巧你们也在

......

（2008 年 5 月）

老 地 方

一、准　备

鞋：他的，奶白色皮鞋一双，白色球鞋或板鞋一双；我的，金色或红色高跟鞋一双，白色球鞋或休闲鞋一双。

袜子：他的，白色、黑色各一双；我的，肉色或透明连裤袜两双，隐形文胸或胸贴。

衣服：他的，淡蓝色、紫色竖条、粉白色衬衫各一件，淡蓝色牛仔裤一条，藏蓝色西装一套，白色开衫一件，橙红色短袖、土黄色短裤各一件。我的，蓝绿纱裙等裙子三条，白色开衫一件（与他的可配情侣装），牛仔短裤一件，白色 T 恤一件，蓝白色牛仔长裤一件......

配件：他的，粉色领带一条，夸张项链一条，手表一块（我送的），戒指（与我的是情侣戒），太阳镜。我的，项链若干条（其中一条可与他的项链配成情侣链），耳环若干对（可在穿自己带的便装时用上），戒指，阔檐遮阳帽，腰带，太阳镜……

道具：玩具猫（他送的）；扎啤杯（大小各一对，共四个），青啤大、中、小瓶各两瓶，共六瓶；遮阳伞，坐垫，粉色玫瑰花束……

其他：湿巾，纸巾，吸管，防晒霜，相机，电池，面包，水，巧克力，饼干……

这是摘录的我为明天拍照列的清单。

"还要准备什么？"我问化妆师嘉宝。

嘉宝是个性格泼辣、做事干练、巧舌如簧的女孩子。我的好朋友向我推荐了她。

第一次联系，我的话音还未落地，她的声音就伴着一串爽朗的笑从听筒里传了出来："尽管准备一大筐问题来，我一个个回答你。"可怜我老人家先还认真筹思半天，结果却是成了咿呀学语的小孩，只有不断重复"嗯""啊"之类语音词的份儿，嘉宝姐姐那个口若悬河、滔滔不绝啊，从上午十点至下午四点半不带停歇的。等到我好不容易头昏脑胀地从口水堆里爬上岸，才惊觉不但婚礼当天的婚纱、礼服在她家预订，而且以这"大侠"为轴心，婚纱照、婚礼当天的摄影、摄像、跟妆，全由她替她的合作伙伴搞定了。

虽说嘉宝工作室的女装质地、款式一流，男装却是"一套独秀"。好在跟摄影师沟通后，我们的婚纱照以"携手"为主题，自由拍摄，可以夹杂部分情侣照乃至生活照，可以穿了自己的衣服牵手留念，还是很有吸引力的。

这不，明天就拍照了，稳妥起见，我们打电话跟嘉宝确认有无未尽事宜。

"什么都不用准备，要做的就是放松。"嘉宝大大咧咧地说。

"指甲要不要做？"

"做不做都成，我们不强迫客户。记住，明天一定要放松，表现出你们最自然最好的一面。还有，今晚早休息。"

挂了电话，我们相视苦笑。其实猜也猜到了，问了也白问。

也成，放松就是最好的准备。

二、晚　点

天气预报说今天多云，不承想却艳阳高照。

摄影师栾说，这是上天赏赐了我们一个太阳，一个大大的微笑。

刘先生找了朋友郭洋和小宋帮忙，郭洋开车，小宋帮我，我们约好七点在嘉宝工作室会合。

闹钟六点准时把我们叫醒，洗漱收拾，紧赶慢赶，待到出门时已过了七点，我们像两只受惊的青蛙，弹跳到青天白日下。

昨天列入清单里的东西此刻成了他手里一大一小的两个箱子，以及我连抱带拎的一堆道具。早间的风，清爽和煦，不时荡起树梢的枝叶，仿若朝着两个跌跌撞撞、气急败坏的人窃笑。

大约十分钟后，我们冲进了嘉宝工作室。我打落了他悄悄劝慰的手。他走到窗边，抖擞着衣襟，大口地喘气，汗渍亮晃晃地刺了我的眼。我的心里涌起细微的心疼，原先的气恼一点点消散了。

化妆时，他不时探出头，冲我做鬼脸，说话像抹了蜜："亲爱的，你真漂亮。"嘉宝抿嘴嗤笑。

化妆间隙，他过来拉我的手，郑重地说："我爱你，别生气了"。

我笑骂："哪里来的青蛙，呱呱乱叫。"

三、我们的队伍

我们这支外拍队伍：司机郭洋、陪同小宋、摄影师栾和助理乔杰、跟妆师小肖，还有新娘和新郎的我们。

栾是兼职但颇有才华的摄影师，几次交流之后发觉我们很是投缘，于是成了朋友。

乔杰诙谐幽默、点子多多，是搞活气氛的专家。

小肖是嘉宝的徒弟，灵秀可爱、善解人意。嘉宝今天有约，早起替我定了妆，派小肖一路跟着我们。

郭洋、小宋来接我们。在一阵惊喜的尖叫声中，我们知道了嘉宝是他们当年结婚时的化妆师。

上午九点三十分，新朋加旧友，我们整装待发了。

四、我们的道具

粉色玫瑰，十九朵，做成手捧花形状，在淡黄色的包装纸簇拥下灿烂盛开。

情侣戒指，我和刘先生逛台东夜市时对它们一见钟情，把它们套在了彼此的手上。

小睡猫，刘先生送我的小布偶。粉色，耷拉着眼皮，一副要睡不睡、将醒未醒的样子。初识时，有次我们约会，我一眼被玩具店橱窗里的它给吸引了，频频回首。几天后，他买下送我，并告诉我，它是我们家的正式成员了。

红绳，粗细各一卷，栾准备的，取千里姻缘一线牵之意，也是本次主题拍摄的重要道具。

青岛啤酒、扎啤大杯，开怀共饮时的道具。

服装、鞋子、首饰……小宋对着我们大包小包逃荒样的一堆道具连连打趣："你们干脆弄个房车，我们就此环球旅游得啦。"

栾对于我们精心准备的玫瑰花束大叫："花怎么弄成这样了？太土了！这难道不是婚礼当天的手捧花吗？"

满腔热情遭了兜头的一盆冷水，我老人家面带笑容、咬牙切齿地挤出几句话："嗯……土就土吧，我们就喜欢。谁敢说不行！"

五、争　执

拍摄时，栾无情地否定了我们若干天马行空的想法。

"拍摄重点是人，是你们感情的流露和对主题的表现，景致只是衬托，如果在景点间疲于奔命，反而会分散精力，弱化主题。当然，如果你们非要去某个地方，作为对客户的尊重，我服从……"

闭眼冥想，我希望的景象是一望无际的海、树冠如云的路、青草的气息、爱人的微笑……似乎他说的有道理，这些确实不需要刻意奔波于不同景点去寻找……

不过，栾单刀直入的说话方式、毫不留情的犀利风格，确实要命。难怪嘉宝会语带双关地说："栾啊，绝对适合拍照……"还拿出一件逸事来糗他。

据说，有一对客户兴冲冲地从网上下载了很多婚纱照片，拿来和他交流拍摄要求。其中一张新娘出现在一片废墟中，白纱拖地，表情冷艳。

栾面无表情地问："为什么？"

新娘子一愣："什么为什么？"

栾说："给我个理由，她为什么穿着婚纱出现在那里……"

"好吧，你牛。"我冲栾举手投降。

六、这里，我们的幸福在出发

面包车载着我们驶进灿烂的阳光里。天空碧蓝如洗，喜悦的心情化成轻柔的云絮，曼卷曼舒。我们途经公路旁的一片海，转弯就要进入景区，乔杰突然喊："停下，停下，这里不错，拍几张。"

"在公路边？方便停车？"小宋问。

"拍。"栾率先跳下车。

穿着运动鞋的我，提溜着裙摆，身手矫健地跟着冲了下去。

湛蓝的海在晴空下一望无际，遥远的海平面上帆影点点，远山仿若一个若隐若现的梦境。风带来海的气息，隐隐声响在身后涌动。

我回首，隔着藏青色沥青路面的城市在眼前徐徐展开，不时有车辆呼啸而过，三两行人向我们投来好奇的目光。这目光，连同煦暖的阳光、拂面的风、大海的气息、俗世的声响……全部转化为一种神奇的热量，在我的血液里汩汩流淌，沸腾着，燃烧着，跳跃着，仿佛自始至终，它们都在。

我靠着他迎风而坐，白色的头纱连同飞扬的心情随风起舞。遵照栾的指令，我闭了眼，心里却无限敞亮，仿若与他去往一个灵魂居住的地方。

在这里，就是在这里，在初夏的金色阳光下，在或有或无的目光里，在这宁静与喧嚣、浮躁与深邃、梦境与现实的交会地带，有我的衣袂飘飘，有我们的执子之手，有我们的幸福在出发。

七、红　　绳

栾把一条红绳分系在我们手腕上，慢悠悠地说："中国俗语讲，千里姻缘一线牵。用它把你们系到一处，从此再也不分离。"

这话有点儿宿命，但我喜欢。

回顾过往，也许来时的路并非有迹可循，但这段牵手的感情，或多或少都循着某种脉络，沿着一条若有还无的红线，穿越孩童时代、求学生涯、葱茏青春，见证着我们从懵懂无知到心智渐丰，从年少轻狂到理智沉稳，与我们一起游走奔跑，苦苦寻觅，一起历经风雨，慢慢成长。我们不知道，生命会在什么地方埋设牵绊和惊喜。当曾经天各一方、相距经年的两颗心遭遇邂逅，依稀仿佛是张爱玲的那段话："在亿万年的时间的无涯的荒野里，在千千万万人中，不早一步，也不晚一步，正好遇见了，也只是轻轻地问一声，原来你也在这里。"

我在前，他在后，路面上"100米"字样的白漆赫然在目，一个尖尖的箭头指向前方。它引领着我的目光，掠过栾，掠过三三两两的游人，去追随逶迤的小路，目送它穿过两旁如云的树冠，消失在远方。

前方的路，是一个指示，更像一串省略号，没入生命的漫长轨迹中。

乔杰笑着说："这个寓意好，一百米的距离，梦想到现实的距离，加油！"

栾说："我喊一、二、三，你们同时往前冲。"

"一、二、三！"我们应和着，一起迈步，一起让梦想照进此刻的现实。

八、绿的舞蹈

我和他并肩坐在长椅上，阳光从林间投下斑驳的光影。周围有三三两两休闲的人，对面长椅上的两名年轻人饶有兴味地看着我们。

旁边窜出一群小朋友，叽叽喳喳地追赶慌忙逃窜的一只小鸡。一个小女孩跑到栾身旁好奇地站定，小女孩披散着一头长长的头发，眨巴着明亮的大眼睛，对着我们手舞足蹈，小嘴里还叽叽喳喳地在说些什么。

"仰头，向着右前方，闭眼，享受的、憧憬的表情，"栾在说戏，"新娘专心点儿，新郎自然点儿，笑僵啦……"

"这里太热闹啦，我被人看得只冒汗，没法憧憬……"他皱眉大喊。

我收摄心神，抓住他的手，指着右前方："看那个方向，看到没有？那种绿好像在跳舞，看起来是不是很放松？心情再烦躁，看看它，就会慢慢轻松了……"

慢慢地，他的眉头展开了。

可不是，树叶在阳光下翠绿欲滴，那种透亮的绿似乎要融化了，起风的时候树叶如水一样荡漾，让人的心也跟着随风起舞，无拘无束。

九、踏　　浪

海是顽皮的孩子，把奔跑的动作演练了一遍又一遍。

惊涛拍岸，浪花四下飞溅、凌空跳跃。

跳跃的还有我们。

"看看海，循着节奏，跟着浪花一起跳。"栾和乔杰在礁石那头异口同声地大喊："一、二、三，跳。"

我们狂跳，不管不顾，手里挥舞的小睡猫估计也要被吓醒。

他一把抱起我，我搂紧他的脖子，我们头碰头亲吻。

海在身边唱着一首美丽的歌。

青岛啤酒擎在手里，我们对酒当歌，忘乎所以。

乔杰在远处挥手大喊："停，停，那是道具，别喝了！浪来的时候，你们一起把杯中酒向着天空泼出去。"

我赶紧偷偷地再喝一口。

泼完了，栾说："不到位，舀点儿海水再来一次。"

我恨恨地跺脚："早说用海水啊！"

乔杰找到一片绿色的碎玻璃，已被海水打磨成心形。

"这可是地道的青岛特色。海水打磨的青啤玻璃。给你俩做见证。"乔杰兴高采烈地说。

我们用食指各顶一边，把这颗别致的"心"高高地擎起，定格。

十、棚　　拍

下午四点多回到嘉宝工作室。短暂休息后，棚拍开始。

棚拍延展了"携手"的主题。不过多粉饰背景，不努力营造烦琐的浪漫，纯白的背景里，只有彼此。栾设想通过两组照片延续主题。

第一组：我们背靠背，被乔杰用红绳"捆"好。怎样捆得既艺术又恰到好处，两位"大师"围着我们嘀嘀咕咕了半天，从五花大绑到蜻蜓点水一线牵，总算决定只在腰上围紧。拍摄时我们需要通过几个连续的动作表现出他追我，我从高冷疏离到心甘情愿被爱情的红绳牵住的过程。

第二组：应我们的要求，加进古典元素。我，云鬓高梳，着红色晚礼。他，粉白色衬衫，粉红斜条纹领带。小道具是顶迷你小轿，巴掌大，还有一枝粉色玫瑰、几张银行卡。剧情里，我粉面含春，眼波流转，纤纤玉手托起小轿，轿门冲着他，就差喊一声："把你的银行卡都交给我。"他满脸嬉笑，伸手交出一张卡，我睥睨着眼，扭头，不屑一顾，他赶紧再加，加到小轿子里金银满仓……然后，某人掩嘴偷笑，某人抱得美人归。

晚上七点十五分，拍照结束。

十一、老 地 方

我们邀请大家在"老地方"聚餐。

他意味深长地说："这个地方有特殊意义。"

乔杰不解，连连追问为什么。

我们相视而笑。

那是我们第一次约会的地方，那次喝多酒后我弄伤了手。

我们寻寻觅觅的脚步从这里交会，自此，执子之手，与子偕老。

（2008 年 5 月）

那些花儿

一

文之斐隔着杯里逸出的袅袅水汽注视着莫如东。大约因着白色的水汽，莫如东的目光分外润泽。

是这座城市某个喧闹而平常的夏夜。

这间叫"渔火"的餐吧像一艘小船浮沉在如潮的歌声里:

那片笑声让我想起我的那些花儿
在我生命每个角落静静为我开着
我曾以为我会永远守在她身旁
今天我们已经离去在人海茫茫
她们都老了吧　她们在哪里呀
我们就这样各自奔天涯
……

"小豆子,你怎么还是那么瘦?"莫如东注视着裹在一袭水蓝色薄纱连衣裙中的文之斐,叹息样地说,"八年没见了吧。"

文之斐将垂下来的一缕头发掖到了耳后,"咯咯"地笑出声来:"东子,行啊,会装深沉了。泡妞别拿我练手啊。这次上蓝城待几天?"

"三天,公司培训,"莫如东猝不及防地前倾身子,脑袋差点儿凑到文之斐的脸上,眯缝的眼中有一束火苗在跳跃,颤颤的一句话冲口而出,"我有话说,小豆子。"

"要死啊,有话快说。"文之斐习惯性地敲了敲莫如东的脑袋。这个动作是学生时代留下来的。

"今年五月,我跟乔亚自驾游去了内蒙古,差点儿被撂在巴丹吉林沙漠里。"如东点燃一支烟,狠狠地吸了口,吐出来,烟雾弥漫在两人之间,"那混蛋小子一头栽到沙里,跟我说他要完蛋了,那时他就知道他栽在你手里了……"

乔亚是莫如东与文之斐从幼儿园开始的同窗好友。曾经的岁月里,三个人整天腻在一起。大学毕业后天各一方,在不同的城市里各自打拼。

二

文之斐从深深浅浅的梦里挣脱，游走。汽车呼啸而过的声响，以及偶尔的鸣笛声在城市没有黑透的夜里潮水样涌动。

"完蛋了！"如东转述的乔亚的这句咬牙切齿的话像支利剑，穷追猛打着，从夜晚追到了梦里，"嗖"的一声穿透了梦境，把文之斐逼到了如潮的夜色里。

在"渔火"餐吧里，如东说："豆子！你知道吗？这混蛋竟然一直喜欢你。他说，高中时某天做早操——还记得吧？咱学校的操场在后山坡上，没有院墙，经常被周围的农民用作晒麦场……"

如东说的事情里，文之斐除了对"毛毛虫事件"依稀有点儿印象外，其余的全然不察。不过，想想也是，她又怎么能够知道自己在一个男孩子的眼里是什么样子呢？

据如东说，那天早晨，学校照例做操，大家不情不愿地在操场上排起松松散散、歪七扭八的队。乔亚站在文之斐的侧后方，先是看着文之斐一如既往懒洋洋地伸展着长胳膊、长腿，不由得好笑，心说这家伙可真像一个傻傻的稻草人。

回神的某个瞬间，一缕阳光正打在文之斐的耳后，白皙的皮肤晃了乔亚的眼。就在乔亚看呆的时候，突然某个尖细又惊恐的声音撕裂空气，大家都被吓了一跳。

等到乔亚反应过来，就看到文之斐已经像只野兔窜了过去，从那个抱头尖叫的女生肩上弹掉了一只绿色毛毛虫，还扬起粗重无形的眉毛，冲着人家龇牙傻笑："没了，没了，不怕，不怕啊。"

乔亚跟莫如东说，就是那刻，他听到风在空气中飞舞，他的心里涌起一股奇妙的暖流，莫名其妙地低喊了声"完蛋了"。

自称"完蛋了"的乔亚、总被之斐敲脑袋的如东，以及被乔亚形容成"稻草人"的文之斐，是在一条胡同里打小穿着开裆裤一同长大的死党。

虽说是打小就认识的死党，文之斐就不用说了，无论从外貌还是性格来看，乔亚与如东都相去甚远。

乔亚是现实版的柯南，瘦弱腼腆，个头矮小，一双黑白分明、情感丰富的大眼总在黑框眼镜后滴溜溜地转。也许是把营养都用在了脑子上，初中伊始，这小子的个头就定格到了一个让男孩子尴尬的高度。排队、排座位，永远是前排的第一个。

如东身材颀长，内敛多才，书法、象棋、篮球在学校里出类拔萃，是学生时代众多女生的暗恋对象。不过，之斐跟他一起拖过鼻涕虫，吃过手指头，知道他吃饭放屁，街角尿尿，对胡同口那个嗲里嗲气、颐指气使的小女孩垂涎三尺，以及被他娘揪着耳朵呵斥洗袜子的诸多糗事，对他熟悉到产生免疫力。

在漫长的成长岁月中，如东也总是习惯性地用一种不屑一顾的口气对跟在他与乔亚屁股后头的之斐撇撇嘴，说："小豆子，快点儿。"即使之斐在少女时期的某个夏天，由一个小嘎嘣豆蹿成一株细长的小树，一口气把身高长到了一米七，如东仍然喊她豆子。

多年后的这个夜晚，如东冒出来告诉之斐：乔亚说自己因为她有了一种完蛋的感觉。

彼时，乔亚和如东正困在一望无际的巴丹吉林沙漠里。车坏了，没有信号，他俩从太阳炽热一直折腾到日落西山，巴丹吉林沙漠的日落只在一瞬间，突然一下子天色就暗了，哥儿俩精疲力竭地瘫坐在沙丘上，起风了，热气散了，四周寂静。

如东突然问乔亚："亚，要是这次咱哥儿俩挂了，你现在最想和谁告别？"

长时间的沉默后，乔亚从牙缝里挤出来两个字"豆子"。

"我当时发誓，如果出去，一定告诉你。"烟雾中，如东的眼里星光闪烁。

"所以，你就替他跟我说了？"之斐一口喝干了杯中的咖啡，没来由地有点儿生气。

"不是替他，是——我——告诉——你，"如东迟疑了下，在烟雾后面近乎温柔地看着之斐，呻吟似的咕哝了一句，"之斐，之斐，完蛋了！"

之斐呆掉了，"之斐"这低语从某一个温柔的旋涡里溢出来，像一句似曾相识的叹息。

如东从来都很少叫她的名字。

三

文之斐置身于起伏绵延、静默无息的沙漠里，头顶无遮无拦、炫目耀眼的太阳，她重新变成了那个拖着鼻涕的小嘎嘣豆，如东与乔亚在沙地里跑，她在后头追，脚不时地陷进松软的沙里，终年澄净、翡翠样镶嵌在大漠里的海子仿佛近在咫尺，却怎么也跑不到……

她摔倒了，乔亚回来拉他，震耳欲聋、排山倒海的沙鸣，渐渐变成了一声声咬牙切齿的"完蛋了"，待到最后成了咕哝在嗓子眼里的浅浅一声，依稀仿佛也是"完蛋了"，声息渐弱，终于旋转成一簇火焰，在如东眼里熊熊地燃烧……

之斐大汗淋漓地醒来。午夜梦回间，之斐无法回避地看到那个藏匿于某个人生命里多年的秘密，它被撕抓出来，赤裸裸地掷于光天化日之下，残留着余温，更多的是诡异。

四

之斐想起一张老照片。

夕阳下的胡同里，如东一副皱眉的样子，乔亚在给卷卷毛的之斐擦眼泪。满世界的金黄，树影细碎、斑驳。弯弯曲曲的胡同像幽深的记忆般安静延伸。

乔亚给予之斐的爱护，一向安静而温柔。

当他们还是小孩子时，当如东勾着手指头不耐烦地冲屁股后面的之斐吆喝"豆子，快点儿"时，常常是乔亚停下脚步拉起之斐的小手，在洒满阳光的胡同里追赶着。

高考时，乔亚和之斐考取了同一所大学的不同专业，如东考上了另一座城市里他心心念念的学校。刚进大学时，一向慢热的之斐很是忧郁和自卑了一阵子。在她努力适应大学生活的过程里，乔亚一如既往地陪着她。

她还记得那时候体育课要考试投篮达标，乔亚陪着她突击练习，每天从傍晚黄昏直练到月光如水。

累了的时候，他俩肩并肩地坐在篮球架后的水泥台阶上，乔亚永不厌烦地听之斐滔滔不绝地讲述着遇到的种种趣事，也任她毫无顾忌地发牢骚，诉说集体生活中遭遇的状况和烦恼。偶尔，乔亚插入一两句话，总会恰当地让快乐更快乐，让郁闷、纠结变得似乎可以忍耐和克服。

一次，他俩又这么坐着聊天时，之斐发现自己的球鞋破了洞，于是拿手抠着破掉的地方，拖长了声音搞怪地说："球鞋，球鞋，你坚持一下，这个周末本姑娘就给你想办法。"

乔亚见状，哈哈大笑。没到周末，乔亚冷不丁地拎了双球鞋过来，递给她说："豆子，这鞋我穿着挤脚，已经剪标了，也没法退，估计你穿大一码，垫个鞋垫先凑合凑合吧。"乔亚人瘦小，脚也小，之斐知道他的鞋码比自己大不了多少，也就没有多想，不客气地笑纳了。穿了一阵子，到底有点儿大，她又送了人。

之斐不由得想起那次校运动会。当时，她就是穿着这双球鞋跑步的。跑步那天正赶上她来例假肚子疼，好强的她不愿意临阵放弃，硬着头皮上场了。当她拖着疲惫的身体，迈着铅样沉重的双腿跟跄在跑道上的时刻，耳边尽是铺天盖地的呐喊助威声，一张张令人眩晕而变形的面孔，翕动的嘴里除了加油，就是坚持。只有一个瘦小的身影默默地陪在她左右，不时小声唠叨："哎呀，豆子，别逞强，要不别跑了，小心累着……"当之斐终于在周围的欢呼雀跃声中撞线时，身边簇拥着一堆人，乔亚远远地在人群外冲着她笑。

跑步的画面像是某种隐喻，乔亚就是这样，从小到大像影子一样陪在她左右，也像影子一样容易被人遗忘。

毕业季来了，之斐签了外地的某个单位，乔亚听从父母安排进了体制内，如东留在了读书的那座城市。就在离家去工作单位的前一天，之斐正在收拾行李，耳听得父母的应门声，还没有搞清楚状况，乔亚就疯狂地推门闯入，气喘吁吁地出现在她眼前。

之斐诧异地看着乔亚："亚，怎么了？"乔亚脸涨得通红，直愣愣地盯着之斐。

"乔亚，天热得很，喝水啊，给你放桌上了。"端着水杯的之斐妈跟了进来，放下，掩门出去了。道过谢的乔亚，再看向之斐，又恢复了一贯的腼腆与少语。他们好像聊了几句，之后乔亚匆匆告别。如东在实习单位直接转正，早已跟他俩告过别了，这个夏天压根儿就没有回来。

曾经的好朋友终归各奔东西。

一向积极上进的如东，像大学时一样，早就投入踌躇满志的未来里去了，偶尔才打来一两个难得的电话。之斐有过了大学生活的预演，再去异地工作，虽然没有乔亚陪在身边，也已经不像第一次离家时那么失措了。乔亚时不时地还会寄来长长的书信，文字诙谐幽默。之斐读着读着，常常忍不住笑出声来。依稀之间，仿佛月光下高高水泥台阶上那些无所顾忌、谈天论地的时光又一次回来了。

乔亚最后一次联系之斐，大约是在之斐工作几年后。

那一次，一向话语不多的乔亚，酒后一反常态地絮叨，之斐先是耐心地听着，说着说着，那头却突然话头哽咽。之斐追问了半天，听到一阵沉默后的抽泣，之斐突然就心慌了，扔出烫手山芋一样赶紧要求挂电话，末了没心没肺地抛下一句："乔亚，你好好的，我这边有个急事，回头联系。"

回头，之斐再没联系乔亚；而乔亚，也从此从之斐的生活中消失了。

之斐又想起来，某年回乡，她和母亲一起整理旧物时，偶然间翻出了当年乔亚写给她的书信，话里话外仿佛藏着一个秘密，那是一个赤诚明净的少年对自己的一颗爱慕之心。

母亲见她发怔，问："是乔亚？"见她诧异，母亲叹息："那年，你离家前，乔亚突然跑来，进门时差点儿撞到我，我就和你爸说，这孩子看着不对嘛，你爸说我多心，明明你俩和和气气地在聊天，你还好好地把他送到门口……我就说，我们之斐装不知道呢……"

自己装不知道吗？之斐愣住。

她想起工作后，说话不多的乔亚在电话里，似乎每次都要玩笑样地追问："之斐，你什么时候回来？你是不是真的要在那里扎根了？"之斐还想起与乔亚的最后一通电话，她在慌乱中挂断时，那头像被斩断的悬在风中的几个字："……回来……不回来……"

若干年后的某天，当无数个片段串起来，她不由得叹息自己的迟钝和残忍，那么自然而然地骗过了自己。

之斐抱肩趴在阳台上。黛蓝的天幕上，薄纱样的云絮轻轻地飘着，一弯浅浅的月亮悬在中天。

五

这该死的月光与那夜真像啊！宾馆里，莫如东想。赌气地狠命嘬了一口烟，长长地吐出来。附近练歌房里的鬼哭狼嚎声隐隐飘来，摇晃着这座黑暗中的城市。

那夜，月光如水。文之斐、莫如东、乔亚手牵着手并排走在人行道上。文之斐的两只小手分别握在如东和乔亚的手里。谁也没有开口说话。

到了之斐家院子门口了，乔亚照例松开了手，如东反而攥紧了之斐的手，快走两步，冲乔亚丢下一句话："等一等，我送她进去。"

到了门口，如东松了手，之斐边掏钥匙，边仰起小脸冲着如东笑："难得你老人家会送佛送到西天啊。我到了，快滚吧。"

莫如东在之斐低头开门的瞬间，突然凑近了脑袋，嘴巴里的热气呵到了之斐的耳根，痒痒的。之斐猛然抬头，正撞进莫如东的眼睛里。这平素总是不耐烦地斜睨着之斐的眸子好像浸在水雾里，有抹难得的温柔，他的嘴里似乎呻吟样地嘀咕了一句："之斐之斐。"

之斐浑身涌起一种麻酥酥的感觉。"之斐之斐"，这低语从一个温柔的旋涡里溢出来，像一句一叹经年的呓语。

"要死啊！"之斐偏了偏脑袋，砸了莫如东一拳。

"死豆子！"莫如东弹了之斐一指头，随即在之斐的惨叫声中扭头逃窜。

月光如水。一如多年前的那个夜晚。

"之斐之斐，我完蛋了。"

莫如东深深地嘬了口烟，低头在铺展的信纸上涂抹起来，笔尖摩擦纸张发出沙沙的声音。

六

如东的字遒劲飘逸，像灵魂深处的呐喊。

之斐之斐：

一别经年，今又重逢。

豆子，你不知道吧，打从亲你耳朵未果的那个夜晚开始，我就在心里这样叫你了，好像这样的叠音可以让我的心离你近点儿，再近点儿。

这次来蓝城不是出差，是劫后余生的冲动催逼着我专门来看你。当日在沙漠中我发誓，如果活着出去，一定要你知道。我跟你转述的那些话不是杜撰，确实是乔亚那个浑小子说的。他喜欢你，我早就知道了。对于我，那不是个秘密，也不是我找你的初衷。我也不知道为什么话到嘴边又咽了下去，就像那个想要亲你耳朵的夜晚一样。

还有毕业前夕的那个黄昏，我回去收拾东西，也是跟你和乔亚告别。你那个迷糊的小脑袋一定不记得了吧？

你坐在会展中心的台阶上，为那个把你迷得五迷三道的男友飞往国外留学而哭得稀里哗啦，乔亚和我揉你的脑袋，搓你的手，你不管不顾哭得一发不可收。我和乔亚就那么手足无措地看着你哭，直到你哭累了坐着发呆。

那一刻，郊区的旷野百废待兴，空中弥漫着一层微微的粉尘。黄昏的太阳和煦而柔软地照着，散尽了张狂骄奢的气焰，蚀尽了喧嚣蒸腾的热浪，徒留下一种千帆过尽般如水的温柔。我突然觉得这丫头与这空旷、安静的城市黄昏一样让人心里慌慌的。就在那一瞬间，仿佛有什么东西把我们三人相携走过的道路照得通透。

拖着鼻涕虫跟在我屁股后面的黄毛丫头，与我和乔亚咋咋呼呼打成一团的死党，与别的男孩子温文尔雅地牵手约会转脸原形毕露的之斐，竟让我和乔亚都在某一个瞬间情愿或不情愿地松开了你的手。

大学期间，我狂追我们系的系花，不承想，毕业来临之时还是各奔西东。乔亚这小子，一棍子打不出个屁来，一向都只会埋头苦读，默默地关照着你。你哭得不管不顾的那个时刻，我的心里万马齐喑，刻骨地意识到错过了你。

我心里憋得慌，抖索着摸出烟。你从我手里抢烟，记不记得？你把细长的白色烟支夹在食指、中指间，漫不经心地噶一口，悠悠地吐出烟来。乔亚推我："东，你看豆子，这姿势，哪时候学的？"

我看你，脑子里有根弦"嘣"的一声断了，我清楚地知道我完蛋了。我伸手夺过烟，狠狠地摁灭在地上。自那个黄昏起，我发誓，如果你不幸福，我会千方百计地把你抢过来，用我所能给你幸福。

三年的等待，你在蓝城等到了要等的人，我像只仓皇的老鼠，带着那个黄昏的记忆四处流浪。乔亚回到老家成家立业，娶的就是咱们胡同口那个嗲里嗲气的女孩子。你知道的，当年，你还拿她好一阵打趣我。

在沙漠里，我甚至想就这样化为齑粉，被漫漫黄沙掩埋，连同那个如水的夜晚，以及那个黄昏的记忆，未尝不是件幸福的事情。

之斐，这么多年，我其实总以为有一天自己还有机会亲手给你幸福。如今，我亲见了你在自己的选择里快乐、恬静。幸福你都有了。我心心念念的不就是要你幸福吗？那么，说与不说都不重要了。就让乔亚的秘密代替我的。就让我借着乔亚的嘴说："之斐之斐，我完蛋了……"

如东擎起那几页纸，吐一口烟在上面，眯缝着眼将红红的烟头戳了上去，末了还凑近狠吸一口，一个带着灿烂金边的小洞迅速在纸上扩散开去，如东撮嘴吹了吹，那灿烂的金边欢快地洇开去，有灰白的纸的灰烬飘下来。如东点燃了打火机，瞬间，那几页纸被腾起的火舌吞没了，由红变黑，渐变成灰白，轻飘飘地扬起一层纸灰。

接着，他摸出一沓信，一封封地掏出，展开，摞起来，依稀露出密密麻麻遒劲的字迹，然后，径自打着了打火机。

七

隔天，之斐在车水马龙的大街上接到了如东从蓝城机场打来的电话。

"不是说待三天吗？"之斐提高了嗓门儿。

"临时有急事，要马上回公司，"莫如东的声音从电话那头遥遥地传来，顿了顿，近乎耳语地说，"之斐，你要好好的。"

阳光如水，那个瞬间，之斐听到了曾经在某个早晨乔亚听到的声音。

风在空气中飞舞，仿佛无数双水袖曼卷曼舒，她的心里涌起一股水样的温柔，这似曾相识的温柔在之斐的体内掀起了一股汹涌的热流，她在八月的晴空下，流下了一行莫可名状的清泪。

在车辆的轰鸣中，之斐的心中又一次响起她和如东重逢时，"渔火"里那首不绝于耳的歌：

有些故事还没讲完那就算了吧
那些心情在岁月中已经难辨真假
如今这里荒草丛生没有了鲜花
好在曾经拥有你们的春秋和冬夏
她们都老了吧　她们在哪里呀
我们就这样各自奔天涯
……

（2009 年 9 月）

微笑的侧影

内心的挣扎只维持到下完办公楼前的几十级台阶。海上吹来的风裹挟着浓浓的夜色和刺骨的寒意，我停下脚步，稍一怔，不由自主地上了车，选择了回家的路。

打电话推却这个提前数日约好的聚会，我颇有些出尔反尔的心虚。

果不其然，朋友骂我："你就拖吧，爽约一次又一次。"大约觉察到我的不安，朋友旋即宽厚地说，"也罢，找个暖和的周末再聚。"

　　我如释重负地挂了电话。须臾，那头来了短信："接你电话的时候收到一条短信，发奖金了，希望下次你联系我时也有同样的好事。"

　　无意间侧头，我瞥见大大的车窗玻璃上某个长发披肩的女子的侧脸，在灯影中明暗不定，散发着微微的暖意。

　　想起前段时间闲侃时，朋友征询我的意见，说想考博，考取后会脱产学习，之后极可能离开这座城市另谋发展。我的心在那刻小小地苍茫了一把，仿佛看到这个朋友奔入某个未知空间里去了。

　　想起曾经做过的一个梦。巨大而空旷的山谷成了离别的驿站，山洞口是检票口。面目模糊的友人背着行囊伫立在苍黑的洞口，我攒紧爱人的手，默默地目送。雾霭沉沉，悄悄是别离的笙箫。又或许，不是别离，是永别。我看着他，转身，别过。

　　醒转后，那种重逾千斤的压迫感仍然清晰逼真，我在日记中试图分析这个情节完备、记忆深刻的梦，并且问自己，为什么不挽留呢？即使不挽留，表达一下依依惜别之情，总是可以的吧？

　　联想起预告了分离的朋友，我明白了，不是不挽留，而是不能挽留；不是不表达，而是出离表达。对于朋友，如若饱经风霜和四处漂泊可以铺就一条通往他灵魂深处的路，不如将不舍和叮嘱化作践行的美酒，与他对酒当歌，任凭前路漫漫，天远地长。

　　于是，我由衷地对他说："好事，要努力啊，你一定可以！"心内也即释然。人生路上，至少我们曾经如此近距离地谈天说地、分享喜怒。那些会意与快意慢慢转化为生命中深厚的能量，自发、自觉地温暖着日后可能遭遇的风雨凄清与孤独愁闷，成为生活馈赠我们的一份厚礼。那么，还惆怅什么呢？

　　聚散有时，强求不得，友情也是。一生一世常伴左右的朋友寥若晨星，可遇而不可求。唯其如此，聚散离别才提醒我们珍惜与朋友推心置腹、对酒当歌的机缘。世事无常，有投缘，也有分道；有生离，也有死别。更甚者，是悄无声息，无疾而终。

大约工作、成家后，人们往往因了说不清、道不明的原因，因了一些琐碎小事，将朋友间的相聚一拖再拖。之后，在错失了无数次、疏离了千百回后，友谊由浓转淡，距离由近至远。再然后，在某个狼狈的时刻，想起久违的朋友，转而抱怨友情经不起时间的蹉跎，岂不知当淡漠与匆忙成为常态，大多数友情就渐行渐远。

老话说："你想要别人怎么对待你，先要怎么去对待别人。"也想起张德芬在《遇见未知的自己》中说："当你伸手怒斥别人的时候，一根指头对外，三根指头都是对着自己的……外面没有别人，只有你自己。"前者强调了设身处地、换位思考的重要性，后者可以看成反躬自省、境由心生的另一种表达。

那么，有友在旁时，常聚常往，不吝付出，不计得失。确实无法常常见面的，那就常常联系吧。一通电话，一条短信，不必雕琢，无须矫情，哪怕只是告知转念间的一份惦记；哪怕打过电话去："没啥，忘了要说啥了。"对方笑骂："神经，我忙着呢。"

如此挂上电话，侧影一定是笑的，心一定是暖的。

（2009 年 12 月）

亲爱的自己

那个深秋，母亲病危。

　　我揣上工作后所有的积蓄赴北京陪护。母亲住进了北京阜外医院的重症监护室。危重时刻，我和父亲日夜陪护。我们租住在医院对街的一家地下旅馆，两人白天黑夜两班倒。凌晨五点，我从地下旅馆钻出，踏上过街天桥，匆匆穿过还未醒透的城市，扎进愁云惨淡的病房。每当再次疲惫不堪地走上过街天桥重返旅馆时，扑面而来的是这座城市霓虹灯闪烁的夜景。

　　那栋住院楼的侧门向着一个球场。总能看到几位老人在快乐地挥杆比画，想方设法将小圆球捣鼓进洞里。阳光灿烂，风吹落了梧桐叶。有时我会在心底涌起一股隐隐的嫉妒。也总看见临床的陪护家属，那个一脸寥落的广州女孩静静地倚墙抽烟，女孩脸上细小的绒毛连同茫然的表情被阳光勾勒地纤毫毕现。偶尔，女孩轻弹烟灰，颓败的灰烬在秋天的风里转瞬即逝。我们的目光不期而遇时，她会在白色的烟雾里冲我笑笑，那样一种清冷的笑。我不由得沉默，生命是什么？未来在哪里？

　　大约"小知"就是这个时候不请自来的。它落户在我的耳朵里，执拗地将一种尖锐的、单调的"吱"声撕扯地长一些，再长一些。我第一次体会到声音的坚硬，它成了一条扎进我身体的银丝线，往深里勒一勒，再勒一勒。我捏住鼻子闭嘴鼓气，按压穴位，扯耳朵，砸脑袋，它依然一个单音欢唱不止。白天，黑夜，永不停歇。一个人的夜晚，它凄厉的尖叫掀动我身边孤独的潮水。我索性抱着头，枯坐到天亮。

　　走投无路之际，像过往一样，我习惯性地从文字中寻找慰藉。我买了个黑皮本子，回到旅馆便昏天黑地地写个没完。每一次，向内寻找的文字总能给我温暖，仓皇、孤单的心一点点地静下来，我跟自己说，站稳了，要做父亲坚实的臂膀和可靠的后盾。每当此时，"小知"总会安静很多。

母亲手术前一晚，我守着在安眠药中轻浅入睡的母亲，趴在活动饭桌上，就着医院走廊的灯光，直写到手指麻木，护工推着手术床进门。母亲手术后昏迷了四天三夜，终于脱离了危险，一点点地康复起来。那年深冬，我们终于回到了久违的家。陪着我们的，除了"小知"，还有黑皮本里静静的文字，以及深冬严寒里一抹由内而生的温暖。

事隔多年，我与奥修《成熟》中的一段文字不期而遇："请向内走得更深更深。一切历练的磨难就是转化为你记得自己的机会。"这句话让我怔住了。

去年，与爱人去湖南旅游，下榻沱江畔一家名叫"快乐驿站"的吊脚楼。沱江在身畔缓缓流淌，不时有头戴斗笠的渔民泛舟而过，舢板敲击江底发出"砰砰"的声响，有歌声从临江的酒吧飘荡而起，伴随艄公偶尔响起的嘹亮歌调和"小知"锲而不舍的鸣唱。

念出"快乐驿站"的名字时，我们相视而笑。这几年，携手走过不少地方，这些曾经令漂泊的心怦然一动的文字，让一个彷徨已久、流浪经年的灵魂刹那快慰，一念静好。之后，变成了饮鸩止渴，永远地在路上。仿佛生活不是那条河流、那座山峦、那片天空、那座城市、那些喜怒哀乐的本身，而是一次次地被仓皇催逼着踏上的永远没有终点的旅途，而是某种形式的证明，某种向外寻觅的肯定。

也是这趟旅程，我们被一个颠颠预预的朋友忽悠到了张家界宝峰湖景区深处的宾馆入住。黑瓦白墙的院落，隐藏在群山深处，绿水潺潺，白云空谷，仿若墨迹未干的画中仙境。美则美矣，就是外面的车进不来，宾馆里的用车又紧，搭车靠运气，将此作为旅游的据点，出入十分不便。

贪玩又贪吃的我们，流连于山水和美食间，记起要回宾馆时，已是满天星斗。两人合计，十多分钟的车程，与其靠等，不如徒步回营。

我们擎着快没电的手机，借着微弱的一点光，走进万籁俱寂的深山中。绝缘现代灯火的深山之夜，真正的阒然无声，漆黑一片。四周隐约蹲伏着一个个黑黢黢的庞然怪兽，仿佛随时会一声咆哮横空出世。我们既期盼着冒出一辆回宾馆的便车，又胆战心惊，生怕半路杀出个程咬金，一头撞上深一脚浅一脚蹒跚在暗处的我们。

路越走越长，渴盼的灯光恍若隔世。踢踢踏踏的脚步声、彼此的一呼一吸声、"小知"的尖叫声，清晰地失真。不知不觉，多年前北京的那个深秋，在路上的那些茫然岁月，在这个深山之夜，又与我重逢。

我倏忽明白，那个住进我身体、一唱经年的银亮声音，原来是亲爱的自己。她告诉我，每一次经历，都是有用的。人生中遭遇的一切，甚至那些弯路与彷徨，都是为了唤醒内在的自我。所谓未来，是一个一个当下通往的地方，是一步一步逼近内在的行程。到那里，不如说在这里。

我攥紧了爱人的手，一路絮絮地跟他讲沈从文的《边城》，跟他讲飘荡在沱江畔的那些灵魂寻觅的那个田园牧歌式的世外桃源。在一呼一吸之下，心渐渐平静了下来。一抬头，才惊觉，头顶是多年不见的繁星点点。

真的没有那么遥远，那个温暖的地方，到了。

（2010 年 11 月）

只如初见

一

近期掀起仓央嘉措的情诗热潮。几百年寂寂光阴后，六世达赖的诗在电影《非诚勿扰2》中突如其来地被炒热。

影片中，孩子在父亲的人生告别会上背诵这首《见与不见》：

"你见，或者不见我。我就在那里，不悲不喜。你念，或者不念我。情就在那里，不来不去。你爱，或者不爱我，爱就在那里，不增不减。你跟，或者不跟我。我的手就在你的手里，不舍不弃。来我的怀里，或者，让我住进你的心里。默然相爱，寂静欢喜。"

初听这首诗时，心知不是初识，而是重逢。仿佛用体温熨帖着的念想，揣久了，与心同温。又逢上2010年辞旧迎新的特别时节，《非诚勿扰2》恰好成全了这久别的重逢。

写下这些文字的时候，我不由得感慨，仿佛冥冥中有个谁，历经六道轮回，特意从某个所在追赶过来，以这文字的形式来提醒，引我去往当初的那个所在。

当然，电影的主题或许不在于此，导演只是将一些人生感悟埋在努力营造的笑点中。从续集来看，相亲、再续前缘已不是主线，美女恐龙的爱情亦不是重点，中和冷峻的插科打诨更不是主调，各种元素汇聚之下，反而有种捉襟见肘的感觉。

那些嬉笑怒骂的电影桥段仿若缭绕深谷的雾岚，或许看出缱绻深情，或许瞥见若即若离，或许瞅得万法皆空，有点儿支离破碎，有点儿迷离无常。最终爱情面对人生的终极叩问，借着一句"一辈子很短，让我们将错就错"仓促退场。

也难怪，这些平日里我们不去或者无法触碰的问题，诸如生的意义、死的归宿，以及是否有更高的存在，就这么无可回避。于是，导演让生在死前闭门思过一番，让将错就错的爱在死亡面前虚晃一枪，自谋生路。

《非诚勿扰2》中说"生活是一种修行"。不过，关于修行，电影显然也没有那么坚定，搬出了仓央嘉措的情诗，描绘出漫天雾霭中一条若隐若现、潺潺流淌、没入深林的溪流。我想，对生死的叩问自古有之，没有定论，因而佛教不是早就有偈："人人心有灵山塔，莫向灵山塔下求。"

二

昨晚单位聚会，结束后我和两位同事一起打车回家。大家在车上一一跟司机报站，排序之下我最后一个下车。司机对于每一个站点都欢喜轻快地回应"好嘞"。这个"好"字拖长了音，拐个弯落在"嘞"上，好像昆虫翕合的羽翼。

独剩我俩时，我问他："师傅，今天是不是有什么好事？感觉心情很好啊！"

他说："没事瞎乐和呗，凡事看开点儿，别跟自己过不去，人，就活个心态。"

我又问："你一直如此，还是遇到过什么事情才这样？"

他沉吟一下说，"我今年五十三，大概和我经历的事情有关。

嗯，也跟看书有关。在你们上车前，我刚送完一个姑娘，那姑娘在我车上哭得稀里哗啦的，咱也不好多问，但总觉得揪心。说到遇事的心态啊，我是个粗人，不懂那么多大道理，但是看看宗教、哲学方面的书，还是很有启发的。"

我嗯啊嗯地坐在车后座，眼瞅着这位年过半百、话匣子打开的男人半秃的后脑勺，耳听着他用格外年轻的声音欢快地拉扯。不知怎的，竟然想起了最近热炒的《见与不见》。诗里说："默然相爱，寂静欢喜。"我想，就算他没有听过这诗，听了也必认同。

最后，师傅一脸遗憾地摇头，感叹当今的学校为什么不教人怎么调整心态，以至于很多青春期的孩子，迷茫地走着人生弯路。

我笑着跟他道别，短短的一段路程，不由得沾染上他的气场，他的感叹也让我触动。可不是嘛，锁在象牙塔里的懵懂青春，信仰迷失的成长岁月，浮躁功利的世事人心，如此可让"默然、相爱、寂静、欢喜"何处容身？

也许一直以来，我们都有意无意地选择忽略，没有人教我们跌倒了如何爬起来，受伤了如何疗愈；没有人告诉我们深深浅浅的孤独、空虚、恐惧、自卑，为何总是如影随形；没有人引导我们，如何认识自我，接纳和爱护自我，如何在喧嚣纷扰、妄念纵横的尘世中保有一颗欢喜心。更甚者，我们不知道幸福是什么，一味执着，却对心心念念的幸福捉摸不透。

1946年，美国著名犹太教拉比、传道士李普曼出版了《心灵的宁静》一书，据说，连续五十八个星期蝉联当年《纽约时报》畅销书排行榜榜首。印度大哲奥修在简短的评语中表示，只要是想求得一点儿内在安宁的人，早晚会发现他的书。

随着一路行走，那一次次的遇见与同行，那一个个恰逢其时的交会和重逢，都会点醒、指引我们，要在人生的这场修行里好好地活，经由每一个当下回到最初。心安即福，宁静自在。那个地方，只如初见。

我也在想，这段或长或短的人生路，是否雾中行走，灯下漫步，来也自空，去也自空？

此生落幕，是否会是又一段旅程的开始，像那《红楼梦》里的"假宝玉"来这熙攘尘世走它一遭？

无论如何，至少今生，要如仓央嘉措所说："留人间多少爱，迎浮世千重变，和有情人，做快乐事，别问是劫是缘。"

（2011 年 1 月）

遇　见

一

与新结识的朋友聊天，大有相见恨晚之感。说起来我 2001 年来到这座城市，于是问他："那时候，你在干什么？"

电话那头朋友略作思索后说："那时候血气方刚，觉得自己应该有所作为，结婚不久就两地分居，主动请缨到另一座城市谋发展。"

我脑海中浮现出朋友不温不火、老成持重的模样，与话语中踌躇满志的这一位怎么也对应不起来。于是，笑着追问："看不出来嘛，你老人家曾经还是满腔热血一青年啊，那后来为什么又回来了？"

朋友沉吟良久，叹口气道："一言难尽，总归就这样了。"旋即话锋一转，语气轻快地说："否则，怎么会有我们现在的认识？别光说我了，你呢？"

彼时我站在窗前，窗外是接近年关隆冬的夜晚，灰暗的天空被人间烟火渲染出一层藕色，苍黑的老街伴随昏黄的路灯透迤绵延，穿行的车辆行色匆匆，没入流年。我忽地就走了神儿。

二

2001 年的我，只会用一种声音说话，一种状态面对外境，一种姿态朝向自己。那个自己，腼腆文静，快言快语；惊惧戒备，时刻逃遁；自闭执拗，心扉紧闭；怨愤茫然，莫名仓皇。

那时，揣着迷茫动荡的青春独自踏上这座城市的我，正遇上肃杀、寂寥的季节，冷硬如刀的海风在脸上刺出了红疹，七拐八弯爬上爬下的逼仄道路，一到九点就阒然无声的市井，大咧粗重的怪异方言，还撞上一个宰客没商量的出租车司机。于是，那个自己对这初来乍到的地方，由内而外地水土不服，一颗本就无处安放的心愤懑得七零八落。

迎面而来的是当年的公务员面试。记得被问过这样一个问题："为何背井离乡想要来到这座城市？"这问题仿佛开启了一个阀门，胸口某个地方一声轻响，这声音细若游丝却深入骨髓，多年后仍余韵袅袅。那时的我飞速回应："好比一只鸟在天上飞，嘴里衔着一粒种子，不知怎的，不知何时，一张嘴，种子掉下来，落在不知道的哪里，也许就生根发芽了。"说这话的自己目空一切，不知道看向哪里、看见什么，恍然还有另一个自己，嘴角挂着冷笑，分明跟另一个"嗤"了一声。

几日后张榜公布成绩，已准备好迎接落榜打道回府的我，意外地被留下。那日，阳光温柔，我隐约觉得有些事情正在发生，有些东西已被改写。

三

经过我的软磨硬泡，终于看到了朋友十年前的样子。彼时将近而立之年的他，有些微的自来卷和乖孩子的稚气与静好，举止间，神情流转着某种飞扬的、明朗的、清澈的光彩。

这光彩，隔着经年岁月，散发着温暖，让我想起张榜那日如水的日光，也让我想起定格在照片中的那天的自己。

那天的自己，装在一身肥大的应急买来的休闲衣裤里，被景区死缠成功的拍照人左右摆弄着，我倚着海边栏杆，侧对镜头，做翘首呆望状，疹子未消，脸颊通红，站姿僵硬，倔强茫然。这张让如今爱臭美的我笑喷不已的照片，大约已被发配到千里之外的故乡的相册里去了。

念及此，我在心里对曾经的那个女孩涌起深深的疼惜，我想抱抱她，告诉她："亲爱的，没事。不恼，也不怕，我们一起来好好面对未来。"可是，那个青春飞扬的女孩已杳无踪迹。

逝者如斯，不舍昼夜。用现在去回望过去，就像是给未来投射出又一个过去。又或者，无所谓过去、未来，一切都在现在。既如此，看起来朋友的一句"一言难尽，总归就这样了"的态度更实在。是的，走着走着，总归就这样了。

我也在想，生命中遇见的每一位朋友，曾经都是陌生人。在相遇之前，我们各自在互无交集的生活里穿行，默默历经彼此隔绝的成长岁月，沿着貌似平行的时空踽踽前行，直到未来某刻才有了交集。就像我驻留这座城市十年的此刻，就像新结识的这位友人，以往任何一点轨迹的改变，都不会有我们此刻的遇见。也许，因缘和合，看似偶然，实是机缘。

我还在想，也许这一路走来遇见的都是自己，是人生这条修行路上不断前行的一个又一个自己。

我也倏忽明白，照片里朋友那似曾相识的温暖与静好，张榜那日照耀与熨帖孤单心灵的如水日光，都来自触动心灵的同一个地方。

我给朋友回过去几句话："谢谢，从你的照片里我看到了、回到了葱茏岁月，也更增进了对自己的理解。也许，人的老去就是一刹那，分明还是那人，悄无声息地，某种东西却溜走了。也许，那东西叫神采飞扬。所以，好好的，让我们永葆一颗神采飞扬的心吧。"

（2011 年 1 月）

十年后，我想对你说

别人嘴里忽大忽小的年龄

我给新入职人员做岗前业务培训，开场时说："十年以后，面对台下的众多青春面孔，她将想起当年的自己，回想起那些坐在台下似懂非懂听课的遥远午后。这个句子里的她，是此刻的我，也有可能是以后的你……"我的话还没说完，台下一阵骚动，年轻的脑袋们摇晃着，"工作十年了？不会吧？"

想起前一阵，共处多年的胆囊结石突然发作，我蹙眉叉腰地去看大夫。清癯严肃的老专家头也不抬地例行询问："名字？多大？"听我回答，旋即停笔，抬头瞥我一眼："哦，还以为是小姑娘呢。"

之后，我站在马路边等出租车。迎面过来一位穿戴新潮、二十岁上下的小伙子，走过我身边又折返回来，毕恭毕敬地说："阿姨好，麻烦问一下，××路怎么走？"还在虚荣里飘飘然的我，自觉"啪"的一声被拍落在地上。

如此想来，诸如此类，在年龄的虚荣与打击中心情起伏不定的事例还有不少。我想，我该学着慢慢挣脱别人的目光。别人眼中的或小姑娘或阿姨的我，这些忽大忽小的年龄，究其根本无关紧要，倒不如安静地继续用文字与自我对话。

扑朔迷离的记忆

2011年2月最后一天晚上，青岛突飞大雪。已经十年没有联系的大学同学突然造访，我们谈起即将在4月举行的校友聚会，也谈起二十岁前后已然模糊的记忆。

我看着同学的面孔，依稀仿佛是记忆中二十三岁时的那张脸。

"你怎么一直没变，而且还是这性格哦？"对面的大学同学，南北混杂的腔调，变幻的神情，分明与之前的他很是有些不同了。我想起前几日这个同学在电话中说他要来青岛出差，想会会我，当时还被我当成骗子盘查了半天。

同学先还推说自己不喝酒，话到兴头处，频频邀杯。酒精把面颊烘热，话匣子也打开了，窗外飘起了雪花，是冬日久旱后令人望眼欲穿的雪。

我饶有兴味地听着微醺的他滔滔不绝地说着，眼前闪过一帧帧画面，仿佛倒带回放的电影片段。

他口中的那个女子，在雪夜被包括他在内的乡党们拽出去围着操场一圈圈地散步；秦岭野营的班级活动中，那个女子攀爬壁立的绳梯时拒绝触碰男生伸出的援手，因而被说成保守；也是这个女子，在学校饭堂里刷卡请他吃饭，与他同坐回乡的公共汽车，一圈一圈的盘山公路，一个一个畅聊的话题；还有让他印象深刻的临近毕业的散伙饭上，女子豪爽快意、飞扬跋扈的举止。

他讲，我听，听得稀奇，而且也渐渐记起。工作后一度消沉自卑的这个女子，青春岁月里其实是被不少男生明里暗里喜欢过的。

记忆总是这样被润色、修补，仿佛一瓣六角雪花在醉眼迷离中重叠成参差的若干，氤氲成恍惚的怎么也无法合而为一的一团。记得的，遗忘的，零星的人与事，从记忆的深空悄然抖落，让人觉得熟悉又陌生，熨帖又新奇。

出了饭店，刚才飘飞的雪花已然发展成了难得一见的疾风暴雪，拦不到出租车的我们，只好缩着脖子佝偻着腰艰难地朝就近的公交车亭走去。逆光下片片雪花串成银亮的珠线，朝公交车亭里猛灌，公交车亭盖上不时扑簌簌地落下雪粉，彼此成了雪人。目之所及，车辆剐蹭、追尾、咒骂、忙乱，马路上热闹一片。

好容易远远地看见一辆打着空车标志的出租车，车近了，里面坐着几个人，司机兀自探出头来吆喝："有走的吗？一百，一百起步。"

我忽地想起，刚才还和同学打趣，说起当年自己初到青岛，适逢天气恶劣，遭遇出租车宰客。今晚的这个场景，与初次相见的那天何其相似。

只是我知道，经过了十年，还是不一样的。现在的我不拣选，尽量平心静气地等待，等待这座城市卷土重来的温柔。

如此少又如此多

与某人对抗的梦境里，恩怨、纠葛、愤怒、屈辱交织成沉甸甸的一团。不日，现实中撞上梦里那张面孔，心里慢慢涌起奇怪而恍然的感觉，曾经的煎熬、烦乱、爱恨、厌弃，原来却与这张面孔全无关联，不过是青春的暗梦中一枚浅色的疤痕，记录着我们擦肩而过的一段时光。

当年的朋友，如今一个个拖家带口，很难聚齐。好不容易聚至一处，彼此交深言浅。在这样的聚会里，我一向是衬托热闹的安静底色，如今越发安分守己地捧场与旁观。遇到有人交头接耳，亦不再难为自己听力不好的耳朵去捕捉，也不做掩饰惶恐的插言。或许，这样的自己，就这样待着，对于保持联系，就足够了。

我也意识到，多年来，有意无意在外表露的是尽可能好的自己。被情绪控制时，在亲近的人面前，自己却是暴怒的"魔王"。发脾气，说过激的话，任情绪的过山车疯狂地抛起掷下。到现在，我才慢慢地知道，与自己密切相关的正是这些包容自己的情绪在天堂与地狱间来回切换的人。其他的人，曾以为有所联系的，来了又去，不过是迷茫青春里的同路过客。

我曾凝视给予我关爱的友人的双眸，了然其内心深处的接纳与联结；也曾不止一次地直视爱人的眼，直看进那一双清澈诚挚的眼眸之深处，世界都仿佛一片静寂。

原来，我拥有的这样少又这样多啊！

既然无证，就不向外求证了吧

近期接到的邀请，除了校友会，还有一起工作十年的同事聚会，大约都是以纪念时光为主题的聚会。

我想，聚会的意义或许不止于纪念，背后涌动的还有对自我认知、人生轨迹，以及存在意义的探寻。聚会，更像是在曾经有过或者正在有着交集的人中寻找我之为我的证明。只是这些所谓的证明，如忽大忽小的年龄，扑朔迷离的记忆，如此多又如此少的联系，其实是虚妄、无证的。不如不去向外求证了吧，往后余生，用心去倾听和生活，在世事的起伏中去保持心中的静寂。

我也想起那场业务培训里，我还跟台下的青春男女们说："十年前，我坐在台下，不曾想过有朝一日我会成为台上的这一个。某种意义上，时光会叠加，过去、现在、将来，交叠一处，好像旧日重现。"

是啊，时间总是过得飞快，又好像没有那么快，回望过去十年，很多的似曾相识，细究又不那么一样。那番话，与其说是给受训的他们听，不如说是对青春的自己说吧。

（2011 年 9 月）

迷失与选择

一

相较于往常上班，今天，我特意早起了二十分钟，原以为足够应对出差前的行李打包，不承想却陷入了选择的深渊。

二十分钟的时间在乱花迷眼的选择面前，倏忽不见。待到必得出门时，我也只好抓起行李，狂奔出门。

室外深秋阴冷的空气立马把我包围，天空晦暗，道路是闪着冷光的河流，载着喧嚣乱叫的车流、人流涌向城市的四面八方。街边的梧桐树被突如其来的寒流消瘦了身影，枯黄的叶子随风起舞。

这次出行很突然，短短的几日行程，既有工作安排，也有团建活动，正好又逢到气温断崖式下降，换季的衣物压在箱底还没有翻腾出来。团建活动是爬泰山，上网一查知道，当日两地有温差，按常识来说，山顶气温更低。而且据说，次日就是又一次寒潮来袭。于是，我既想轻装简行，又想"鱼与熊掌"兼而得之，诸多因素掣肘之下，出门打包行李的取舍间，不由得一阵忙乱，顺理成章地回归到犹疑不决的老路。

彼时的我成了热锅上的蚂蚁，大开着衣柜，团团转，脑子里还有个声音在碎碎念："这个拿不拿？你确定不拿，会不会冷？正式场合要穿制服、制式皮鞋，可是回头还要爬山，别忘了，球鞋……

天，就这么大小的包，你确定能塞下吗？"

我知道，如果不是时间催逼，这疯狂的游戏准会没完没了。

二

现下，我逃了出来。

确信不会误了接车时间，我放缓了脚步，刚才来不及体察的情绪慢慢地浮现出来。

我觉得沮丧而厌烦，为着就这么又一次迷失在选择的丛林里。

念及此，心里一动："怎么，你在怪罪这次出行，或者是突如其来的寒流？是不是有了这两个挡箭牌后，你就可以心安理得地自怨自艾了？"

另一个声音说："倘若如此，这回的不舒服岂不成了童话故事里被充作回家路标的面包屑？除了被鸟儿果腹的命运外，别无他用！"

还有一个平静的声音插进话来："你觉得，这么多年迷失于选择中的，仅止于此吗？"

如此想来，即便日常生活中诸如衣食住行的琐碎小事，也无不进行着有意无意地取舍，只不过那些取舍，仿佛瞬息万变的大海，有时遵循着潮汐的起伏涨落，有时在碧波万顷的宁静里悄无声息地进行着选择。还有时，逢着滔天怒浪，似乎天地都要被吞没，那个有关我们生命的抉择当口，反而最是静水流深。

也许，置身其间的我们面临着无数种可能，而各种可能又各有千秋，但是对于做出取舍之人，非此即彼，取其一，等于摒弃了其他可能。面对这么艰难的问题，偏偏老天又不是赋予了人人一双慧眼。那么，倘若决定一下，其他可能性则必然失之交臂。对于我们，又怎么知道当下的这一抉择是否恰如其分？也难怪会有那么多个我，站在选择的十字路口，瞻前顾后，诸念纷飞。

三

导演雅克·范·多梅尔在电影《无姓之人》中，对选择有着精彩的呈现。

一个九岁的孩子迷失在选择的站台上，纠结自己究竟应该跟随离异父母的哪一方？火车的鸣笛催逼着，似乎预示着孩子的人生将走向一个背道而驰的方向、一种分道扬镳的生活。到底是留下待在父亲身边，还是跳上火车，走进另一种生活？这个选择，决定了孩子此后可能经历的世况，必定会如多米诺骨牌般引发连锁效应，因而孩子焦躁、恐惧、无助、绝望，从每一种可能性出发，去揣测截然不同的人生。

如果说，艺术是生活的提炼和升华，那么，实际上，我们的生活中，此类境况其实也见怪不怪。

过往的人生站台上，火车早已载着往事消失在时空深处，而那一种空茫的离愁别绪，那一条条盘桓往复、四散而去的铁轨，那被作为思想的据点神驰万里的时刻，却成了此生记忆中再也回不去的失乐园。

大多数情况下，我们纵然痛苦，但面临现实的催逼，总会临到那个必须做出抉择的时刻。也许，我们也会琢磨，假如当时选择了另一条轨迹，人生的这幕戏会如何发展？也有时，我们会像电影中的孩子，把抉择的煎熬、苦痛交由未来的自己去承担。

只是，电影完结了，生活还要继续。此生走过的路，没有如果。

当前久拖不决，终究只是拖延而已，就像这次我的出行打包，抉择的时刻迟早会来，而且，真得逼急了，闪念间确认的不过是一些再必要不过的信息。譬如，身份证、车票、现金或银联卡，其余的枝枝蔓蔓顷刻间被舍弃，孰轻孰重可见一斑。如此想来，往日那些因取舍而起的烦恼，那些耗费在细枝末节上的精力，自己也觉得可叹又可笑。

再或者，如果我要较真地说，假如当时我就是不做选择，一直原地不动呢？

就像电影中的孩子，看似不选择，实则也是一种选择。只不过在这种抉择里，生而为人的自由意志被丢弃，自主承担后果、谋求改善的行动被摒除，其实是选择待在密林里，早已林深不知处。

（2012 年）

衣橱镜像

东道主出于好意，把行程的最后几个钟头留给我们购物。我在人潮汹涌的商业中心草草地兜了一圈，逃回车上。时间还早，车里只有司机和一名男同事。

司机惊讶："这么早？你们女孩子不都是喜欢逛街买衣服吗？你怎么不去？"

我笑着说："以前疯狂过，现在觉得够穿就好了，买太多放在家里占地方，一到大扫除时就头大。"

司机揶揄道："哦，你这是幡然悔悟啊。"

想起来，直到二十三四岁，对于我，变美的全部工序就是潦草地洗漱，外加保持衣服干净。当年有限的几件衣服，既谈不上时尚，还都大了一码，凑合一穿好几年。逛街购物，也是逼到份儿上才去的。

女友恨铁不成钢地数落我："我要有你这身材，肯定穿个痛快。你说你，整天弄成个假小子，小心老了后悔。"

后来，女友嘴里的假小子谈了一场恋爱。男孩子说："你要多笑笑，在我眼里，你是个漂亮的小姑娘。"我对于美的自觉意识，大约是从这句话开始渐渐苏醒的。此后大约十年，对于逛街购物，我由初始的深恶痛绝，到慢慢地浅尝辄止，再到一度的疯狂迷恋。也是在不断折腾中，透过别人的眼，我发现自己其实还挺好看。

不知道，是不是沉默太久的青春，一朝苏醒，便恨不能加倍燃烧。反正彼时的我恨不能穿尽天下所有美丽的衣服。我的衣物迅速增多，衣服的领地，由工作伊始一只小号行李箱就可以尽收，到一个简易衣橱，再到塞爆了的大衣柜，而且还能继续延展出几个整理箱。衣服越来越多。与之相反，面对眼花缭乱的选择，每次出门反而举步维艰，曾经说走就走、轻装简行的那个女孩子，那种简单、明净的心境，不知何时已不翼而飞。

取而代之的是层出不穷的购物借口。衣橱里永远少了一件，且少了理想中的那一件，我听见自己内心发狠的声音："最后一次，这次之后再也不买了。"然而，一次次，终究还是打着物美价廉，或者反季消费的旗号，一件件地买回来。而且永远是购物时飙升的快感，每每遭逢眼前塞爆的衣橱，瞬间跌至冰点。懊悔之后，又立下新的誓言，如此无限轮回。

这一两年，逛街购物的兴趣淡了，曾经对于衣物的狂热一点点地消退，仿若隔窗看景，美好依旧，内心已是两重天。

还是喜欢特色小店，一街两行，慢慢地转，随心地看，仿佛水上行舟，两边流动的店面，走过了就过了，投身其中乃至据为己有的欲望浅了、淡了。好在这么多年累积了不少衣物，身材未变，有时捐赠，有意识地处置掉一些，仍然相当够穿。而且我还因之发展出新兴趣，新旧混搭，长短、颜色、质地，进而分列组合穿搭，别有一番趣味。

今夏，翻出一件白底蓝色碎花纯棉小旗袍，素颜，披散着自来卷的头发。穿上身的刹那，我看到爱人眼睛一亮，连连点头："好看，雅致。"心里一动，想起多年前友人留在纪念册里的祝语："祝你一如素雅的雏菊，自尔为佳节。"

我去看镜中的女子，有点儿陌生，又分明相当熟悉。

我想，衣橱如镜，照见了自己在不同成长阶段的不同样貌。

曾经，我对茫然逝去的青春浑然不察，也曾在乱花迷眼中沉醉不知归路，衣的山，物的海，不同色彩、形状，交织成一个锦绣世界，迷失于万千可能中，仿若追着自己尾巴跑的小猫，将追逐当成了习惯，慢慢忘了为何而追，差点儿停不下来。

如今，我对着这重逢的女子微笑，对她说："你好，谢谢你还在。"

（2012 年 9 月）

家居森林

叛逆的青春期里，明明纤瘦清秀的女孩子，莽撞毛躁得像个野小子，而且还理直气壮地发布宣言：此生憎恶花草，誓与一切枝枝蔓蔓相绝缘。

然而，绝缘不了的，是对山野、河流、大自然的热爱。到大自然中去，一条碎石遍地的羊肠小道、一面满目野草的山坡、一个壮阔静美的黄昏，足以让桀骜的心沉醉不知归路。彷徨孤独的少年心事，就这样在广袤的天地间如烟散尽，更在坐卧静默间，与一种声音遥相呼应，一种力量由心生长。

如今，对花草的嫌弃，早成笑谈。但是，说到养花入室，总是踌躇满志开始，虎头蛇尾终了。从心里觉得，养花始终是种负担。逢上诸事忙乱，或者心境骤变，自顾尚且不暇，花儿们的时运就可想而知了。好在我养的都是抗折腾的花，遭逢了亏待，虽不能容光焕发，却还都能不好不坏地活着。反倒是我这养花人兴味索然，趁早转送了别人。

可能是因为自己没有耐性，也养不好花，所以看到养得一室好花的人，便不由得钦羡，缠着人家请教。人家笑着说："哪来的什么秘籍？都是些好养的花，别旱着，别涝着，干了浇水，没事通风晒太阳，不用特别打理，它自己就可着劲儿地蹿呢。"

听着怪简单，反躬自省，做是做了，就是三分钟热度。热血沸腾的三分钟里，恨不能揠苗助长，看它一夕参天。慢慢等它生长，候一个不知何时的尘埃落定，这样的心境，哪里能有？所谓的养花，花不识我，我不知它，虽然近在咫尺，实则远隔千里。

这一两年，因一盆濒死的兰花，我慢慢体会到了养花的乐趣。

兰花是单位统一配发的，平时大家都忙于工作，没人有心管它。终于，兰叶趴倒了，匍匐在盆沿，奄奄一息。同事觉得有碍观瞻，要扔，我看着不忍，留下了。既然是自己找的活儿，顿觉责无旁贷，一改懒散拖拉，立马动手清除腐叶，把水浇透，放到光照好的通风处，定期打理。不承想，一段时间后，匍匐的兰叶悉数挺起了腰身。恰逢阳光洒落，整株植物熠熠生辉，不由得怦然心动。

渐渐地，我成了办公区的"鲜花救助员"。同事端来枯死的植物，我在尽人事之后，不过多折腾，交由植物循着自己的节奏慢慢复原。不知何时，急功近利的，想要一蹴而就的心态没有了，专注于每一个举止，身心得到了放松，结果已经不重要。反而，几乎每一次，美妙都在或近或远的地方自然出现。同事再看，不由得惊呼："啊，是我那盆花吗？！"

家里的植物也渐渐地多起来，书房、卧室、阳台，经常活动的所在，都燃起了绿的火焰。都是好养的植物：绿萝、兰花、虎皮兰、红豆杉、仙人掌、文竹……一生二，二生三，繁衍往复，大大小小，倒有近二十盆。每一盆，都是家里独一无二的成员。

写下这些文字的时候，高约两米的大叶绿萝，一如往昔，静静地陪伴着我，刚刚发出的小叶近在眼前，温润的光泽像要溢出来；小叶底下一株蓄势待发的嫩芽，明天，也许后天，就会展露笑颜，向我问好。窗台上的文竹，昨儿刚发的新芽，积攒了一晚的力量，似乎又长了一点儿。

每次，这点滴的变化，总会让我的心里涌起无言的喜悦，怎能无动于衷呢？它们从不贪婪，只要一点点阳光、空气、水分，顺其性情，就会自在欢喜；它们从不娇气，遇到轻慢伤害，默默承受，既不嚷闹呼号，更不打击报复，顶多以自身的病容做无言的呐喊；它们从不自怨自艾，无论顺境、逆境，宠辱不惊，执着地迸发全身之力，为生存而战。

观看一株植物，时间经由它显形，生命经由它舞蹈。它纤弱而顽强的身躯唤醒的恰是心中曾经那种想要亲近自然的体验。这体验，通往广阔的生命之林，为此生提供不竭的力量。

把花草请入室内，恰如把森林植入家中，依稀重回旷野。整个世界，只剩了一呼一吸的宁静，如此安然和幸福。

（2012 年 9 月）

向己旅行

一、搭　车

候车，久候不至，来则数辆。"一块八一公里！"一车挤跑同行，无视我们摆手，径直停在眼前："上来，给你们便宜点儿。"

离起飞还有一小时，从这里到机场，倘若一路畅通，用时差不多半小时，来不及计较，只好上车。

"一块八"听清时间，形势大逆转："剩一小时？！开什么国际玩笑？你们两个小青年，都这点儿了，还挑肥拣瘦，逮着辆车赶紧上吧。限速六十，你们说，咋跑？""出来玩，花钱不一定玩得好，不花钱就一定玩不好。你们啊，也别太抠了。""看着啊，跑到一百了，被拍到你们买单！"

"一块八"还在喋喋不休，我觉察到焦躁隐隐浮现，握紧爱人的手，想起爱人前一刻还写下"旅行喽，和迎面而来的拥抱吧"。

把目光转向窗外，是辽阔的海，从情绪中抽离，我的心情我做主，谁也别想败坏了，于是从容地还回去："没钱嘛，没钱可不得省着花？已经这样了，难道跳海啊，心情重要嘛，急也没有用，您老拉上了，那就尽快吧。"

"嫚儿，真不急？不怕误机？"司机从后视镜觑我。

"赶上最好，我看，您不会让我们误机。""一块八"收敛神情，一改漫不经心，打开双闪，接下来按着喇叭一路突围，到站还剩三十分钟。下车时，"一块八"对我说："嫚儿这性格好啊，不急不慢的，刚才有冒犯的地方，别介意。"

接过钱又道："我都冒着被罚的危险了，不找了。"我顾不上跟他理论，托运，找安检通融，狂奔，登机。

岩头往温州，一路颠簸在小面包车里，司机精瘦干练，窄长眼，黑脸透着青，眼周尤甚，有点儿凶相。

"青眼"在镇汽车站磨住我们。我和爱人没搭上最后一班车，正商量是包车还是在镇上住一宿。议价时"青眼"眼更狭长，急了的样子，狠砍，本想以进为退，耳根清净再议行程。没想"青眼"犹豫半天，咬牙抢手："走。"我们倒不好推辞，就把随遇而安进行到底。

貌似凶相的他却是不紧不慢地开车，和善地拉呱："来岩头做什么？这里好玩吗？""看到没有，狮子岩，从这个角度看，一只母的，一只公的，特别像。"间歇地，摸一颗杨梅扔进嘴里。

　　说好他拉我们去温州汽车站,一小时的车程。汽车站到火车站,自己想办法。现查手机,打算赶上两小时后的一趟动车。如何去火车站?乘船?坐车?两人正在叽咕,他插话:"倒公交。我讲的走法最快,不骗人,本地开车很多年了,相信我。我们温州人规规矩矩地做生意,听我的没错,我不会骗你们的。"我们赶紧回应:"师傅,我们信,听你的,时间有点儿赶,您给快点儿。"

　　"赶几点?""青眼"全神贯注,双手把着方向盘:"别急,赶得上,我尽量,安全要紧。"破旧的面包车七拐八扭颠得飞快,开到待发的长途车跟前,他眯着眼说:"就这辆!"我们跟他道谢,他临走还不忘叮咛:"来得及,别着急。"

　　车穿行在华美的城市。夜色下的城市,无论是居住地,还是这异地他乡,都有着一样的面孔,透着喧嚣和沧桑。

　　旅行,从熟悉的到陌生的,一样又似乎不一样,迥异的两次搭车,起伏跌宕的情绪,都是迎面而来的风景。

二、随缘聚散

　　打车到码头,正赶上五分钟后开船。

　　卖地图的老太跟我唠叨了三遍:"你们运气真好。他们等开船,等了四个小时。你们一来,船就开了。"

　　前一刻,我还心疼打车的银子,闻言笑逐颜开,抓住爱人的手,跟他絮叨:"这决定又对了!多亏了打车,要是坐公交摇过来,可就错过了。"

　　倚栏休息。三米开外,玄衣僧人朝这边张望。这人在景区停车时我就注意到了,年纪不小了,走路有点儿蹒跚,刚才立在人群外围,些微有些迟疑,一副将走不走的样子。

　　碰上他的目光，我笑了笑，那脸竟粲然若花，朝这边合十作揖，眼瞅着那暗沉的身影走来。

　　"从哪儿来？"照了面，看清是圆脸，笑纹荡漾。

　　"山东。"

　　"哦，来几天啦？"

　　我竖起一根手指："今天第一天。"说完问道，"师父哪里人？"

　　"西安。"

　　"西安？！"

　　"咋，去过？"

　　"我也是陕西人，商洛的。"

　　"陕南嘛，"僧人换了乡音，"咋不说陕西话？"

　　"出来说陕西话，人听不懂嘛。"我也转音。

　　"在这里碰到乡党不容易啊。"僧人递出手里的念珠，"给，和你结缘了。"

　　"给我的？"我惊喜，"谢谢啊，师父到这里多久啦？"

　　"我啊，二十一年了，遇见老乡不容易啊，结缘了。"

　　还待再聊，爱人招呼赶车，边跑边回望，那身影竟也远远挥手，一迭连声的再见如烟飘散。

　　是夜落雨，淅沥至次日。计划午后返航，闻听码头一直停航，不做他顾，还有半日，玩了再说。

　　候车去梵音洞，左顾右盼，希望在熙来攘往中瞥见那身影。这次，一定不会那么急，慢慢跟他询问，关于结缘，关于困惑，或者只是表达谢意，叙叙乡情，终却杳无人迹。

　　中途去了趟洗手间，回来发现车上没有空位了，要等下一辆。我们被横空出世的旅行团挤到队伍最后，眼瞅着又要多等一会儿了。

须臾车来，满满一车人，这一站跳下来两个，乘务员探出身子吆喝："再上两个，只能上两个，多的不拉。"导游悻悻地收脚，我们暗自庆幸，拨开人群跳上车去，奔赴下一程。

到码头，沈家门方向刚刚开航。

突然想到来时的凑巧，当时庆幸，并归咎于做出了正确的决定。只是，这一程的赶巧、错过，结缘、不得，又是谁能刻意设计和控制的呢？老想着做一个最好的决定，好来他个恰逢其时、恰如其分。这样，无形中迎面而来的有了好坏对错，心情难免忽上忽下，游离在懊悔与庆幸之间，唯独出离了当下。

真有所谓最好的选择吗？莫如卖地图老太那句："运气真好。"

把玩红色珠串，晶亮剔透。看似聚散随缘，其实触着了心。

三、似曾相识

群山褶皱中的林坑古镇，一江穿流，木石古屋，黛瓦白墙，依山势错落，百户人家基本靠着农耕、旅游，生活就能自给自足。

早起爬山，路口人家的小黑狗颠颠地凑近，跟了两步，恋恋转身。山路蜿蜒，一路草香。草上栖着蝴蝶吧？白的、粉的、紫的，一只、两只、三只，近了，原来是无名小花。真的蝴蝶，五彩斑斓，栖在几步外的石阶上，人走近了，旋即飞舞盘旋，给我们引路。田间农人正锄地，一步一顿，锄松的土变了暗色的水流，追吻着后退的赤脚，地便着了明暗；那暗的，还在一行行扩张着领地，垄间的小苗绿得精神。日头炫起来，黄狗在地头追着日影跳动着，四野极静。

下榻的木屋临着石桥，上下两层，收拾得干净齐整。屋主住在一楼，厨房、餐厅、杂物室也在这层。窄窄的木楼梯通向二楼，楼口鞋架上摆放着拖鞋，换了鞋，踩着栗色木地板，"咯吱咯吱"走上去，人不由得变得小心翼翼，生怕惊扰了什么。恰逢淡季，整个二层就是我们的二人世界。凭窗眺望，满眼黑瓦屋顶，水流隐在檐下，訇然有声。

待到吃饭时，大姐在楼梯口吆喝："下来吃饭了。"

吃的是农家饭菜，站到冷柜旁边指点选拣，大姐应声而做，厨房里风箱、锅瓢的声音此起彼伏热闹非凡，一会儿，饭香就溢出来了。灶里火光正旺，铁锅里南瓜焖饭嗞嗞作响。屋主的老父亲正往灶口添柴，瘪着的嘴笑得灿烂。

我同大姐聊起来，大姐有五个闺女、一个儿子，儿子在外地读书，女儿外嫁多年。同村里大多人家一样，老两口守着一院春秋寒暑。老父住在另一座村镇，近日来女儿家小住，明晨回去。老人八十有五，身板硬朗，耳不聋，眼不花，至今在外做活。说起住处，老人兴致很高，比画着问我们："你们去不去，我们那儿比这里还古，你们要去，明晨我带路，从对面的山路走，两小时就到；要不去，我从村口坐车回去。"我们摆手："大爷，下次吧。"

桌子摆在院中，三两个小菜，一壶清茶。正黄昏，石砌的矮墙上盆盆罐罐中栽种着各种不知名的植株，面前，空谷雾岚。我们两人就都轻轻的，不舍得弄出大的响动。

冷不丁一锅铲伸到眼前，大姐说："给，好吃。"焦黄的锅巴，搓手拿了，咬一口，脆的，软的，暖的。碰碰身旁的人："喏，尝尝，可好吃了，小时候常吃。"

老人躺在倚墙的竹椅上，半眯着眼，目光虚虚地盯着绵延的群山，溪水欢唱。听到动静，朝着我们温和一笑。

此情此景，似曾相识，在那八十五岁的老人眼里，我看到熟悉的神情。原来旅行之于自己，就是重温那种心底的柔软，回归那个内在的宁静。

曾几何时，自己在一次次旅途中释放，厌倦，重来。在寻找什么呢？生命就是在路上，一次次出发，向着自己。

八九点钟，村子就睡了。就这样，枕着水声，我和爱人也依偎着睡去。

（2012 年）

蝴蝶风暴

"怎么搞的，这次成绩倒退这么多？""你可是家里的老大，弟弟妹妹们都把你当榜样，你可要带好头啊！""你悄悄地别吱声，没看自己成绩倒退成啥啦，还有脸给你弟弟说题。"……

口，无数个，不断开合，话语的利箭"嗖嗖"地射来，孩子呆站、羞耻、愧疚，世界失了颜色。

大约是小学时的某次考试失利，印象中成绩滑到了班里第十八名（全班五六十个孩子）。作为家族里小孩中的老大，我被大人各种说教。

原以为时过境迁，当时那种无法道与人知的心境，自己早已一笑置之了。不承想，最近学到"精神分析"理论，意识到童年经历对于个体发展的影响，不由得联想起这段经历。淡忘的陈年旧事，就这么奔涌而来，依稀又回到了那个避难的旷野，长风劲吹，天地静默。

最近同学聚会，不知谁起的头，大家都在"忆往昔峥嵘岁月稠"，做东的朋友提议在座的都用一句话概括自己逝去的学生时代。起先我还嘻嘻哈哈地听，轮到自己，擎杯在手，凝神静思，不知怎的，某些声音冒了出来，人一下子跌到尘埃里，脱口冒出一句："回首向来萧瑟处，也无风雨也无晴。"

好友敲我一下："酸死啦，你才多大！"回过神后自己也觉得讪讪的，这是适宜自己消解的滋味。再说，成长的伤痛谁人没有呢。也转而明白了学生那会儿，为什么每每试着跟死党倾诉，都被看作是虚荣的炫耀。

那么，过往翻篇，看看现在。

按说，自从工作开始，人生就被交回自己手里，不会再有人碎碎念"分数"，也不会再有人耳提面命。世界变大了，正可随心所欲，自在蹦跳，却不知怎的，那种天地至大、小如尘芥的虚无感，那种稍有差池、糟糕透顶的自责，那种渴望认同、迁就别人的习惯，仿若关节上的老风湿般挥之不去。

很长一段时间，我都有种感觉，时间自顾自地溜走，人生仿佛搁浅了，我表面上在笑着应酬，却总有一种焦躁、孤独感如影随形。

也忘不了刚入体制时的那一段军训经历。入职伊始，几乎直接从大学宿舍搬到部队营房，将近三个月的全封闭军营生活里，每天凌晨五点，被起床号催逼着起来，近百号人集结列队，惺忪着睡眼，虚浮着步子，跟着教官七扭八拐地跑进蒙蒙的天光里。还有几次，夜半睡得正酣，被集结号叫醒，直接展开危机演练。犹记得每天的五公里拉练：路，无边无际；跑，无休无止。眼看着跑到路尽头，大海波光闪现，大部队没有停顿，立马转身，原路返回。如此每天拉练，大家都叫苦连天，但对于山里出来而且喜欢在野外晃荡的我，其实还不算太难，最难受的是那份自己也不知其所以然的惶惧。我不清楚自己为什么偏偏要在人群中死压着步子，为什么那么害怕别人知道自己还算能跑？为什么内心总是躁动着某种狂野的东西，同时恐惧着一不小心那东西会把自己连同周遭世界一并摧毁？

虽然压抑着、惴惴不安着，但作为考核指标之一的五公里达标测试还是来了。

起跑前，一如每次竞赛前，我都瞻前顾后，内心全是惧怕，可是一旦开跑，什么保持中游、不要争强好胜，通通地抛到了脑后，只是拼命地往前冲，不能落后，就是不能。结果，达标测试成绩女生中第一。脸膛黑红的教官惊讶地问我："你是不是受过专业训练？"

见我摇头，教官兀自不信，笑着说："怎么办，很多男生不服，要找你单挑啊？"

这样的时候，像既往大大小小的每一次考试过后，压力、懊悔、挫败、极度糟糕的自我感觉，铺天盖地席卷而来，唯独没有成就感。

也想起几年前，在一次体制内的竞争上岗中，我尽了全力，却止步最后，诸多议论，也有替我鸣不平的声音。

我跟好友抱怨："我早就说了不报名，不报名又有不支持活动之嫌，这倒好，名是报了，也投入了，最后才发现是大大的一圈白折腾。我真蠢，早知道当时坚持不参加了，嘻，真没意义。"

不承想，一向温厚的朋友一改嬉皮笑脸，正色说："甭管别人怎么说，别让牢骚腐蚀你，你只问自己尽力了没有；尽力了，就可以心安理得了。至于什么是意义，别拿形而上作盾牌了，行动就是意义。我觉得，努力不会白费，只不过暂时还没有效果。也说明我们还不够强大，要努力让自己强大点儿，再强大点儿。"

看朋友滔滔不绝、一本正经的样子，我的心里轰然一声巨响。我突然明白，这么多年，鬼一样追着我，怎么也甩不掉的，竟是学生时代那些叠加着不断开合的口，以及那些口中"嗖嗖"射来的利箭。我光顾着逃，慌不择路，逃着逃着，竟迷失了自己。

原来，童年时代那一只轻扇翅膀的蝴蝶，在彼时孩子心里掀起的风暴，绵绵无绝期。那时她觉得：好成绩带不来安全感，世界是角斗场，竞争永无止境，逃无可逃。那么，要么硬抗，把那好学生、乖孩子的身份扮演到底；要么自欺欺人，不竞争，怕"成功"，如此就能够回避可能的失败，以及随之而来的惩罚和否定。

现在，我静静凝视、默默倾听这哭泣的孩子，内心涌起冲动，我想拨回时间的钟，我想握紧她的手，我想给她一个大大的拥抱，我想温柔地对她说："不怕，搞砸了也没事。转眼看看，天塌不了。无论怎样，我和你在一起。"

我们一起沿着长路一路走，一起去看碧波荡漾的大海，一起去看蝴蝶风暴之后的世界，怎样徐徐地涂上了暖色。

（2013 年 2 月）

每一个自己

这是写字楼里的一套复式单元房，扶梯处背墙装了一个自动升降座椅，类似简易电梯，是大肚孕妈们独享的尊荣。

我照着指引坐上去，系好安全带，按下按钮，把椅子连同自己发运到了二层。

首先撞上的是几双顾盼的眼：窄的、长的、大的、小的，含笑的、好奇的。随之，声响浪花样飞溅："你好啊。""哇，你身材真好，哪儿都没胖，肚子也不大……几个月了？……""亲，慢一点儿下，来，到这边坐……"

说话的是三个化妆师。松绾发髻、语气温柔、四十岁上下的看着像是个小领班；挂着黑色粗框眼镜，麻花辫松垂到胸前的叫小刘，是今天为我服务的化妆师。另外，还有个神情活泼、扎着丸子头的九〇后女助理。

我被指引着坐到小刘的化妆台前。

"你是我遇到的最瘦、身材最好的孕妈。"

"谢谢，你真会说话。"

另一侧和我孕周差不多的孕妈浑圆丰腴，滚圆的肚皮上一条触目的黑线。我不由得摸摸自己的肚子，冲着镜子里的人笑一笑。

虽然周围人都说我身材不错，但面对镜头，对于在众目睽睽之下展现自己，我其实总有些拘谨和张皇。三十多年的成长经历中，我花钱拍照只有两次：一次是婚纱照，一次是情侣写真。

先说婚纱照。再说写真别无他意，实际顺序如此。

记得拍婚纱照那会儿，我和爱人去影楼咨询，客服迎面就问："拍写真？"我说拍婚纱照，客服上下打量，惊讶地说："真的假的啊？你们看着很小，这就拍婚纱照啦？"时隔几年，我俩再进影楼，这回客服问："二位要拍婚纱照？"我摇头："不，拍写真。"

就拍照经验来说，婚纱摄影那次不算。当时因为不想直面内心的紧张，所以我找了保证只抓拍不让摆拍的摄影工作室。拍摄全程，我和爱人在海边疯玩，摄影师扛着镜头跟着抓拍，当然自有一番美好回忆，我们的片子也被他作为拍摄样片，自此还成了朋友。

计划怀孕前，出于对二人世界的纪念，我们想要拍个情侣写真，也决定换一种拍摄方式，于是主动体验了影楼的摆拍模式，不承想还不坏，没有想象中那么可怕。

也亏得那次尝试，如今再面对镜头，我就多了一份自在。放松去看镜头，直看进那晶亮的深邃的洞孔里，忘了身在何处，仿佛灵魂出窍，自信心开始慢慢地滋长。这样的时刻，空寂而宁静，每每摄影师也报以由衷的赞叹。

我听力不好，和人沟通起来总是慢半拍。好在，亲爱的他一直陪伴左右，是我忠实的耳朵。听不清时，我就求助地去看他，他的笑容总能让我如释重负。

轮到拍摄最后一组个人照片时，爱人去了卫生间。摄影师远远地冲我说话，说了半天，我只看到口唇开合，耳中尽是"嗡嗡"的声响，全然听不出他说什么。彼时站在聚光灯下，不知怎的，四周突然空茫，片刻心慌。我想起对于自己听力不好的事我已有言在先，于是抱歉地微笑，坦然地对摄影师说："不好意思，你大声点儿，我听不清楚。"

摄影师反应过来，示意助理："你到她旁边去给她示范动作。"

拍摄中，摄影师难免会忘记这茬，这样的场景就一次又一次地重复。每一次，我都坦然微笑，曾经的尴尬、张皇，曾经的自卑、郁闷，不知何时消失了踪迹。

每一次换装，化妆师的手轻巧地在我的头上、脸上忙活，一点一点地勾勒出变换的造型。镜中的人，熟悉又陌生。

回头追忆逝去的三十多年，孩童、少年、青年、中年，从人之女、人之妻，到将为人之母，每一个阶段的自己，哪一次，不曾涌现似曾相识又些许出离的感觉？

此生，总归是时变时新，总归是熟悉中又不断叠加的陌生，惶恐、激扬、鲁莽、勇敢、踌躇、前行，慢慢地到了这里。也慢慢地接纳自己，接纳这个不完美、有着若干局限的自己。慢慢地放松和打开，慢慢地认识自己、爱自己，承认局限与缺憾，与它们和解。

人生的旅途上，我带着好奇和热情迎接迎面而来的每一次邂逅；人生的聚光灯下，我爱每个时刻下的每一个全新的自己。

（2013年9月）

平凡之路

我已席地而坐，汗如雨下。毽友们还在腾挪闪躲，白色的毽球凌空飞舞。

这是午间例行的活动时间，只要不外出，雷打不动。

我刚踢完一场，下场休息，比分从来记不得，输赢都糊涂。

从旁观战总是轻松的，看这些每每相聚的面孔，看白色毽球"嗖嗖"地翻飞，看人影慢慢把空旷填满，有点儿亲切，有点儿陌生，看着看着，恍然失神。

彼时，我刚刚递交辞职申请书。

辞职前，我在海关的企业巡查岗位。具体说，就是按照每季度的巡查名单，逐一实地核查，看看是不是确有其人，注册的信息是不是属实，回来后根据情况分类处理，到了季末汇总上报。

干企业管理业务前，我在直属海关法规处工作十多年，后几年专门审核各职能处室制定的规章制度和作业流程，如今轮岗到基层，也算把理论应用到实践。企管业务很好上手，个人就是流水线上的螺丝钉。相较之前的工作，极少没完没了的文山会海，没了互相掣肘的殚精竭虑，少了徒劳无功的加班加点。事情单纯，隔三岔五地出外勤，对于常年呆坐不动的我而言，竟生出许多意外的美丽。

犹记得第一次外勤巡查，按图索骥，车子驶离闹市，人烟渐渐稀少，继而钻进了山道，曲里拐弯去山里寻一家企业。寻找未果，并不烦恼，摇下车窗，迎面是凛冽的风，松涛阵阵，山石嶙峋，一个转角，仿若回到故乡。

再去下一家时，倒是没有扑空，小区里的两室两厅，办公、居家合二为一，我和搭档出示证件，告知依据，询问核查，登记记录，凡此种种，眼见年轻的小夫妻手忙脚乱，一派惶恐，不由得心生柔软，絮絮地跟他们解释规定，叮嘱注意事项，临了还不忘安抚："就是例行巡查，别担心，只要遵照规定就没事。"出得门来，对小夫妻的状态忍俊不禁，又和搭档慨叹生活的不易。

与我搭档的姑娘小我四岁，却似乎与落伍、笨拙的我隔了一代，满脑子小女生的惊乍和天真，常常在细微处见着意趣，出行的路线规划和导航，不得不就近速战速决的简餐，她总能安排得妥帖而多变，每次的结伴远行都像探险，从不缺少妙趣。

舟车劳顿的沉默里，我在颠簸中手捧一卷自在读书，她窝在一角刷淘宝，两人相安自在，互不探究或评判。

慢慢地，不知何时起，上车伊始，她会提醒一句："系好安全带。"而我也悄悄学会了网购、导航，日常里多了些生活技能，也终于不至于出门就把自己走丢。

决心辞职后，盘点了手头的事项，一如往昔地踏实去做。

结束一天的行程后，大多日落西山，摘脱了肩章，与搭档匆匆别过。一般我会让司机先放她下车，总在公交车站或路口转角处挥挥手，嘱咐她一句："注意安全，再见。"

红灯亮处，车子将走未走，眼见那一个身影淹没在人海；绿灯闪烁，车子渐行渐远，心里慢慢涌起一股莫名的感伤。

想起那个场景。热火朝天的运动场上，我跑完接力，一屁股跌坐到塑胶场地上，汗如雨下，看夕阳西下，倦怠如烟升起。那时刚参加工作不久，正值狂风骤雨的青春期，想跑想跳想叫，却不知和什么冲突、较劲儿。头顶上突然冒出一句话："丫头，咋看你没着没落的。"我骇了一跳，仰头看时，这人背光站立、巨大的暗影交织着暮色黄昏扑面而来。

多年后，记忆中这个已然淡忘的场景悠然穿越时空与我重逢，眼前又一个离别的黄昏，这一座无休无止、奔腾向前的城市瞬息静寂。终于明白，一路走来，无数次这样细碎而平凡的温情，无数回黯然又柔软的时刻，无数个结伴一程终将擦肩而过的灵魂，还有那得失取舍间不断破碎又修复的自己，都如年少的青春、远处的故乡，一去不返。而这一曲人生的离歌啊，单曲回放，一遍又一遍，伴着我一次又一次离别与出发。

递交辞呈后，找一个周末，老公和儿子陪着我去海关拉回了私人物品。

三岁的小不点儿兴致勃勃地跟我去活动中心拿毽球鞋。

拉开橱柜门，我指着摆放整齐的毽球，告诉笑逐颜开的孩子："喏，毽子，妈妈平时就在这里活动。"抓出三两个，给他比画，"看，就这样，踢到那一边。"毽球应声飞舞，擦着球网落到另一边。活动时热闹的场子，空旷得没有回声。

运动鞋待在敞开的格子洞里，拿出自己的，空了一个位置，不用想，很快会被填上。

辞职批复后，去办交接。办完手续，夹紧盖章的文件，从海关院里往出走。

仲夏的天气，原本还一派晴朗，转眼黑云压顶，闷雷滚滚。仰头回看，看那直插云天的临海大楼；看那院墙一带，树影婆娑、矮矮灌木；还看那水天交接，一片浩荡。脚下加劲，疾步快走，一步一步，走出海关。

车还未来得及驶出前海弯道，暴雨倾盆而下。

我想起入海关面试时，曾被问及一个问题："家在外省，书也不是在青岛读的，为什么来这里工作？"

意气风发的自己脱口而出："就好像鸟在天上飞，嘴里衔着一粒种子，不知道飞到哪里，不知道什么时候，嘴一张，掉下来，也许就生根发芽了。"

只是，这一只翩翩青鸟，从哪里来？在哪里盘桓？又终将飞去哪里？

就像朴树在《平凡之路》里唱的："我曾经跨过山和大海 / 也穿过人山人海 / 我曾经拥有着的一切 / 转眼都飘散如烟 / 我曾经失落失望失掉所有方向 / 直到看见平凡才是唯一的答案……"

向前走，就这么走，这一条像你、像我、像他冥冥中要走的平凡之路。

（2017 年 12 月）

你原来在这里

一

"孩子"说:"有一个刹那很安静,就是听你聊你那些有趣的朋友的时候。"

彼时,两人闲坐聊天,被我叫作"孩子"的这位新朋友,点头之交很多年。

近来打了几次交道,觉得投缘,慢慢地交往多起来,称谓也在不知不觉间花样百出。

今天信马由缰,聊到了有趣的朋友,我开启了话痨模式。他就那么坐着,静静地听。末了,甩出这么一句。

落地窗外,海隐在雾霭的深处,一脸的倦怠无神。

像我絮叨聊起的A。

A在作文中用"大而无神"描述自己高度近视的眼,被老师作为传神的范例。

除非上课,A从不戴眼镜,大睁着温顺茫然的双眼,视而不见地与人擦肩而过,眉心零星嵌着几粒痘痕,说话时舌头老在齿间翻卷,略微的大舌头,日渐稀落的长发,善做女红却一紧张就颤抖的手。

我曾握紧这双手,一再地安慰:"别难过。"

彼时,我们并肩坐在田埂上,秋天的野草伴着少女的心事迎风摇曳，大抵她是为着家长里短伤心，具体事情已经记不真切了，独独那个旷野的黄昏，以及心中涌起的夕照般温柔的感觉，在记忆中纤毫毕见。

Ａ是优等生，温淑柔韧，刻苦自觉，永远想要更上一层楼。而我，玩心未收，不思进取，刚刚混个成绩中上。初识的握手，模糊地许下了一个决意包容和珍惜的承诺，我们成了公认的好朋友。

决裂始自某学年的期中考试。我埋进小说堆里忘了形，临阵磨枪的复习也省了，考场上对着试卷干瞪眼，着急慌忙间，只好硬着头皮向前排的她求助。不承想，她不但没有施以援手，反而把卷子牢牢圈进怀里。一门门考下来，我直接进了退步最快排行榜，被老师的奚落、父母的斥责，还有她漠然戒备的神情，逼入窘境。

自此我们形同陌路。我被一种背叛的耻辱和离弃的愤怒支配着，退守至孤绝，一门心思奋起直追。一次又一次，我的名字在成绩榜上离她越来越近，终至超越。

苦读备考的日子，仿佛在一条黑暗的隧道里攀爬，一步一步，除了孤独，没有光。

不止一次，那个黄昏温柔的记忆催逼着我逡巡在她家楼下，一级一级，拾级而上，到了楼道里，看到窗台上她洗得发白的球鞋，心里涌起一股想要破门而入的冲动。想放下倔强，跟她说自己很难过，却还是在听到窸窣的动静后，仓皇逃离。

中考后，我选择继续上高中，她去了一所师范学校。

有次整理书本，一只叠成心形的信笺从书中滑落，满满几页纸的心事，竟是她求和的告白。

蓦然想起某次课间，见她神色慌张地从我的桌旁跑开。

几年后，收到她的书信，落款是"不知能否是你新朋的旧友"那一个瞬间恍惚如昨，牵肠挂肚的某个东西忽地落了地。

此后经年，我们经历着截然不同的人生，却再也不曾断了联系。

师专毕业后，她回乡做了一名老师。我高中、大学毕业，参加公务员考试，把工作找到了外省。闪婚翌日，她遭遇家暴，发短信给我说：以为用婚礼给父母一个交代，却原来是噩梦的开始。与施暴的男人周旋几年，终至对簿公堂。对方破罐子破摔，极尽折腾之能事，让这场官司在当年的小城里，好一阵喧腾热闹。

她深受打击，沉寂了好几年。

每次我回老家，都要约她见面。我们仍像过去一样，并肩走到河堤、山坡，找一处坐下，絮絮地谈论彼此的近况。听她说到伤心处，爱莫能助的我总是握紧她的手，一遍一遍地告诉她"别难过，会好的"。更多时候，我们都只是静坐着，把目光投去眼前的旷野山林，在沉寂中待一会儿，再待一会儿。

几年后，她再婚。寻寻觅觅的那个人，敦厚朴实。之后，生了个大眼扑闪的胖小子。

我总无缘由地想起旷野中的比肩而坐，长风浩荡，天戴其苍，地履其黄，或谈说或沉默，最抚人心。

其实，我的心里还潜藏着一份深深的感谢，谢谢她，曾激起了一个少女顽强的上进心；也珍惜她，再次走入我的生命。

二

B与A同名不同姓，是高中结识的死党。

B卓尔不群，雷厉风行，飞扬跋扈，是校园的名人，师长的红人。早在同班前，她的大名就如雷贯耳。大约因争强好胜，气焰太盛，B的人缘并不太好。

与B相反，我敏感随性，喜欢窝在靠窗的一角出神，或看小说。

虽然学习不错，但对于学习委员、课代表之类的提议，一概谢绝，也对一切热闹喧嚣、拉帮结派退避三舍，冷眼旁观。

B向来最活跃，功课不算最好，课堂上却一副全知全能的模样，举手恨不能举到老师脸上去，无论是不是她作答，扯着嗓子一马当先。B住校，家在距校两个多小时车程的乡镇上。她有本事迅速与镇上调到学校的代课老师以姐妹相称，打成一片。她经常参加演讲比赛，别人费心写稿琢磨，她有老师背后帮衬；运动会时，别人懵懵懂懂站在起跑线上，她训练有素穿着老师给找的钉子鞋自信满满。

还有，她可以自由出入校广播室，让自己的声音飘荡在每一个薄暮时分；潇洒地登上领奖台，把三好学生、优秀班干部、年级优秀学生诸如此类的奖项悉数收入囊中。

也许说悉数不够准确，那次就是一个例外。

新任班主任与支持B的老师不睦，对B的桀骜跋扈并不欣赏。B不但不收敛性情，反而屡次公然顶撞。那个学年，B以为如囊中之物的奖励不翼而飞。B拍案而起，冲进办公室，在各路老师的瞠目结舌中，愤然斥责班主任公报私仇，气得老师拂袖而去。

一次早自习，B紧赶慢赶冲到教室，班主任堵着门，一个犹豫，铃音拖着长长的尾巴擦身而过。不依不饶的责骂、急促渐弱的道歉飘窗而入。之后，B放慢脚步缩进座位，肩头耸动。

鬼使神差地，我竟写了张字条抛给她："别哭！否则，岂不正中人下怀。"回过神来，我被自己的莽撞举止吓了一跳。

当天义务劳动抬土，我正拎着半筐土往指定地点蹒跚而行，突然，手中的分量轻了，我抬头，B冲我温和地笑着。

也是那次劳动，我弄破了手，B比我还紧张，撮嘴不住地吹，硬掏手绢给我缠手，还絮叨地问疼不疼。

我说："你也太夸张了，别闹恁大动静，我又不是纸糊的，小心弄脏了手帕。"B说："逞啥能，我愿意。"我就笑，心里暖暖的。

一夕之间，性格迥异的我俩一拍即合。B是一束强光，我不经意的一次推窗，成就了彼此的照面。很快发现，她就是情绪的放大镜，快言快语，心事溢于言表，悲欢喜怒如疾风骤雨，来去匆匆。貌似精明有主见，其实憨傻脆弱，冲动易伤。犹记得摸底考失利，她在校园的昏黄路灯下，在默然无语的梧桐树下，抱着我哭得肝肠寸断。

她带我去见识了二十多年前偏远县城的学生宿舍，锈黄的窗子、一溜排开的大通铺、散落墙角简陋的洗漱用具，寒冬酷夏与外同温。B身材壮硕却无比怕冷，我总把她冻僵的手拢入我套袖里一点点焐热。

收到男孩子炽热的情书，B欣喜又慌乱地寻我讨主意。情书被叠成当时流行的双心形。我问她，有没有可能。她说，门儿也没有。我说，别声张，也别伤人。她依我主意把两颗心从中撕开，悄悄退回了书信。

毕业前的寒假，我随她回家过年。她抱着一堆衣服在河滩洗涮，冲笨手笨脚的我说："别插手，你又洗不干净。"天寒地冻，她搓着双手冲我笑，说："不冷，这里有泉眼，水是温的，不信你试。"

正月十五，她与家人赏灯看社火，她拽着我从满街的锣鼓喧天中先行退场，退回到一室的寒冷中。她说给我煮元宵，低头往灶里添柴。火光映红了她的脸，一脸的狂躁和神伤。我问她到底怎么了。她说想喝酒。就真的拎了二锅头，在年关将尽的夜晚痛哭一场。

我不语，任她张狂，听她絮叨。大抵是情愫暗生，相逢恨晚的虐恋心事，只能在苦读里憋闷着前行，长路无期。

大学后有次寒假，我陪她费尽周折寻进莽原深处，看到了嵌在黄土褶皱里平淡无奇的农家院落，却在匆匆一瞥后，仓促离去。

残阳如血，莽原无语。她说，那是她暗恋的人的家。

再后来，她在火车上邂逅了一位部队小伙儿，迅速坠入爱河，恩爱痴缠了几年。还曾毫无防范地以己之名替转业的小伙筹钱创业，爱恋由浓转淡后，对方却矢口否认，这段关系在残酷的现实面前惨烈收场。

毕业后，B浮萍一样腾挪辗转于N个城市，感情比起频繁更换的工作更难把握。她由初始电话里的失声痛哭，到后来的绝口不提。

我不多问，只是一再嘱咐她，一切会好的。

三

"会好的。"我也对泫然欲泣的C说。

C是我的大学同学。阳光在回廊编织细碎暗影的午后，备考的我们不期而遇。藤蔓青了又黄，光影去了又来，一种东西安静生长。

C长我三岁，身量苗条，柳眉杏眼，长发及腰，慧黠沉静，喜吼秦腔，爱唱民歌。

我喜欢看C打理头发，动作轻柔娴熟，一帘黑瀑布便倾泻眼前。我也留长发，顶着一头枯草却不会打理。每次洗完澡，湿发咬缠令我心里打怵，情急之下由不得狠劲梳扯，心情像澡堂的空气湿漉漉地黏糊。C看不过眼，夺了梳子，我便心安理得地顶着湿发由她梳理。

我毛手毛脚，老要把自己磕碰出点儿小伤，每次都是C给我善后。

脚底长了鸡眼，我说，不用管。C偏扳着我的臭脚丫一板一眼地去挑。

身体不适被赶鸭子上架参加运动比赛，满场一片加油打气声，只有 C 絮絮地从旁叮嘱:"别逞能,走个过场就下来。"知我者,莫若 C。那场比赛,我把自己弄得躺倒了三天。

我时常受困于自己也不明白的内心冲突。C 对我的狂躁、焦虑以及飘忽,总抱以宽容的一笑。别人问我啥事笑得豪放。C 说:"别笑着哭了你。"旁人惊异我坐着线路最长的一趟公交起点终点无事晃荡,C 说:"就不能让脑子停停,别净琢磨些乱七八糟的事。"

我也喜欢唱歌的 C。每看她在歌声中神采飞扬,忘我舒展,我就真心实意地拍疼手掌,比她还快乐。

事实上,C 不快乐。

C 因为生病背负着心理枷锁。为了从生活费中挤出寻医吃药的钱,C 生活极简,行踪不定,猜不透的人背地里议论她我行我素,抠门古怪。

C 试过不少中药偏方。有一阵,我就见 C 蹲在楼道里,炉子上坐着砂锅,她扇动着蒲扇正煎熬中药。正是夏天,宽松长裙笼罩的 C 松绾着头发,眉眼低垂,一下一下地扇。那浓重的药草味道,随着 C 挥手的动作,一丝一丝地掺入青春的明媚娇艳和血气方刚里,仿佛与那个溽热的夏的气味、声息一起,混合成挥之不去的黑色忧伤。那情境、那味道,深深地刻进我的记忆里。

我还陪 C 看过一次病。

曲里拐弯寻进胡同深处,穿过暗淡的楼洞,进到诊室。正碰上陪儿子看病的妇人,她哭丧着脸絮絮地诉苦,身旁的青年满脸愁云,低头不语。

轮到 C,全然没有了平素人前的镇定,脸上堆起古怪的笑,恓惶拘谨,屡屡抬手拭泪。大夫在问诊的间隙,突然转头问我:"你没事吧?"我一怔,旋即反应过来,摇摇头。这人乜斜着眼朝我上下打量,好像要看出个究竟来。末了,嘴里嘟囔一句:"哦,这倒怪,一般都不愿人知道的。"我突然觉得愤怒，搂住 C 的肩膀，走开几步，不知道在生谁的气。

陪着 C 走到取药窗口，眼看着手在洞前一伸一缩，省吃俭用挤出的血汗钱被这洞口吞没，再出来，是一堆莫可名状的药丸。

C 拎了，轻叹一声。我忽地觉得这地儿空旷得悚然。末了，反而听到自己突然提高分贝、故作轻松的声音："嘿，这倒方便，不用自己熬了。"

C 消失了几日。再去找她，掀开铺位的帘子，我看到她哭泣的脸。她抱着我抽噎着说："我真的扛不住了，昨儿复查，大夫问我吃啥了，我不敢说。那药杀白细胞，不能吃了。"我木桩似的，只会说："别哭，有我在，会好的。"

那之后，药罐煤炉销声匿迹。C 静悄悄地隐在帘后打坐练功，一坐几个时辰，老僧入定样。

我有她一张照片，背景是灿然炫目的一眼喷泉，光影顺着她披垂的长发流泻，眼波温婉。

毕业告别，我一一送走所有的朋友。C 除外。

C 送我，说："要看你稳稳当当地走。"我憋回泪，只是笑。

车子驶离，我不回头，仿佛如此，那人就还在。

多年后，收到结婚生子的 C 的短信，问："干吗呢？是不是又穿个睡衣抱个靠垫窝在沙发上看电视呢？还是在外面瞎晃荡？"

那个阳光斑驳的午后忽忽悠悠地驭风而来。

海角天涯，人间至味是清欢，朋友都在，就好。

四

D 小巧玲珑，有点儿神经质，飘忽冲动，烂漫混乱，自理能力奇差。

我们初识是在水房。

彼时，D正跟搓衣板和被单狼狈较劲儿，我实在心疼那喧天的流水，过去搭了把手。

D的铺位永远零乱，床单的污渍赫然在目。帮她整理过一回，隔天故态复现。我说："这样你也能窝在里头，佩服佩服。"她竟一脸无辜地说："挺好啊。"

D出了名的丢三落四，竟能记错时间错过考试。错过了，也并不太在意，只说："哎呀，明明记得是下午考，咋成了上午？"

D喜欢电影《黑暗中的舞者》，是比约克编曲兼主演的剧情片。比约克的"鬼声"举世无双，音乐轻灵任性，乍听肆意妄为，再听鬼斧神工、浑然天成。D沉溺于这部影片很久，只是不知是电影中灰色的深渊攫着她，还是信念的穿透力主宰着她。

D生长在单亲家庭，与母亲相依为命。她母亲常说，我们小D不出嫁，妈养一辈子。父亲是那个家的禁忌。

D睡觉极不安稳，辗转翻腾，梦话连篇，总要寻个依靠，跟她挤过一床的女友，都被她八爪鱼样的睡姿逼得贴上墙。

D爱跳舞，在夏夜的天台上伴着收音机跳舞，像苍黑的天穹上沉静的云彩，美不胜收。

D喜听歌但自己绝不开口唱。有次坐长途车，她逼我哼唱给她听，我一首一首地哼唱，她侧耳倾听，氤氲的光影明暗交替。

同学大抵受不了D的随性妄为。满脑子天马行空的想法，念头起处，必抛掉当下的一切，追随了去。别人看着她东一榔头西一棒槌，跳跃式地从一个荒唐奔赴下一个荒唐。她自己不察，只觉不如此就过不去。比如正复习备考，别人的毛绒挂坠虚晃而过，她就跟被点燃的爆竹一样跳将起来，把书塞我怀里。问她干啥去，回复说：

"才想起，我就是要买个那样的挂坠……"人已没了踪影。

D后来与一个低年级的男孩好上了。男孩子弹一手好吉他，嗓音浑厚，愿意自弹自唱录歌给她听。她偷拿了给我听，脸上浮现些许实落的笑容。两人都爱狗，养了只沙皮，布袋样垂挂的脸，憨傻可爱。D不顾他人侧目，常无所畏惧地把自己装在超短吊带裙里，挂在男友臂弯上，牵狗在盛夏傍晚的校园里散步。别人啧啧她穿得忒凉快。D听不出揶揄，认真地分辩："哪里不好了，我觉得没问题啊。"

后来D问："你说，开个宠物店可好？"消失了一段时日，再出现，又跟我说："店面盘好了，我们打算自己粉刷，做门头。"

陪她戴了纸糊的帽，踩高爬低，往墙上刷淡黄的漆。我们头挤着头叽喳比画，看男孩把门头一笔一画地绘起来。不过两人满腔热血空有激情，欠缺规划和市场经验，不免渐渐捉襟见肘。偶尔探访，两人抓起我带来的馒头，狼吞虎咽，一副狼狈样。

有次，D突然跟我说："你不是老说在宿舍受限，要找一个可以尽兴乱喊乱跳的地方吗？我带你去，你掀了屋顶都可以。"

那个地方是她的家。

她带着我迫不及待地走，抄近路穿越狼藉一片的工地，拉我爬上很窄的院墙，指着下面密密匝匝的居民楼，说："喏，看见没有，在那里，跟我走，从垒砖处下去。"

跟在她身后，我战战兢兢地挪动脚步。她回头，说："别朝两边看，尤其是下面，什么也别想，抬头往前走，一直走就到了。"

我愣怔了，彼时正逢毕业季，几种拉锯的选择，让我纠结煎熬。

正是黄昏，她张开双臂，迎着日光自如迈步向前。

不知怎的，我好像看见电影中失业的塞尔玛揣着失明的秘密独自走到铁轨上，在黑暗中翩然起舞。比约克任性的声音投向深渊样把时空穿透。

五

E垂眼，睫毛在眼底投下阴影。E晃着杯子，慢条斯理地说："有一段时间我被困住了。现在的状态是，把老公、孩子、婆婆放在各自的位置上，把自己放在自己的位置上，一切就清楚、自在了。"

毫无疑问，E爱孩子，也像所有母亲一样，聊起孩子时两眼放光，但并不因此而丢掉自己。她说，失去自我就给不起别人爱，只有爱自己才更有力量爱别人。

E把时间划分为若干份，将最大份额给了孩子，其余各有规划，且一一认真去实现。考过了雅思，拿了心理咨询师证书，又筹备着下一个自我成长的目标。

E也留时间给友谊。专心地跟朋友吃饭、喝茶、看一场电影或神侃推心。

据E说，她因看到我少有的锋芒毕露，觉着我是个可以谈得来的人。她甚至等不得日久见人心，一反被动等待的习性，莽撞地发短信约我："啥时候有时间，请你吃饭、喝咖啡？"

后来她说，当时也曾矛盾犹豫，一面之缘，恐被误认有所图谋，且若非同道中人，倒不如让相谈甚欢活在想象里，别失了远观的美好。

我说："可就是迫不及待地想靠近？"

我们都笑了，说果真人与人之间有气场。

彼时，正是我选择打开心扉，直面内心疑惑、仓皇的时刻。我在处理一项事务时，不再压抑与退缩，释放自我，旁观的E事后给予我认同。

那段时间，我忙着准备某项考试，想着等考试后再好好叙聊，所以主动结交的念头暂且搁置了，却原来，我们都在自觉又急迫地靠近彼此。

E说，她是惯于倾听和守口如瓶的人。不过，我们在一起时，她也常常娓娓道来。

她说，她记事起就抱守着一个匪夷所思的念头，觉得自己像一个水晶球，来这世上是要用一生去经历碎裂、散失、找回、修补，最终回归透亮完整的。她也坚信，总有一条路径是上帝为自我回归量身打造的，需要自己一步步去寻找。

说到尽兴处，E眉心的红云若隐若现，我仿佛看到自己。这才知道，两人都从娘胎里带了这淡红的印迹。

谈话间，她不断在盘中蹇摸，语毕递给我一只拼凑完整的开心果壳，说："喏，修补完整，像这样。"

像这样，不断修补、擦亮人生的，还有X。

X亦兄亦友，已奔知天命之年，仍保持着一颗率真、执着的赤子心。

X嗜书如命，总有一卷在手，笔耕不辍。藏不住欢喜，凌晨憋不住兴奋，会给人发邮件分享新作。隔一段时间整理一下，校订出书。出过的集子，褒贬不一，他也不以为意。

他说，写作是他与内在沟通的一种方式，写了就好。

他在不少行当摸爬滚打过，再艰辛晦暗，总也孜孜以求。X兴趣广泛，敢于尝试。法律、财务、英语、摄影、画画，感兴趣的就尝试去学，对于贬损、打击，一笑置之。也会设定目标，拿到了律师执业证书，通过了注册会计师考试，办过影展，出过画册，学历由本科至硕士研究生，再至博士研究生。

我问："凭啥你有恁多精力，样样折腾，还都乐在其中？"

"我喜欢在陌生的地方碰见熟悉的人。"他说。

我反唇相讥："明明是熟悉的地方碰见陌生人。"

我们就都笑。

某年回乡探亲，我闲逛在熙来攘往的回民街上，猛地遭人一拍，回头竟是 X 毫不掩饰惊喜的脸："我出差几天，你怎么在这儿？"

我说我回家探亲，然后，客气地问 X 要不要陪着转转。本以为 X 会谦让、推辞，不承想，这家伙竟满口应承。骑虎难下的我，只得打起精神一尽地主之谊。

X 浑然不觉我的愕然与勉强，兴致勃勃地流连于街头巷尾，毫不谦让地埋头于各种小吃间。渐渐地，我也被他的热情感染，两人竟相谈甚欢。

临行，X 跟我告别："谢谢你，让我在陌生的地方碰见熟悉的人。"

毕业后，沉浮于琐碎现实，淡忘了喜好和执着。更有积重的惰性和无法直面的自己。

某次聊天，X 突兀地问："你是学法律的，为什么不考司法考试？"我皱眉，简短地回答："现在的工作又用不着，没有意义。"

X 打量我片刻，不动声色地说，"眼光要长远，现在用不着，未必以后就不用。再说，意义并不空远，边走边看，也许意义慢慢地就浮现出来了。考试、拿资格证本身不是意义，而是给努力一个方向，给自己寻找一个目标。"

一向能言善辩的我，在这一番话语前，竟然哑口无声。

终于，在毕业多年后，重新下定决心暂时安放彷徨迷茫，迈出自觉的一步。工作之余疯狂备考，苦则苦矣，内心却渐渐充盈。

那年九月的某个下午，我考完司法考试的最后一场，一脚踏进深秋里。

落叶缤纷，苍穹高远。

风撩起长发，久违的幸福翩然而至。

我发短信给 X："谢谢，的确是在陌生的地方遇见熟悉的人。"

那个人就是自己。

六

"哎，也真怪，这么多年，很多相交的机会，咋就没早结识呢？"对面的人突然发出一声慨叹。

可不是吗？很多时候，离得最近，路途最远。

这一路走来的新朋旧友们，曾几何时，我们共同相伴，走过一段或长或短的岁月。经由他们，一次又一次照见迎面而来的自己。也在一次又一次与自我的狭路相逢中，和缓了内心的激荡与冲突，纾解着成长的迷惘和伤痛，慢慢地，慢慢地，放下执拗与僵硬，与亲爱的自己握手言和。

而彼时踏入的那同一条河流啊，或青涩葱茏，或幽暗滞涩，或河道渐宽，静水深流，而终究，大河浩荡，一江穿流，春会暖，花会开。我们，会成长。

经历的每一段旅途，于彼此，都是独一无二、一去不返的，就像青春、伤痛、成长，以及一个个分裂重组、不断蜕变的自我。

想起泰戈尔在《吉檀迦利》中所说，旅客要在每一个生人门口敲叩，才能敲到自己的家门。人要在外面到处漂流，最后才能走到最深的内殿。我的眼睛向空旷处四望，最后合上眼说："你原来在这里！"

你原来在这里，我亲爱的朋友。

你原来在这里，我亲爱的自己。

（2012 年 2 月）

要不是他让我去找"年轻时候"

记得从前时光慢

某位"疯魔"朋友画油画，逼我给他找张我的大头照。

自打这人学画起，我被"祸害"不是头一遭。先是画素描，不管三七二十一，吃饭时拿着手机隔空乱拍，回去后郑重地把我画得魔幻扭曲，对于我本人的愤然抗议，对方竟然"丧心病狂"振振有词——夏虫不可语于冰。

余悸犹存，魑魅又来。这回不但卷土重来，还花样翻新，要照片就要照片吧，还指定"年轻时候"，而且把这"年轻时候"定成芳龄二十。

青春的小鸟早已一去不复返，此时再去搜寻曾经的照片，遍寻不着也是理直气壮的事。如此一来，既可向"疯魔"先生交差，还可免遭"荼毒"之苦，这么一想，竟然很有种阿Q精神胜利法的扬扬自得。

照片，自然无着，不过，也因为搜寻照片，不由得立定回望。这个蓦然回首，反倒意外拾得一些从前的慢时光。

想起木心在《从前慢》中写道：

从前的日色变得慢

车，马，邮件都慢

一生只够爱一个人

……

用这首诗来形容沉淀在自己记忆中的年轻时代，倒还贴切。

那时候，不像现在满世界泛滥着资讯的洪流，渺小的个体裹挟其中，既无所适从，又不得不在随波逐流中渐行渐远，不知要走到哪里去，满心的焦虑与迷茫。

那时候，BP机正时兴，青春的心事仿若看不见的弧线，划过夜空，在暗夜中寒光闪烁，冷热灼心。

那时候，手机还是稀罕物，功能仅限于接打电话、收发短信。打电话是颇费周折的，少不了出门找公用电话，再排队等候。而且仿佛为了故意考验耐性，等候的队伍常常漫长得令人绝望，好不容易轮到自己，在一群人的虎视眈眈下，原本憋了一肚子要说的话，却像遭贼撵一样，三言两语，仓皇挂断。回去的路上，慢慢回过味来，想起心心念念的某某事竟然一句没提，由不得跌足后悔，到那时也只得自我安慰，下回再说罢了。

再往后，宿舍里终于装了电话，先是只能接听，没法呼出，后来买了电话卡可以扣费拨出，如此总算免了出门折腾之苦，而且，相比在外排队的内心煎熬，简直不要太幸福。

那时候，煲电话粥是奢侈的，大都是穷学生，囊中羞涩，电话费是从每日口粮中省出来的，话费与生活费此消彼长，而且，纵然克扣伙食费也情不自禁聊个没完的人，一定不是尊敬的父母大人或亲爱的闺蜜好友，聊的内容也肯定不是好好学习、天天向上，或者你好、我好、全都好之类的互报平安。好在女生煲电话粥时，大多以接听为主，于是午间、晚间两个高峰时段，此起彼伏的铃声、凌乱踢踏的脚步声，随之响起的轻声笑语抑或争执吵闹，潮水样交织成曾经的集体生活起伏跌宕又模糊的印记。

那时候，见字还是如面的，更多的时候，百转千回的心事，只留到夜深人静时再拿起纸笔慢慢诉说。常常在断电熄灯后，在布帘隔出的一方空间里秉烛夜书。那种寂静深处的孤独、冲突迷茫里的苦痛，以及终归在文字对话中获得的短暂慰藉和心灵的宁静，多年之后依稀如昨。而曾经诉诸笔端的文字，或者变成了写给家人以及朋友的书信，或者成了沉入日记中的泛黄记忆。如今想来，这一路走来，交结的最忠诚而长久的朋友，其实是自己啊。

那时候，拍照还无法信手拈来，总觉得有种郑重的仪式感，镜头深深，朝之凝望，属于个人的重要时刻就这么被定格。一般都是旅游或者特别场合，特地带着相机去拍照。相机是装胶卷的，拍完后把胶卷拿出来送去洗印。洗出来的照片，再装入相册，一张一张，仿若浪花朵朵，汇入记忆的半亩方塘，成为某个不经意的午后，和亲爱的人一起翻看、一起回味的往日时光。

再后来有了数码相机，存储卡中的照片经由数据线导入电脑，拍照的数量成倍增长，海量的库存任你拣选，却不知怎的，冲洗成册的想法越来越淡，经年累月的旧照就这样累积成河，却很少再去回望。

当时只道是寻常

毕业二十年，身材、相貌大致维稳，心态、秉性也还是随性散漫，加之听多了说自己显年轻的客套话，自我感觉上便没有觉出自己有多大变化。

这回翻看旧照，不由得吃了一惊，熟视无睹的自己，和照片中这一个个迎面而来的人，像又不像，一样又哪里不一样。这种感觉很奇妙，仿佛邂逅曾经的老友，一眼就能认出，但又分明哪里不一样了。

哪里不一样了呢？

去端详照片中这人的眉梢、眼角、体态、身形，去看浮光掠影的静态片段，去看已然遗忘的诸多瞬间，仿佛长风掠过，高天流云，有些节律和声息在看不见的地方发生着变化。于是，仿佛看见动态的轨迹，在浩荡长空，在树梢、草坡间跳跃；仿佛看见一个又一个的她，从过去走到近前。

也突然惊异地看见自己之前竟然有过那么多熟悉而又陌生的面相：那个稚气未脱、拙朴毛躁的人，那个身着长裙、亭亭玉立的人，那个巧笑倩兮、自然活泼的人，那个率性不羁、满眼倔强的人……凡此种种，不由得心生恍惚，难道她们竟然就是此刻这个不修边幅、敲下文字的自己？

也重逢了许多制服照。十六年的体制生涯，开会研讨、培训授课、台上竞赛、坐班外勤，不可避免地留下许多影像。其中某张，是实地监管废旧车辆销毁的新闻通稿照片。正是夏天，白帽金徽，短袖衬衣扎入及膝半裙，纤腰一握，年轻的面庞在黑白及金色点缀下，有着一份格外的醒目和庄严。

不由得怔住了，在体制里时，对于外人夸赞制服好看不以为然，穿够了制服，更厌烦了隔三岔五的统一着装，以及内务检查，而且一把年纪了，还时不时地被拎去作礼仪迎宾，实在不胜其扰。

有时候，可以不穿制服，或者在着装上偷个懒。比如，松了领带，换双布鞋，偷戴上手链和耳钉，就好比偷得浮生半日闲，蛮有种赚大发了的窃喜。时过境迁，跳出体制再从旁去看，才似乎突然发觉到了曾经的那种美。

一不小心，一路走来，已过半生。想来这走过的每个阶段，自我的每次蜕变，很多过往的情境、人事，都仿佛围城内外，当时只道是寻常，他日隔了千山万水去回望，反倒多了份深刻的理解和感恩。

再去想，人生的奇妙远不止于此，还在于，当初以为非此即彼、决然对立的；当初以为壁立千仞、万劫不复的，山不转水转，只要初心不改，总会在人生的某个路口转角，以另外的方式得到报偿和慰藉。

也慢慢明白，人生从来不是非此即彼，全然隔离的一个又一个孤立的旅程，而是过去、现在、将来的交融往复，就像流水，潺潺不断，从过去一路欢唱至今，其中的每一朵浪花都是你，又都不全是你。

这么一想，也许连这围城内外都是虚妄的。

《金刚经》里说："应无所住，而生其心。"不住相，守静笃，那些流变的光影中一步一步走向现在的自己，那些问心无愧、全情投入的时刻，那些随着至情至性、沉淀进生命的情感和记忆，会从虚空里长出实在和慰藉，既创造着生活，也塑造着自我，让我们一步一步走向此生属于自己的归宿。

行笔至此，突然觉得，倒是应该感谢我的"疯魔"朋友，要不是他让我去找"年轻时候"，何来此番体悟与收获？而且，有友如此，又何尝不是一种幸运呢？

（2020 年 6 月）

回　声

一、头也不回

梧桐和白杨落光了叶子，稀疏的枝条衬着红瓦黄墙的斑驳建筑，老街窄道上车流、行人穿梭不断，都是每日见到的平凡景象。

苏眉目不暇接，大步流星一路奔回，连爬楼都顾不上喘气似的。

此刻，站在窗前的她，无意识地看着窗外的光景，耳听得自己"咻咻"的喘气声，攥紧拳头，脑中"嗡嗡"作响。

她听见自己说："那，我不管你了，我要回家了。"顿了顿，继续说："你看着时间啊，别误了机。"

从饭店与他同行至路口，红绿灯和斑马线杆在眼前，告别就这么意料之中又异乎寻常地蹦出来。

她停住了，他跟着站定，到了告别的时刻。

她看着他，黑色的棉服，蓝色的口罩挂在肘上，不知道为什么，神情却看不清楚。

"没事没事，就是看看你，跟你吃顿饭。"他拖长了声音，一口浓重的南方口音，一副漫不经心拍拍孩子脑袋聊以慰藉的戏谑样子，"丫头，赶紧回家，不要影响你，不要担心，到哪儿我都丢不了，我们顺着导航往机场走，走累了叫出租就好了。"

他的朋友，一反席间大谈《三国演义》《红楼梦》的活跃，呵呵地笑着。

本来她要说："真要走到机场吗？那得三四个小时啊。"她生生咽下到了嘴边的话。事实上她该回家了。

"好，那我真不管你了，"她抬头，下了决心直视着他的眼，"再见。"

她压下了要去抱抱他的冲动，朝他胡乱潦草地挥了挥手，走上斑马线，一直向前，过了马路，走到马路牙子上，停下，狠狠心继续走，拐进小区，上楼，开门，站到窗前，没有回头。

她的心里，一直追着那个声音，二十年前的张皇的、愤愤的回声："你竟然就那么走了，头也不回……"

二、那个狂奔的时刻

苏眉在学校门口告别父母，佯装不紧不慢地走了两步，一俟拐过树荫处，立马发力狂奔。

跑着跑着，喘着粗气的她发现自己内心在不停念叨："郑耀，千万要在，千万要在……"

这是 2000 年的隆冬，临近毕业的苏眉已在大学附近的梦九村租住了一段时间。父母对她租房的事没有戳破，不过，还是密切关注着行踪动向，所以才会有突袭见面那一出。

说是突袭，也许更多的是她自己的内心感受。

恰好那时正是郑耀打包行李要赶火车的时刻。小灵通在梦九村的阁楼里总是没有信号，父母打不通她的电话，情急之下找同校的表妹询问情况，表妹跑来通风报信，她才得以赶去迎接父母查岗。

这一通查岗打乱的不只是送行的计划，还有剪不断、理还乱的离愁别绪。

机灵的表妹大概意识到了什么，在她耳边嘀咕："姐，要不，让你朋友和你一块儿，就跟我姨说是我的同学？"

她犹豫了一下，看看他，意识到自己无论如何也撒不出这样的谎来。

匆忙离开前，她假装镇静地交代："你待在这儿。我去去就来，如果迟些我还不回来，你就直接去火车站，别误了点儿。"

不等他回应，她拉着表妹跑开，没有回头，心里慌得要死。

跑去又跑回，一来一去中可能他真的会离开，而这是她最恐惧的事情，但顾不得细想，现在她有不得不做的事情，不得不顾及的人。

苏眉和郑耀的爱情是青春迷茫的异地恋，外加父母反对，成了诸多因素掣肘之下从而失败的电影桥段。虽然他们真心地认为自己的爱情独一无二，但是大约每个陷入感情旋涡中的人都这样吧。

就在那年五一，傲娇又孤僻的苏眉在某次和同学结伴旅游时邂逅了同学的同学郑耀。郑耀当时正在那座城市的某所院校进行出国前的语言集训。几天的行程，作为东道主，为一尽地主之谊的郑耀全程陪伴，过程中对苏眉展开了恋爱攻势。苏眉顾左右而言他，以为他只是一时头昏脑胀，旅行结束，随着时间推移，一切会重回旧序。

郑耀在追来的书信中坦白，认识苏眉之前，他的去路已定，此时再去招惹苏眉，显而易见是脑袋撞墙之举，但他情不自禁，而且出国前的日子里，想方设法用行动展示着他的执着，越临近出国，越激发了他要靠近和确认的决心。

就在等待签证的前夕，郑耀跑来梦尢村找她。

三、那个地方：梦尤村 62 号 406

梦尤村是城中村，与苏眉所在学校的女生宿舍区遥相对望。

站在宿舍区的楼道里，能够清楚地看到错落有致的楼群间晾晒的五颜六色的衣物。虽然近在咫尺，但也只能穿过校园南区走出侧门，绕着大片的学校围墙，走过热闹的市井人群，循着灰扑扑的小道慢慢地走入这个地方。

尽管如今梦尤村已然消失在城市化的攻城略地中，但就在苏眉拼尽全力跑向它的那个时刻，它是苏眉和她的同学们青春迷茫时代刺痛又戏谑的对象。这里的人们在祖辈的地基上搭起积木样的房子，模样大同小异，连楼层也大都是四五层，房子基本出租给打工人和学生们。

房东一般把自己舒适的大本营安在一楼，日上三竿时，常常看见穿着睡衣、揉着惺忪睡眼、趿着拖鞋的房东老太太踱到太阳地儿里晒暖；男人们聚在门口，叼支烟吆五喝六地垒长城打扑克；年轻的女人们抱着小儿，三三两两地聊些家长里短，还不耽误怀里的小儿吃奶。

在这里，时间消弭在散漫与虚空中，小道盘根错节，曲折蜿蜒，像一条曲里拐弯穿过城市的护城河，流经两旁矗立的火柴盒样的红砖楼房。

每栋楼房都在临街的墙上开着若干窗户，白日里沉默得像无数空洞的眼；到了夜晚，灯影闪烁，是无数租客共奏的乐章。

一楼的门面房租给了生意人，杂货铺、饭店、澡堂、碟屋、网吧、卫生所，应有尽有。每走两步，总碰到把大铁锅支到门口的饭馆，白色的水汽袅袅升腾，老板扬声招呼着每一个经过的人。拐过弯儿，迎面撞上散发着恶臭的公共厕所，灰色墙面上墨迹淋漓地刷着"男""女"二字。

这是苏眉生命中的一段流放岁月。

大学最后一年，苏眉先是踌躇在考研、考公务员、找工作之间，与郑耀的相识，似乎又增加了出国的选项。那段时间，郑耀已经说服了在国外定居的大哥做担保，并极力游说苏眉先与他结婚，随后出国陪读。

大冬天的，苏眉搬离暖气充沛的宿舍，遁入简陋寒苦的梦冗村阁楼，别人以为她是为寻清净，以便头悬梁、锥刺股地备战大考，只有她知道，实则是自己迷茫、焦躁之下想要独处的需要。

刚搬去梦冗村的日子，除了出门吃东西、上公共厕所外，其他时间，苏眉都瑟缩在被窝里昏天黑地地睡个没完。考试，工作？还是结婚，出国？她也不清楚该如何抉择。

不管不顾地颓废了一段时间后，苏眉被看不过眼的好朋友敲打醒了，最终开始全力准备公务员考试。

郑耀不乐意了，两人争吵起来。苏眉说："别逼我！我爸妈压根儿都不知道你。我突然就跟你结婚了，而且还要出国，他们肯定不会同意。而且，无论是结婚，还是出国陪读，让我心里都很慌。"

郑耀叹气让了步："丫头，我不逼你。我们慢慢计议，要考公务员你就考吧，工作一段时间后再出来也一样。我们来慢慢说服你爸妈吧。"

虽然那段疯狂备考的日子把苏眉送到了现在的城市，但也许是当时的心境、环境，以及季节的叠加效应，那段日子成了凝固在苏眉生命中的一段自我流放时光，迷茫，孤独，冲突，虚无，一切散发着彻骨的寒冷。

苏眉很少回望那段历程，但偏偏梦要把她带回那里，回到那被嘈杂声音、杂陈气味萦绕交织的狭窄小道上，回到路边饭店大铁锅里白色水汽袅绕升腾的时刻，无论她怎么奋力，似乎那一切声息仍然追索着，那一条路无论如何也走不到尽头。

最后，从查岗父母处一路狂奔的苏眉，还是跑到了梦九村 62 号。她推开锈蚀的黑色铁门，顺着甬道右边陡峭的楼梯一口气奔到天台，绕过楼梯口挂着冰锥的水池子，她看到了四间鸽笼样排成两排、面对面地矗立一隅的小房子。

苏眉就住在右边最里面的那间，不到九平方米的简易阁楼，门楣上贴着 406。

郑耀来看她的时候，她已经考完了试，准备退租房子，而他在等待签证期间做着出国前的准备。

四、时间的结

二十年后，终于不是在梦里，记忆带着苏眉再次回到了那个时刻，再次站到了那扇门前。

她看到当年狂奔的自己猛地驻足，世界只剩下喘息和心跳。

那个自己闭了闭眼，用汗湿的手推开了门。

郑耀坐在桌前，回身看她。屋内烟熏雾罩，黑色的背包放在他脚边。

"我以为你不回来了，你刚才看也不看我一眼就走了。"那个萦绕的声音仿佛和什么重合了。

她看到自己跑过去抱住郑耀的头，眼泪掉了下来。

她想冲他喊："郑耀，你知不知道，那一去一回里，我多么害怕！我赶快告别，赶快跑开，不敢看你。你知不知道，那个狂奔的时刻、这个地方，是我梦里常常回来的地方，仿佛时间在这里狠狠地打了个结。"

但和以往一样，她什么也说不出来。

父母对她的"失联"以及谈话时的心不在焉一堆狐疑，眼看着时间流逝，心急如焚的苏眉索性摊牌："郑耀来了，一会儿我得去送站，就是五一旅游时一起陪着玩的朋友。"

苏眉用的是肯定句式，意思是无论如何她都要去送站。

"也好。"父母没有反对。就在苏眉如遇大赦般转身要走之际，母亲喊住她："我们就在这儿，让你朋友过来问个好。"

苏眉带着背着行李的郑耀去见父母，正好要坐的公交车的站点就在学校门口。郑耀局促地跟苏眉的父母问好。苏眉心想，原来大大咧咧的郑耀也会慌张。

"爸，妈，他要赶火车，可别误了点儿。"苏眉救驾样喊了郑耀一起跑开，跑了两步，回头冲父母喊，"你们先忙，我一会儿就回来。"

"可别误了点儿！"这话好熟。

多年后，站在窗边的苏眉哂笑，想起就在刚才，路口告别时，她叮咛许久别重逢的郑耀："你看着时间啊，可别误了机。"

不像喜欢宅着、出门不辨东西的路痴苏眉，习惯于漂泊的郑耀自理能力极强，搭车赶车、行程安排、生活诸事一向利落无差，按理说无论如何都轮不到她来操心他会误了出行时间。

从过去到现在，为什么她总担心他会误点儿呢？

她还听见自己说："那，我不管你了，我要回家了。"依稀有一个回声从遥远的过去传来："爸，妈，你们先忙，我一会儿就回来。"

苏眉颤了颤，原来早在一开始，她就做了选择，她和郑耀的结局已然注定。她的心害怕漂泊，她有要回去的家和要顾及的人。

苏眉突然止不住地笑，笑着笑着流出了眼泪。泪眼迷蒙间，她看到郑耀和他的朋友肩并肩从窗外经过，他边走边冲朋友比画着什么。

正是隆冬，梧桐和白杨落光了叶子，稀疏的枝条衬着红瓦黄墙的斑驳建筑，老街窄道上车流、行人穿梭不断，都是每日见到的平凡景象。

很不像又很像，无数次梦里回去的那个时刻、那个地方，时间仿佛在那里狠狠地打了个结。

现在，她看着那个结一点点散开；看着她青春岁月中亲爱的他，又一次走在离别的路上，渐行渐远。

（2022 年 2 月）

透过生命交会的时刻

生命不是一个你在今天就可以给出答案的东西，享受等待的过程吧，享受成为你自己的过程，再没有比种下花的种子，却不知将会是什么样的花盛开更喜悦的事情了。

——［美］米尔顿·艾瑞克森

我们都是在和别人的关系中成长的。每个人都需要听到另一个声音对他说："我相信你。我能在你身上看到连你自己都没看到的可能性。我能预见到一些变化即将发生……在心理治疗中我们会说，让我们来重新编写你的故事吧……"

——《也许你该找个人聊聊》
　［美］洛莉·戈特利布

咒　语

雨后初霁的早晨，我站在路边等班车。

"刚听说你有情况了，几个月了？"一起候车的女同事问我。

"快六个月了。"

"真的？"同事上下打量我，我基本可以猜到下句是什么，果不其然，她惊叫，"一点儿也看不出来啊！"

怀孕以来，这样的问答是家常便饭。也难怪身边的人好奇，已经到孕中期了，我的身材依然苗条，不穿特别紧身的衣服，是看不出来变化的，我也没有特意去买孕妇装，每日上下班穿的还是怀孕前的衣服。

知道我身怀六甲的女同事们见我后话题会变成："长了几斤肉？""预产期啥时候？"

或者有那性情豪爽、不拘小节的，嘴里一边说着："一点儿变化也没有，你的肚子在哪里？"一边就不客气地往你肚子上实实在在地摸一把。这样的状况多了，我就只是礼貌地笑笑，遇上把好奇付诸行动的，没有来得及闪躲，总不能也摸回去，也就随她去了。

当然，一开始我不是这样的。如果遇上自己身体不适，这些有意无意的言论，以及出于好奇的举止都特别地搅扰心绪。后来我慢慢意识到，可能对于身材变化我本来就是矛盾的。一方面，我习惯了没有赘肉的身材，虽然备孕开始就在理智上接受了孕期身材会变化的结果，但眼见着多年来平坦的小腹一点点地隆起来，那感受是复杂的，那些时不时碰上的指点、评论就成了扰动情绪的刺激源。于是有时候，前一刻还沾沾自喜身材没有走形的我，下一刻又会忧心忡忡着是不是体重增长太慢，对胎儿生长发育不好。

平心而论，我吃得不少，不过因为有胆囊结石，加之妊娠期乳糖不耐，我采用少吃多餐的办法，每天三顿正餐，二至三次加餐，既可以保证孩子的营养供给，也防止孕期里旧疾复发节外生枝，以及代谢出问题危及孩子。如此一天天下来，怀孕前三个月体重纹丝不动，从第四个月开始极为缓慢地增长。为了增强体质，以后可以自然生产，身心稳定时，我就开始锻炼，大抵是散步、慢走、孕妇瑜伽，到如今，每日从未间断。近期产检，貌似我的体重还是变化不大，不过孩子发育正常，而且周龄比实际孕周还要大一些，大夫笑说孕妇不长孩子长，也说会有这样的情况，不用担心。于是，再逢到别人评论，我就坦然地一笑置之。

即便如此，某日还是被气着了。

那日午间休息，我在单位院里散步，一位女同事擦肩而过时冲我扔下几句话："我的天，到现在你竟然还有腰？这样子哪像个孕妇！""你的肚子在哪儿？这么瘦，这小身板，孩子是怀在哪儿了？该不会是个袖珍娃娃吧？"我还没来得及反应，她已经一溜烟跑开，留我立在原地。这人身材圆润，五官扁平，不过是上下电梯里的点头之交，工作上没有过交集，平素里看着是个和气礼貌的人，不承想会对我发动突然袭击，而且毫不掩饰敌意。

我匪夷所思，极度气愤，尤其那句"袖珍娃娃"，听着好不晦气！她是生育过小孩的人，怎会如此说话行事？那句"哪像个孕妇"分明裹挟着极度的愤恨，我和她远日无冤，近日无仇，所谓何来？

突然，"哪像个孕妇"这几个字再一次蹦出来，我的心里一动，这意思仿佛是我忤逆了孕妇规条。是什么规条呢？是不是在她的意识里，孕妇就该套在肥大的孕妇装里，不事收拾，行动迟缓？或者，一旦怀孕，以为了孩子好的名义毫无节制地吃喝，把自己变成发酵的样子？再或者，整日里无所事事，逢人就抱怨、诉苦各种妊娠反应，把孕期视作为了孩子牺牲自我的苦旅？

她是不是如此想，我不得而知。不过，此刻我为什么要接受她的敌意在这里生闷气？

我平静下来，听清了围绕着有关咒语的内心争辩：

"你说你，都怀孕了，还一如既往地爱美，这样像个孕妇吗？"

"孕妇啥样？穿孕妇装，步履蹒跚？我以前的衣服能穿，为什么要穿孕妇装？"

"孕妇就要有孕妇的样子……你吃太少了，你现在是一人吃两个人的饭，为了孩子也得多吃点儿……"

"谁说怀孕一定会臃肿走形？我偏不信，这不是我……正常吃饭咋就亏待孩子了？吃得少有问题，吃得太多就没毛病？大吃特吃，最后一堆妊娠期风险，而且说到底，究竟是自己想吃还是孩子营养所需……"

隔天，我扎高马尾，把近期穿着的松垮衣服换成了金红色纱裙，松松系着腰带，偏要勾勒出腰身来，脚蹬一双金色亮片鱼嘴平底鞋，鞋面上两朵花开得正艳。

（注：刘小童于 2013 年 11 月 9 日顺产，出生时 3.25 千克，我整个孕期增重 6.9 千克。）

（2013 年 7 月）

温柔的爱

一

我侧躺，目之所及，全是白色，居高临下的脸，也是一张白板。

医生睥睨着我，嘴微动："今天没法看，明早再来。"

我接过塞到手里的纸，默默地擦掉肚皮上黏糊糊的耦合剂，手扶床缓慢起身。

这是今天躺下又无功起来的第三次，已经是下午四点四十分，医院要下班了。

从 B 超室里出来，虽然没有要拿的打印单，我还是顺脚走到了打印区。如果刚才运气好，此刻就该在这里等着 B 超单了吧。

打印区里，有人在机器前操作，待机器吐出报告单，就迫不及待地去看，看着看着，眉头舒展开来。也有人一脸焦躁，在走道里来回走动，不知道心里在想什么。

我茫然地杵了会儿，才想起该找个地方坐下。近旁就是候诊区，前一刻还熙熙攘攘、一座难求，此刻空旷一片。我跌坐在椅子里，乏劲上来了，不只是身体的疲累，更有心理上的无力和沮丧，仿佛积攒了很久的疲惫，此刻齐齐袭来，把我淹没。

我失去了信心，无比虚弱和孤独。

脑子里有一个声音不停地打转："明天会怎样？如果还是今天

的重复呢？"

二

对童童的到来，我们是充满期待的。

意想不到的是，刚得知怀孕时，在我家小住的父亲因脑出血做了开颅手术，似乎以怀孕为界，原本恬淡的生活遭到了颠覆。

这次产检前给我妈打电话，妈问我状况，我说都好。问起父亲回家后的康复情况，妈叹气，说最近状态不好，可能是复诊时大夫说术后恢复成这样已经很好了，父亲受了打击，觉得没奔头了。

我急了，要跟父亲通话，妈拦住了："唉，你爸一时半会儿接受不了自己变成这个样子，慢慢来。"

顿了顿，妈又说："原来还想着给你帮忙带娃，没想到出了这么大个乱子，现在给你也帮不上忙，你自己要注意……"

手机的振铃把我惊醒，刘先生说他正开车赶来，让我等着。再一看，显示他的若干未接来电。今天照例是刘先生陪同产检，前半程他一直在，中途赶回去处理急事。

今天的主要产检项目是四维彩超，也是医院要求的必检项目。我提前十周就约好了时间，原以为和做普通B超一样，很快就能检查完，不承想进出B超室三趟，折腾了一下午，还是无功而返。

第一次，我刚躺定，医生就冷冷地发话："出去活动半小时，多喝点儿水，一会儿再来。"

丈二和尚摸不着头脑的我追问："为什么？"

医生早把我当隐形人，扬声喊着下一位了。

一路大大小小的产检下来，如此情状早已见怪不怪，我只得出去，刘先生见我出来一脸惊讶，也难怪，一来一去的时间确实快得惊人。

我们赶紧百度，万能的"度娘"说，"四维彩超主要是看胎儿有没有畸形，尤其是面部检查，如果有唇裂或者是腭裂，看不到脸就没法诊断……此时孕妇可以站起来多活动，采用爬楼梯或者在床上来回翻身的方法，让胎儿在子宫里翻身走动，以便使医生看到胎儿的脸……"

于是，综合医嘱与"度娘"指示，我好一通喝水，连带在医院里好一阵上下楼梯。

等到第二次惴惴地躺下，我紧张地盯着医生的脸，只看到医生的嘴抿成冷硬的一条线，感觉到冰凉的仪器在肚子上滑来滑去，约莫五分钟，一片沉默。我刚暗松口气，兜头就被泼了瓢冷水："出去找个地方平躺，用东西把屁股垫高，半小时后再来。"

眼见又要被轰出去，我非要问个明白。

医生无奈道："你家孩子是臀位，还背对镜头，啥都看不见……你按我说的再试试，看能不能转过脸来……"

我领命出来，再问"度娘"，臀位倒是不用担心。臀位是说胎儿头在上，臀部在下，如果要顺产，需要转为头位。不过四维彩超是在孕中期做，此时宝宝大多胎位不固定，不需要特殊处理，后期如果还是臀位才需要纠正。至于转过脸来，网上的方法和大夫说的差不多。

鉴于所支招数不宜示众，最后刘先生带我到医院停车库，让我在车后座把身体弯成指示的姿势。我就那么把自己弯成"桥洞"，吸了半小时尾气，头昏脑胀地爬出来，第三次再试。

虽然快到下班时间了，B超室外还溜达着几位大肚子孕妈，一看就知道同是天涯沦落人。大家也都清楚，成败在此一举，今天看不成，只能改天再来。

排我前面穿淡蓝色孕妇裙的这位，据说，已三次被扫地出门，待到第四次进去，门口的我们都能听见她可怜兮兮的声音："大夫，我刚才又弯腰又撅腚的，活动了好长时间，您再给看看，说不定就行了……"

三

刘先生远远地跑来："亲爱的，咋不接电话？"跑到近前，突然收住话头，拍拍我的脑袋："没看着是吧？没事，没事，咱童童也不是随便就给人看的，别担心，我们改天再来……"

回去的路上，抽干了力气的我一言不发，盯着窗外。正是盛夏闹哄哄的傍晚，堵塞的交通，热浪、声浪，车流、人流，仿佛泛滥的潮水，推搡着、咆哮着来去。

刘先生不敢吱声，等红绿灯的当口，小心翼翼地拽我。

他的手机还在不屈不挠地尖叫——看样子是办事途中跑来的，我示意他接电话，他说没事先送我。

车在小区门口停下，他拍拍我，还想说点儿什么。我摆摆手，催促他快走。目送着车子跑开去，我兀自站着发了会儿呆，然后拖着灌了铅的腿往家走。

走着走着，不知怎的，眼前闪现出他在车库里陪我折腾时的样子。

当时我努力在车后座伸展身体，抱枕垫在屁股下，半截腿悬到车门外，充鼻都是汽油味和霉腐味，耳际交织着电话铃声、踱步声、说话声、汽车马达声……

从我躺着的角度，他的举止尽收眼底。他在不停地接打电话，无意识地来回踱步。往反方向踱去时，紫色条纹 T 恤的后背正冲着我，湿漉漉一大片；踱回来时，就看到他眉头紧蹙，满脸的焦躁和疲惫；等到了我跟前，俯身说话时，他的脸上又是熟悉的、淘气明朗的笑。

"哎呀，你快走，我一会儿打车回去。"我不断地催促他。

"没事，等你躺够时间，外头没办法躺啊。"

他坚持，温和地拍拍我的腿，然后凑近来坏笑："亲爱的，真应该给你拍下来，你不知道，离远看，就看到你两截小腿吊到车门外……好在车停得隐蔽……"

想到这儿，我扑哧一声笑了。也突然明白了，这个人，刚才和我耗在医院里，一个又一个催逼的电话，让他忙得团团转，挣扎在两股拉锯的力量中心，两边应付，两边笑脸，他的心该是怎样煎熬啊。此刻，放下我，他还在奔波、碰壁、挫败、委屈、焦躁，该是他每天经历的洗礼吧？可纵然如此，看向我时，他总能努力收拾坏心情，给我一个温柔的笑。

我也记起来，光顾着沮丧，把要去拿蛋糕的事忘了个干净。今天，是他三十五岁生日。

我掉头往蛋糕店走，走着走着，我又想起前两天的电话里，妈还说："女子，可能是命，妈怀你时，遇上你外公得病……妈帮不了你，不过别担心，一定会很顺利……我跟老天爷求过的……"

忽而，一股暖流、一股酸楚在我的心里交会，一下午的憋屈和沮丧，一直徘徊在鼻端的忧心和疑惧，对于不确定未来的渺茫和空虚，在这温柔的爱里奇怪地悄悄消散了。

（2013 年 8 月 5 日）

妈妈的心

"……靠下……入盆……"，俯身的这张脸似笑非笑，我竭尽全力，糟糕的听力还是只在翕合的嘴巴间抓住这几个字。

"你说什么，我听不清，正常吗？"起身坐到桌前，满脸堆着茫然又礼貌的笑，我惴惴不安地问。

专家低头在孕检手册上潦草地写，从鼻子里"哧"的一声，提高嗓门，语气像在责难："入盆了，肚子都下去了，你没看见吗？查个宫颈，再做个胎心监护。"检查单飞速递过来。孕期中，我对这种啥也不解释只开单催着做检查的事早已司空见惯。

没办法，每一个字都听见了，但个中轻重实在掂量不清。顶着茫然，把无知进行到底，无畏地刨根问底道："我不懂，啥意思？"

专家早忙着下一个了，不耐烦地说："先检查，可能早产，拿到结果再来。"

早产？！这两个字像炮弹一样震碎了我的混沌和茫然。"靠下入盆"是什么意思我不懂，但早产的讯息，书上、网上可是铺天盖地，想不看都不行。一时间，早产的危害，以及各种并发症在我脑子里盘旋。

走出诊室，候诊区人头攒动，找不到那张熟悉的脸，我有一刹那的迷失。停在这感觉里，时光仿佛都顿住了。许久，我才缓缓看清人群中那张左右张望的脸。

我冲那头招招手，心里奇怪为何没有了惯常的急躁和迁怒，仿佛身在梦中，轻飘失真，爆发情绪的力气也没了。事后他说，第一次看见我紧张到身体都僵硬了。

是啊，这一次，切实关乎童童的安危，专家口中"早产"两字怎能让人不紧张啊？

排队，等待，按部就班地做 B 超、胎心监护。其间，心情百折千回。这一路走来，每一个关口，都毫无例外地来场或大或小的惊吓。

验孕棒变两道杠的那天，我还没来得及告诉在青岛小住的父母。父亲当天夜里起来上厕所，突然脑出血，打了 120 送去医院。开颅手术后煎熬几日，总算从 ICU 重症监护室转入病房，我们开始了日夜陪护。母亲平常就是家里的病人，2004 年做过心脏手术后一直受不得劳累，我担心她情绪波动有个闪失，要她听话待在家里。她知道我怀孕，害怕我太劳累，要我在家静息。一番争执下，我们开了个家庭会议，最终爱人和弟弟自告奋勇顶在前线，留我、弟妹、母亲在后方，保存实力，为长期作战做准备。之后父亲出院，康复一段时间后返回西安。

我去产检，被宣告宫腔有积液，有先兆性流产的风险，这是第一次惊吓。早孕期间，除了早起轻微的恶心和干呕外，我的妊娠反应几乎可以忽略不计，吃喝照常。有时候，我甚至会忘了怀孕这回事。也亏得如此，我才有精力安排爸爸住院期间以及出院后的康复诸事，孕早期也就在忙碌纷乱中不知不觉地过去了。等到我终于可以把注意力集中到怀孕上，迎面而来的是先兆流产。

震惊之余，我扪心自问，我的身体，以及体内的小生命，陪我走过了颓丧和灰暗，就要进入稳定的孕中期了，我有什么理由去怀疑 TA（当时还不知道童童性别，权以 TA 指代吧）的坚强和健康呢？

于是，卧床静养两周的医嘱被我变通成了三天的休闲放松。再去复查，传说中的宫腔积液竟神奇地消失了。

还有，我已是三十五岁的年纪，这在孕期是个节点，要做唐氏筛查，或者干脆直接羊膜穿刺，好排除所谓理论上因年龄引起的高概率畸形。权衡之下，我一如既往地信任自己以及体内的小生命，决定对所谓的高危一笑置之。

接着面临葡萄糖耐糖测试。按照医院的标准流程，要求孕妇一次性灌入75克葡萄糖粉，分别测空腹、喝糖后一小时和两小时的血糖数值。我平时喜欢原味和清淡，极少吃甜腻的东西，更别提这么疯狂地喝糖。很悲催，两小时后血糖高了0.3。专家果断地给我戴上了妊娠糖尿病的帽子，要求按照糖尿病人的食谱严控饮食，定期复查血糖，并且义正词严地说了一堆骇人听闻的后果。

为谨慎起见，我去咨询内分泌科，回说，我这顶多是耐糖量减退，妊娠期内分泌变化，这是很常见的事，哪里就够上糖尿病了？孩子正在发育，营养不良后果难道就不严重吗？没事，平时注意饮食，别吃太甜的东西。

闻言，我松了口气。只是，再去产检时，产科专家不管这些，妊娠糖尿病的帽子戴上了，隔三岔五，专家就逼着你重测血糖。

在耐糖问题上，我还在斗智斗勇，不承想，四维彩超又出状况了。那天，专家说，胎位低，孩子背对仪器，第一回连着三次都没看成。得高人指点，回去后每天垫高屁股躺着，第二回临上检查床前又这么躺了二十分钟，直到躺下心里还在不停地和童童商量，还好，童童很给力，总算一睹庐山真面目了。谁知，结果也不爽利，右侧侧脑室宽虽在正常范围内，但接近临界值，专家又让我定期复查。

如今，三十二周时又冒出个早产征兆……

测宫颈时，B超大夫奇怪地问："不是刚做了吗，怎么又做？"我无语，滑凉的仪器慢慢移动，大夫又说："没事，看着挺好。"

接着做胎心监护。一个长方形的大房间，贴墙一圈摆着扶手椅，坐着的孕妇们神态各异，相同的是都露着肚皮，手按着一个鼠标样的东西，"鼠标"连着显示屏，上面跳动着数字和曲线，满耳参差起伏的"嘭嘭"声。若不是心情紧张，那场景挺有喜感的。

护士把"鼠标"交给我就转眼消失。童童在肚子里异常活跃，"鼠标"被肚皮顶得一鼓一鼓。过了一会儿，鼓动没了，我开始怀疑是不是动得太厉害跑位了，是不是应该移动追踪一下。四顾无援，终于盼到护士闪面，帮着调整了一下位置，叮嘱我按好别动。于是，后半段监测就在惴惴不安中度过。

两小时后，再次回到诊室，忐忑递上结果单，静候宣判："怎么样啊？"

"宫颈好着呢，"我刚松口气，"咦，胎心监护后半段不正常，咋这么高呢？"心又揪紧。

"胎心监护我是第一次做，不会操作，有点儿紧张，孩子老动，会不会位置放得不对？"

"几点吃的早饭？"

"八点。"可不是，转眼中午了，我才觉出精疲力竭了。

专家示意上检查床，手工测了胎心，往单子上标注"150"。正常！谢天谢地！

"刚才说的早产……"

专家若无其事地说："看结果单没事。回去多休息静养，监测胎动和宫缩，一有异常，赶紧上医院。"

好一个"看结果单没事"！一上午的上蹿下跳、心力交瘁，就被这么一句轻飘飘的话给交代了。

看来，妈妈的这颗心，要磨炼得更独立、更强大、更坚韧才行啊。

（2013 年 9 月）

面　　试

一

我刚刚意识到，方才自己稀里糊涂地陪着刘小童完成了人生的第一场面试。

幼儿园的入园面试，原以为就是去学校走个过场，所以没有当回事。上班途中请了个假，和刘先生在公婆家会合，然后带着小家伙就直接去了。"备考"是没有的，甚至都觉得没必要告诉他，今天是去面试，以防增加额外的阻抗。

没想到学校的面试程序很烦琐，而且阵势也挺唬人。排队等待的时候，我暗自庆幸出门前坚持让婆婆给孩子把居家的灯笼裤换成了出门的外裤，第一印象还是很重要的。

叫到刘小童的名字了，我们被允许进入面试区。

刘先生打头，顺着走廊往里走，边走边探头找指定的教室。

我拉着刘小童跟在后头，和他絮絮叨叨地小声说话。

报名前很久，我们就给小家伙打预防针，把上幼儿园描绘成一件特别美好的事情，公公婆婆还时不时地带他到学校附近溜达，全家齐心协力地努力营造心驰神往的气氛。

来的路上，我只和孩子说，要去做个神秘的游戏。

这会儿小家伙一边走，一边大声追问："妈咪，要干什么呀？"

长长的走廊静悄悄的，我们的脚步声，夹杂着小家伙一迭连声的追问，显得特别响亮。

我停步，转头看着他，柔声说："乖，小点儿声。我们要去老师办公室。"

"为什么呀？"

"老师会和你做游戏，可好玩了！你乖乖配合一下，一会儿就好了，结束了，你就可以自由玩耍了，好吗？"

"好。"小家伙乖乖地回答。

"还有，如果一会儿老师只让你进去，你要自己进去，好吗？"

"为什么？"

"因为爸爸妈妈是大人，这是小朋友的游戏。不过，爸爸妈妈会在门口等你的，你一扭头就能看到我们，可以吗？"

"好。"刘小童迟疑了一下，点头。

二

推开门，迎面是两张微笑的脸。

对桌而坐的两位女老师一齐扬声招呼："你们好啊，请进。"

太好了，听到"你们"，我暗自松口气，那就是默许家长可以陪同进去。于是，我拉着刘小童走进去。

"宝贝，坐这儿。"说话的老师苹果脸，圆眼睛，满眼笑意，长相很是可爱。

我们帮着刘小童在长条桌前的椅子上坐下来，又把椅子往前挪一挪，让小家伙的两只手可以把住桌子。老师们坐在两旁。

"宝贝，不用紧张，老师就问你几个问题。"这位老师年纪稍长，面目和善。

刘小童转头看看我。

我点点头，绽开一个大大的笑容："宝贝，记得妈妈说的吗？"

"嗯。"小家伙回过头去。

"你叫什么名字呀？""呀"字上翘，拖着软软的尾音，"苹果脸"老师发问的声气俏皮而活泼。

"我叫刘小童。"儿子一字一句地回答，极度认真。

"大名叫什么呀？"

沉默。

我心里"咯噔"一下，平时在家我们都叫他小名，总觉得上学还早。

"××××。"不紧不慢的稚气声音。

我松口气，哎呀，吓死为娘了。

"你喜欢我们幼儿园吗？"

沉默。

顿时我的心里七上八下："坏了，我这当妈的咋这么马虎呢，这么糊里糊涂地就来了！早知道，应该提前训练一下的……"

就在我胡思乱想的当口，儿子说了句"喜欢"，脆生生的，这气势稳如泰山。

"我们幼儿园叫什么名字？"

我暗自窃喜，平常的闲聊无意押中了题。

"×× 幼儿园。"字正腔圆。

"你会自己用小勺子大口大口地吃饭吗？"

"大口大口"几个字发音特别重，重锤一样砸在心上。我的脑海里瞬间闪现婆婆追着喂饭的场景。

"会！"咦？！竟然无缝衔接，还面不改色心不跳。

"你睡午觉吗？"

"睡。"

"几点睡觉呀？"

糟糕，分明在探查作息规律。

午睡的问题，经过我力排众议的艰苦努力，虽然睡总是要睡的，但入睡的具体时间，往往以午饭为轴点，前后一两小时间波动。我约略是知道的，幼儿园午睡一般是在十二点到两点间。

我听见自己"怦怦"的心跳声，眼见着斜对面的老公忍不住想要出声，不知怎的，被我摇头制止了。

空气仿若凝固。

"十二点。"仿佛一个世纪那么长，我听见儿子清脆如大珠小珠落玉盘的回答声。

还没反应过来，就听见"苹果脸"老师用略显夸张的口气说："真棒！你被 ×× 幼儿园录取了！"

"真大方呀！"出门时背后传来老师们的交谈声。

"刘小童真棒！爸爸替刘小童捏了把汗呢。"循着长长的走廊往出走时，一直不语的刘先生摸着刘小童的头说。

而后知后觉的妈妈啊，拉着小家伙的手，那句"你被 ×× 幼儿园录取了"的声音，兀自在脑海中回荡，仿若空谷回音，响彻时光的长廊。

（2017 年）

漫长的告别

一、偶然又必然

2017 年 8 月 8 日，星期二，阴，立秋。

刘小童迎来了漫漫求学生涯的第一天。

虽然 9 月 3 日才正式开学，但是幼儿园现在就让小班的孩子们入园适应，如此等于是给了小班一百多位宝贝一个月的模拟演练和独享校园的尊荣。

手上的"明白纸"详细介绍了接下来四周里每周的任务安排和侧重点。第一周主要是熟悉环境和老师，女宝上午入园，男宝下午入园。第二周继续分流入园，只不过顺序反之。第三、四周开始交叉，一、三、五男宝入园，二、四女宝入园。最后几天里，男宝、女宝一起入园。

这样的安排，入眼可见的隆重、细致，既循序渐进，又温和有弹性。我不由得庆幸自己选对了幼儿园。

其实，之前在好几个选择间举棋不定。碰巧公公认识其中一所私立幼儿园的园长，当时去学校实地考察。园长阿姨打扮入时，口若悬河地跟我们介绍学校的师资荣誉，一再保证会关照孩子。

好不容易我才插话询问，幼儿园怎么处理孩子初入园时的分离焦虑，原本和颜悦色的园长瞬间变成了女斗士："你们做家长的不要心软，送孩子到园门口就有老师接应，不管孩子怎么哭闹，你们一定要扭头就走，不用担心，无论如何，我们都有办法对付……""我们幼儿园很有经验，我也会好好照顾咱家宝贝的……"

"一定？对付？"听她说得如此铿锵，看她脸上兀自挂着笑容，我却不由自主地打了个寒战。

最后，我们选中了现在这所幼儿园，民办，半公益，历年招生爆满，竞争激烈，今年原计划招生九十人，三个班。无奈孩子太多，各方权衡下最终扩招到了一百二十人，四个班。

刘小童通过面试后，被分在了小三班，四十四人，三位老师加一位保育员。班主任就是面试时的主考官——"苹果脸"老师，她有着十多年教龄，行事妥帖练达；另外两位老师一派青春烂漫的美少女模样。保育老师年长些，五十多岁，温婉和气，笑起来眼睛弯弯的，一看就是爱孩子的人。

我想，这些人、班级的其他小朋友以及这所幼儿园，不出意外，会是我家这小孩童幼儿时光的光影合集。而且，当下发生的，以及未知的将来可能来临的，终究会沉淀成记忆的碎片，在生命的万花筒里交织往复，偶然又必然。

二、分离的时刻

按照学校的分流安排，今天下午一点半，是男宝入园的时段。

由于我们暂时还没有搬去学区，商议之下，早起由公公先把刘小童接去公婆家（在学区附近）。下午，我和刘先生从单位赶过去送他入园。

我给刘小童穿戴齐整，把替换衣服塞进书包，连声地催促他跟爷爷速速出门。

小家伙走了两步，突然折回来。

"怎么了？"

他不回答，自顾自地跑到书柜前，踮起脚在里面扒拉，不久抽出一本"三笔画"（他的画画书），然后放下书包，一本正经地把书往里塞。

我耐着性子等他搞完，眼看着这小小孩童再次出发，欢天喜地走到门口，握住门把手，彼时，门斜开着，将出未出之际，他蓦然转身，小脸粉嫩，短袖洁白，深蓝色的过膝休闲裤，裤缝处闪耀着红、蓝、白三条杠，宝蓝色的疯狂赛车书包。我怔了怔，出于本能地拿起手机顺手拍了张照。

及至落笔的现在，这幅画面又在我的眼前徐徐展开，一点点清晰，逼真得让我惊讶。不易察觉间，我的心里涌起一股莫名的感伤。

中午，我和刘先生在公婆家会合，接了刘小童，牵着他柔软的手，一路穿街过巷，走去他校园生涯中第一个起点，然后，松手，经历他人生中的第一次分离。

就在此刻，我突然意识到，作为母亲，我其实一直惧怕着那些与孩子分离的时刻。

三、其实，自己对分离也是有着深深的恐惧吧

刘小童上幼儿园时已经快四岁了。入园晚，主要是考虑到他生日小，男孩子发育普遍比同龄女孩子晚，在幼儿期看似几个月的年龄差，实际上隔了一层天，万一他跟不上节奏，心理上可能会受挫。

如此决定，也和之前一段失败的早教经历有关。

刘小童不到一岁时，楼上换了房主，开始装修，楼层的隔音效果极差，再加上前房主把复式顶楼整成了上下两层若干的迷你房间，

拆砸起来尤其耗时费劲，作为一层楼板之隔的邻居，我们可就惨了，那段时间"地震"不断，山呼海啸、震耳欲聋、天塌地陷的感觉。大人犹自如此，总被轰然声响吓怕的孩子可想而知，我徒劳地抱着他从一个房间躲去另一个房间，无处可逃。到楼上交涉过几回，也无济于事，想来也是，人家在装修，是不可避免的，总不能让人因为我们而停工吧，只得另寻他法。

彼时正值隆冬，没法抱着孩子老在户外晃悠，正好发现附近有家早教机构，为解燃眉之急，索性给他报了个早教班。报得仓促，也没有仔细考察，等到上了几次课，才慢慢发现不对劲。

老师完全一副对付大孩子的架势，让一岁左右的小朋友排排坐，集中注意力听她讲，全然不顾这个年龄段孩子的注意力发展规律。

老师还会安排一些竞赛游戏的内容。比如，让孩子们从一端爬或跑到另一端，拿回指定的花束，再爬或跑回来，看谁速度最快。一岁左右的孩子，有的跟跟跄跄地走步，有的还在爬行，那场面简直热闹去了。这是刘小童为数不多给面子的节目，虽然中间停下来天马行空了会儿，终归拿回了一朵小红花献给妈妈。

大多数时候，刘小童是完全不听指挥的，甭管老师怎么费尽心思吸引他的注意力，他依然我行我素，只管把椅子翻过来、倒过去地研究。更别提他攀高下低，连瓷砖上的褶皱也不放过，琢磨个没完的"劣迹"。

早教机构还会设置一些莫名的"规则"，事先给家长洗脑。比如，上课时一定要关门，孩子即使哭闹也尽量不妥协，不让他出去。万一哭闹不止没法控制时，老师会"请"家长和孩子出去，情绪平复后再回来。

我们是常常被"请"出去的。

自然而然的，体验课结束时，双方都"知难而退"，机构一反常态地没有游说续课，刘小童更是巴不得趁早离开，并且从此杯弓蛇影，到了陌生地方，但凡看到别人欲关门，就先哭闹着要出去。自经历此等惨痛经历后，这娃只能散养。

直到此刻，入园的第一天，我牵着刘小童的小手，看着他懵懵懂懂，看着他新奇兴奋，看着他浑然不觉，完全没有意识到山雨欲来，一场分离的疾风骤雨正隐隐靠近。我才突然意识到，其实，是自己对分离有着深深的恐惧吧。

四、入园糗事

送刘小童入园前，我内心忐忑，曾和身在故乡的妈妈聊天。妈妈一边宽慰我，一边也不止一次说起我的入园糗事。

最记得的是讲小姨送我入园：

"哎呀，那时候，我和你爸要上班，请假很难。你难送得很，黏人，怎么都送不去。还是你小姨请了假送你，把你领到幼儿园，想趁你不备偷偷跑掉，立马被你发现。"小姨是母亲最小的妹妹，比我大十来岁，"你小姨在前面跑，你哭着一路在后头追，你小姨跑不掉，又送不下你，又急又气，你哭，你小姨也哭。""后来，实在没有办法，你小姨搬了小板凳坐在你旁边，陪着你上课……"

我听得新奇，当成趣事来听，仿佛故事里是不相干的人。慢慢地，心里生出一些淡淡的感触。

大人总归有大人的事要做，不可能无条件地迁就和无休止地陪着孩子。而小孩子有小孩子的不易，那种时刻警惕着被"抛弃"的恐惧；那种张皇到不知所措的歇斯底里；那种轰然一声，内在的什么东西坍塌粉碎，生命被抛入虚无的绝望，充满着非言语的体验，疯狂又逼真。

每一次的触发，每一次的重播，每一次的轮回，都仿佛回到最孱弱的时刻。

这种情绪体验，在精神分析理论中，被叫作"分离焦虑""死亡恐惧"。

它们每每会在此后人生的某一个转角突然闪现。比如，送托时刻。

很多时候，要处理的分离焦虑，不只包括孩子的，常常还交织着家长自身的。相似的情境，会触发早年的情绪体验，不自知的，也许就在旋涡里了。

而这其中，没有谁对谁错。

无论当年我们的父母，还是如今已为人父母的我们，都有着无法超越的局限，环境的、自身的，凡此种种。

我也慢慢体悟到，经由父母来到人世间，就像是《红楼梦》中的通灵宝玉被僧道二人携入"昌明隆盛之邦，诗礼簪缨之族，花柳繁华地，温柔富贵乡"去走一遭，生离、死别、繁华、衰败，冥冥中已注定。这过程中的乐怒哀惧、伤痛迷茫，也是生而为人的必经体验。

也许，正是经由这些痛苦和折磨，我们才会在不知不觉间心思渐明，走上归乡之路。

五、最动人的事情

刘小童上幼儿园前，我同妈妈的闲聊，现在看来，仿佛是人生转角处的倾诉和取暖。

我从毕业至今的将近二十年里，异地工作，恋爱、结婚、生子，结束体制内十多年的工作，转换职业，每一个节点都朝向分离，朝向自由，哪怕拧巴，都不顾一切地彰显着自我意志。

而与此相反，曾经如山如海、如天如地般存在的父亲、母亲却在病痛和衰老、分离和死亡的折磨下，退行成乖张的孩童，张皇而无助，脆弱而无力。

因此不知何时起，关于自己的事情，我从来都是报喜不报忧的。

即便在关键节点，我也都是在做好决定后，轻描淡写地大事化小，一副没心没肺、大大咧咧的模样。反倒是父母，"多此一举"地为我辗转反侧，彻夜难眠。

熟悉我的朋友也都说我"有主意"，渐渐地，我也深信不疑，以为那个撒娇卖萌、痴缠依恋的孩子早已消失不见。

真的消失不见了吗？

其实，这么多年，在每一个人生的路口或转角，以及每一个生死攸关的时刻，每一个迷茫痛苦的关头，我们的命运之线始终交缠往复在一起，以自己的方式给予彼此温暖和支持。

哪怕，在当下，这种温暖和支持彼此都不懂。

就像刘小童上幼儿园的事情，虽然妈妈说着"开导"的话语，却仍时不时地唉声叹气，语调声气仿佛闷雷滚滚，大雨将至。

而彼时的我，也不由得心里发急，话说着说着，反倒越发轻描淡写，慢慢地，反而好像我成了局外人，从旁安慰着当局者妈妈。

细想起来，这多像这么多年彼此的关系。

不知从何时起，作为子女的我们与父母的关系，已经悄悄地互换。我们会时不时地把父母当作小孩，让人好气又好笑，郁闷又无奈。

虽然如此，却还是在遭逢的某个至暗时刻、某个孤独彷徨的时候、某个无可言说的时分，不由自主地拨通那个熟悉的号码，听着那头熟悉的声气，佯装无事地闲话家常。

而父母的开导，常常也并不会让事情更加顺畅，让心情更加舒展，反而因为关心则乱，平添烦乱。

但我想，也许我们之间要的就是这份联结。

这样的联结，已经超出语言本身，超出事情本身，更像是本能的依恋、自我的叩问，虽然说着无关痛痒的话，但潜意识中在进行着某种修复，以及和内心最深处的对话。

当下通常都是不察的，但终究的，此后不期然的某一个时刻，喜悦和宁静定会翩然而至。

最可贵的，我和你，我们在一起，一起经历和体验。

也许，这就是为人子女、为人父母的我们，能够竭尽所能做到的最动人的事情。

六、重回第一天

我在渐渐聚拢和慢慢沸腾的接托大军里，很长时间保持着同一个姿势，低头看着手机，忙着发微信回复事情。

等到我不期然间抬头，发现前一刻还门可罗雀的幼儿园门口，此刻变魔术样冒出了一大群焦灼不安的家长。

"我家小朋友表现挺好的，没哭。"身旁的两位叽叽喳喳，这一句话陡然拔高，从一片嗡嗡声中跳脱出来，特别响亮。说话的宝妈抑制不住兴奋，滔滔不绝地表扬着自己的宝宝。

我走开一步，错了了"别人家孩子"的现场直播。

男宝们第一天上半天幼儿园，在教室里待着的时间，连送带接，加起来也就两个来小时。

为了帮孩子们尽快度过分离焦虑期，幼儿园设置了一个月的过渡期。其间，执行弹性接送规定，家长们不但可以把孩子们送进幼儿园，还可以陪着孩子到教室门口，然后跟孩子告别，再迅速离开。

饶是如此，现实远超想象。第一天还是无可挽回地陷入混乱。

即便等待接孩子的此刻，我的脑海中仍然回旋着彼时的混乱。

楼外、园里、大厅里、走廊上、教室里，熙熙攘攘，闹闹哄哄，到处是张皇的面孔、纷乱的步履、嘈杂的叫嚷，夹杂着孩子的哭声，长长短短，此起彼伏，一个哭撞响俩，两个哭响一片。这一切声响，飞旋着，交织着，交会成无休无止的潮涨潮落，一遍遍在眼前、耳中、心里冲刷，回荡。

所以，等待接刘小童的这两个小时里，我是人格分裂的。

一个理性自控，狠心硬气；一个懊恼挫败，心有千千结。这两个自己在进行着交战。

"感性我"说："愚蠢，为什么要刻意告别？瞅瞅，拜你所赐，搞砸了吧！"

"理性我"不甘示弱，反唇相讥："告别有什么不对？不告而别，那和偷偷开溜有什么区别！要是刘小童一转身发现我不见了，一定以为我把他扔了。"

"孩子本来没哭，你直接走了就完事了，干吗多此一举？再说，告别有用吗？你看看你，不但招惹得孩子大哭一场，还惹火上身，走也走得拖泥带水，五内俱焚。"

"你怎么知道我走后他不会哭，那时候更糟，妈妈凭空消失了，周围全是陌生人，还有一堆哭成泪人的小朋友，那要多恐怖！现在哭归哭，至少他知道状况，即便不情愿，起码他知道幼儿园是必须上的，而妈妈是会回来接他的……"

如此这般，两个"我"你来我往，大战三百回合，谁也说服不了谁。

"感性我"试图用告别的挡箭牌防卫"理性我"，竭力编织一张巨网抵御分离焦虑之下铺天盖地、吞噬一切的被抛弃的恐惧。

"理性我"攻击着"感性我"的刻板动作，用事实做盾牌抵抗着内心的波诡云谲。

我兀自站着，任由内心在挣扎。

而眼前，又自顾自地开始上演着与刘小童分离的画面。

七、妈妈，不在这儿了

大厅里，家长们围拢在一起，听着老师宣布送托的注意事项。

我拉紧刘小童，不让他四处乱跑。一进来，小家伙就左顾右盼，一心想挣脱我去四处探险。

小三班就在走廊入口，门脸装饰得相当热闹，两位老师迎门而立，等着小朋友入内。

一宣告完注意事项，我刚一松手，刘小童就像一个脱轨的火车头，迫不及待地朝着小三班冲了过去，还没等我反应过来，已经被笑意盈盈的老师们迎进教室了。

散养惯了，刘小童一向不怵和人打交道，尤其愿意絮絮叨叨和大人唠嗑，到陌生地方，总是当成探险，一马当先地冲过去，因为他知道，作为父母的我们，肯定会尾随而至。

这一次，追到门口，我停住了，犹豫一下，没有跟进去。

就在我停顿的当口，呼啦啦，拥进去好多家长和小朋友。原本空荡荡的教室突然拥挤、骚乱起来。人声杂沓，还不时混杂着哭声。

我隔着人群张望，小家伙坐在地台边，一边脱鞋，一边左顾右盼，满脸的茫然和不安。这样的惶然，不期然地击中了我，出于本能，顾不上再纠结，我穿过人丛，挤到了他跟前。

小家伙脱了一只鞋，抬头撞见我，眼睛里一下子有了泪，颤声说："妈妈，不在这儿了。"

我蹲下来，抱住他问："为什么呀？"

"换个地方。"小嘴一撇，小脸皱巴着，"哇"的一声，悬空许久的张皇和委屈，终于化作倾盆大雨，刘小童扯了我的手，光着一只脚，另一只鞋也不脱了，立马就要往外走。

我原地抱住他，试图跟他讲道理："乖乖，咱们说好的要上幼儿园，对吗？你看，那边有那么多玩具，你脱鞋进去玩一会儿，很快就下课了。下课了妈妈就来接你，妈妈保证。"

我一遍又一遍地重复着，自己也觉得苍白无力，被恐惧裹挟的小人儿，哪里听得进去，索性号啕大哭。

我就这么抱着他，任哭声的骤雨劈头盖脸地砸下来。

八、最恐惧的深渊

众目睽睽之下，号啕大哭的孩子，手足无措的妈妈，这种失控的、搞砸的感觉，这种仿佛大祸临头、瞬间石化的感觉，在没有成为母亲前，曾经是我最恐惧的深渊。

之后，我在刘小童这里，一次次"接受着"冲击疗法——心理治疗中的暴露疗法。原理是，持续一段时间、反复暴露在现实的恐惧刺激中，而不采取任何缓解恐惧的行为，让恐惧自行降低。

然后，似乎慢慢长出一层铠甲。仿佛是，母亲这一角色成为护体金刚，抵挡着虚荣、脆弱和羞惭，也绝缘着深植心里的被惩罚、被抛弃的恐惧。

每一次，我都对孩子说："宝贝儿，没事儿，妈妈在，要哭就哭一会儿吧。"

也试着在心里对自己说："没事，亲爱的，搞砸了就搞砸了，没有关系。"

哭着哭着，小家伙开始一个接一个地打哈欠，眼睛耷拉下来，哭声也渐渐低弱，仿佛只是出于惯性，拖着哀哀的长声。

原本浓墨重彩的悲痛，乱入如此始料不及的画风，好像受潮的磁带咿咿呀呀、曲不成调，有种怪诞的滑稽、隐隐的幽默。我愕然，转念想到原因，又觉得在情理之中。

这个时间，要是在上幼儿园以前，小家伙正要午休。

入园前，虽然叮嘱婆婆按照幼儿园的流程给他调整作息，但知易行难，操作起来颇具难度。

今天，我和刘先生去接他时，婆婆说，好不容易把他安顿好，才刚睡了半小时。好吧，一般都是两个小时的大觉，要等他睡起来，都日落西山了。没等太久，我们就把他叫醒了。

被扰醒的小孩自然没好气，好一阵别扭。等到我们按规定时间急急火火地赶到学校，又因为第一天出乎意料地忙乱，在大门口多等了二十来分钟，再加上大厅里的维持秩序、宣布纪律，一来二去，一个小时过去了。

我不由得在心里埋怨自己沉不住气儿，着什么急啊，稳着点儿，让孩子多睡会儿，还正好错过高峰。想归想，世上难买后悔药。再说，守时总归是不错的。就是可怜了刘小童，这一阵扑腾和哭闹，使出了浑身解数，不精疲力竭、哈欠连天才怪。

九、不知怎的，我松了手

"怎么，他不愿意上幼儿园？"大约是送孩子的爷爷或姥爷的走过来问我。

我笑笑，无心攀谈，闪到一边，抬眼正撞上门口一位妈妈在安慰大哭的孩子，彼此对视，讪然一笑。

"你看这，刚才还好好的呢。"保育老师怀里抱着个哭唧唧的孩子，冲我苦笑。

不远处"苹果脸"班主任正在安慰一个哭成泪人的小家伙。

"你放下他赶紧离开，越这样越走不了。"耳旁突然冒出一个声音，由于场面太过混乱，学校增援老师了。这位老师一边说，一边伸手就来抱刘小童。

不知怎的，我就松了手，刘小童被抱了过去。

我狠狠心，赶紧跟他告别："乖乖，要上幼儿园。妈妈放学来接你啊。"

本来已经筋疲力尽的刘小童反应过来，死命挣扎和蹦跶，朝我哭喊着"妈妈，妈妈"。我抑制住抱他的冲动，快速说了句："乖，妈妈走了，再见。"然后，扭头就走。

撕心裂肺的哭声，以及孩子拧着身子朝我呼喊的姿势，缠绕着，盘桓着，我不敢回头，只是一步步往外走，生怕一停步，自己会忍不住飞奔回去。

在院子里稳了稳情绪，我再踱回去，隔窗眺望。

小家伙还在抹眼泪，脖子上青筋暴突。刚才那位女老师站在旁边，正跟他说着什么。须臾，拉起他的手，他没有挣脱，跟着老师朝前走了两步，走到窗边空调处。

我从幼儿园往公婆家走，三魂丢了七魄，兀自恨恨的，不知在生什么气。

刘先生安慰我："亲爱的，这是一个必经的过程。别担心，别急。"

我冲他大吼："你现在这么说，刚才不是还怪我吗？！"

刚才老师宣布完入园注意事项，刘小童第一时间冲进教室去"探险"，我跟过去，刘先生自去缴费。等到缴费回来，正撞见分离时的惨烈情状，刘先生当时脱口说了句："你不进教室就好了，你看，把他惹起来了。"这一句正扎到痛处，我当时顾不上理会，这会儿一腔邪火，他又跑来撞枪口，我转身就把怒气撒到他身上去。

"亲爱的，是我不好，我应该弄清情况再说。""出气筒"过来拉我的手，"我不是在怪你，是我自己着急了。我们都是第一次遇到这情况，以后可能还会有更多超乎想象的事情，关键是我们尽力了，无论遇到什么情况，我们都陪着刘小童一起经历。一起，好吗？"

我没吱声，任由他拉着手往前走，走着走着，这些话一点点进到了心里，情绪，也一点点缓和了下来。

十、你答应妈妈的，为什么还要哭

晚上，我问刘小童："我们说好的要上幼儿园，你答应妈妈的，为什么还要哭？"

"找不到妈妈了。""妈妈不在。"

"可是，你和爷爷奶奶在一起的时候，妈妈也不在身边啊。"

"爷爷奶奶在。"

"你在幼儿园里，爷爷奶奶虽然不在身边，但是老师在啊。这就像妈妈去上班，你和爷爷奶奶在一起时一样。"

这话有点儿绕，我慢慢解释："宝贝，以前妈妈工作时，你在爷爷奶奶家，妈妈不在身边，但有爷爷奶奶在；现在爷爷奶奶忙自己的事情，妈妈要工作，虽然我们都不在你身边，但在幼儿园，有老师陪你。放学后，爷爷会去接你，在爷爷奶奶家吃过饭，爷爷还会送你回爸爸妈妈家，到了晚上，我们又在一起了，这和以前一样，对吗？"

小家伙沉默，片刻后，单刀直入："妈妈，'你'不去幼儿园，'你'要在爸爸妈妈家。"（此时的刘小童还不会用人称代词"我"来指代自己。）

"可白天妈妈爸爸要工作，不在家。"

"'你'去爷爷奶奶家。"

"宝贝，爷爷奶奶也有自己的事情要做，不能总陪着你。你已经长大了，也要有自己的事情做了。你看，你上幼儿园，爸爸妈妈上班，爷爷奶奶忙活自己的事，我们各得其所，等你放学后，我们就又在一起了。"

"抱抱，抱着睡。"小家伙不接话，转而提要求。

我抱着他，孩子挂在我身上，腿已经悬到膝头，脑袋伏在我肩上，身子贴得紧紧的，似乎在微微发抖。

我就这么抱着他在房间里踱步，慢慢地，孩子静了下来，我放下他，在他耳边温柔地说："宝贝，不怕，妈妈在，一直在，你是最安全的。"

之后，我看着他慢慢入睡。

仿佛，无数个这样的夜晚重回。

夜，这样的熟悉。

偶尔，一两声汽车鸣笛声传来，时不时光影闪烁，变幻着明暗和形状，在房间里勾勒着深浅交叠的画作。

耳畔响着"嘀嗒嘀嗒"的钟表声，似乎长短针追逐着、嬉闹着，甩下一串时光的脚印。

这些声息和光影，并不唐突了寂静，反而觉得更静，让我的一呼一吸清晰得失真，心上有什么东西一点点在浮现。

十一、仿佛龙卷风，突如其来地横扫一切

我慢慢意识到，白天送托时的懊悔和内疚，表面上看，似乎是"该不该跟进教室"的二元命题，因此才会有"理性我"和"感性我"的相互对峙和各执一词。

孰是孰非？

也可能如"理性我"所说：如果不跟进去，刘小童虽然忐忑但能够转移注意力，不爆发也不强化，也便大事化小，慢慢淡忘。

也可能如"感性我"所说：如果不告而别，孩子回身找不到我，会以为妈妈不要自己了，从此在内心植下阴影和不安。

从非此即彼的二元对立角度来看，似乎都有可能，也都有道理，是个两难命题。

但在这个似曾相识的哄睡夜晚，仿佛千山万水之后的恍若隔世，又仿佛一夕重回，昨日重现。

我突然明白，这样的纠结是个伪命题。

因为它假定人生的脚本可以没有分离，没有苦痛。

而作为有情众生的我们啊，不可避免地经历着分离，也因之体验着随之而来的恐惧、不舍和伤痛。

所以，重点不在于怎么避免，而在于如何去承受和适应。

由此，我问自己：

为何如此执着于一个没有恐惧和苦痛的世界？

为何如此执拗于告别，把不告而别必然地等同于被抛弃？

为何如此执着于一个郑重其事、不容含糊的仪式？

仿佛借此可以隔绝恐惧和痛苦。

似乎借助某种仪式，从而实现想象中的心安和慰藉。

而这个过程，无关孩子，分明是自己的分离焦虑被激活，才会

对孩子的纠缠和哭闹，显得那么虚弱无助和难以承受。

妈妈说，当年的我入园难，把小姨都送哭了，只能搬个凳子坐在我旁边陪着。我哭，小姨哭。小姨走，我撒腿就追，怎么也放不下，持续了个把月。

原来，那个担心被抛弃，满心疑惧与惶恐，竭尽全力想要抓紧不分离的孩子，是内在的那个自己。

养儿的过程中，总会不自觉地牵引出深埋内心的、无法用言语表达的情感体验，仿佛龙卷风突如其来横扫一切。

我想，养儿于我，不只是作为妈妈的我在保护孩子，更是常常经由孩子看到内在的那个自己。表面上，是我在陪伴和守护孩子；事实上，是孩子在守护着我，让我完整着自我的定义和建构，也实现着自我的救赎和成长。

正如刘先生所说，养儿的每一个阶段，每一次经历，对于我们都是全新的探索。我们都在摸爬滚打中前行，就像当年我们的父母。

2017年8月8日，是刘小童入园的第一天，此生这一场漫长的告别，才刚刚开始啊。

（2017年）

猜　心

一、半天还是全天

"可是，我还是心里不舒服，"刘小童苦着脸，就要哭出来的样子，"虽然外面看着高兴了，可心里还是不舒服，难受还是一百分。"

挖空心思逗笑半天，徒劳无功的我，在今早第N遍听到"心里不舒服"的咒语后，心里开始长草。

争分夺秒的早起时间里，这娃不换衣，不起床，已经如此磨缠十多分钟了。

"那你想想，怎么就开心了？"我耐住性子，压住涌动的情绪，继续问。正向问不行，反着问。

"我不知道，说不出来。"

"是不是还没适应开学的节奏？如果是，我们今天还和上周一样，先上半天，过节后再上全天，这样可以吗？"我退一步。

"不行，不上半天，不行！"两个"不行"，斩钉截铁，我在决绝里听出了蹊跷。这口气，像是在赌气。

"不行？你是说你想上全天？"我循着蛛丝马迹继续问，"那最好了，我们就上全天，好不好？"

二、不由自主地去找寻自己的那一朵

之所以拿送托半天还是全天来说事，是因为上半天幼儿园是刘小童好不容易争取来的"福利"。

暑假结束后，刘小童升大班了。虽然老师没有换，但是教室从一楼搬到了二楼。

原先的教室，进门一条不长的走廊，一侧是洗漱间，另一侧是孩子们接水、喝水的地方。正对走廊的房间一溜儿通开，用拱形门洞做着功能分隔。外间上课、吃饭，里间铺了地台，孩子们在里面搭积木、游戏活动和午休。房间临着操场，一整面墙的窗户一溜儿排开，梧桐环抱，树影婆娑。

这里有刘小童入园的两年时光，也有我和刘先生人生的第一次家长会。

犹记得当日，一众家长变回了乖学生，服从命令听指挥，一溜儿靠墙坐在自带的马扎上，朝着走廊翘首张望。大家刚观摩完幼儿体操，从户外提前入场，等待着接下来的室内教学展示。

自然是未见其人先闻其声，一片叽叽喳喳、踢踢踏踏声由远而近，似乎是突然的，"哗啦啦"地拥入了一群小人儿，一下子点亮了教室，仿佛燃烧着的灿烂的花海。

你不由自主地去找寻自己的那一朵，越过面孔的海洋，越过微笑的潮声，总会在某一瞬，对上一双熟悉的眼睛。那眼睛，左顾右盼，写着焦急，写着不安，写着期盼，却在目光交会的刹那，弯如月牙，横似水波，荡漾满天的星辉。

你朝他比画，打着哑语，催他去排队，去取餐，去听课……

他却一次次寻找，一次次回眸，一次次微笑。

三、是的，独一无二

时光总是自顾自地溜走。

老教室见证着旧时光，以及独一无二的生命印记。

是的，独一无二。

无论是故事发生的当下，还是随着时光变迁，记忆删减和重塑，我们拥有的都是属于自己的独特版本。

我想，作为母亲的我和作为父亲的刘先生，即便同坐台下，观摩着同一场家长会，同样地百感交集，但彼时的感触仍然带着各自的烙印。

不知道身为故事主角的刘小童，在若干年后，会如何回忆自己的入园时光。

还会记得第一天妈妈离开时的撕心裂肺和号啕大哭吗？

还会记得从此伊始，人生词典中多了"上学"两个字，妈妈、爸爸、刘小童都是要"各自工作"的吗？

还会记得落英缤纷的日子里，谁的眼泪随风飞舞吗？

那一次次面临着告别和分离，悲从中来的眼泪。

而我的心啊，也在看不见的地方，下着小雨。

四、猜　　心

终究，围绕入园上演的那些激烈的分离、失声的痛哭，渐行渐远。

偶尔的反复，也像是水波照影，一晃而逝；抑或是信笺上的背景暗花，惆怅中蕴藏着淡淡的美；又或是翻出的泛黄旧照，照片背后的嬉笑怒骂、爱恨情仇，荡漾成柔波里的一片水草。

反复的原因常常是一些小状况。

比如，好朋友这几天都没有去，特别喜欢的老师最近调休，游戏活动中小小受挫，诸如此类。

反复时，当日回家后的情绪发展轨迹大约是这样的：初见我和他爸时，疯狂至极，之后迅速沉浸于游戏玩乐，浑然忘我。

入睡上床时，小家伙开始哼哼唧唧，哭哭啼啼，追问原因，打死不说，就是一遍遍重复"心里不高兴""说不出来"。

为了安抚情绪，"猜心大战"就此拉开帷幕。于是，为娘我挖空心思，从白天的行踪里寻找蛛丝马迹，总算过关。不过，还不能掉以轻心，往往次日睡醒后又会卷土重来，迎来又一个波峰。

慢慢地，几经猜心，几经磨合，在上幼儿园的事情上，我的底线是：假如确实事出有因，而情绪又一时难以平复，索性设个时限，在这个时限里，可以上半天学来过渡。

所以，上半天幼儿园，是小家伙求之不得的福利。

这一次，小家伙又故态复萌。

并且还升级，昨晚没有明显征兆，早起时打我个措手不及。

"可是，我还是心里不舒服，"小家伙苦着脸，一副就要哭出来的腔调，"虽然外面看着高兴了，可心里还是不舒服，难受还是一百分。"好吧，还知道对情绪评级了。

如此一遍遍地重复，我心里纵然疯狂长草，还得耐着性子，继续与他"猜心"。

五、真　相

8月正值暑期，幼儿园虽然还可以送园，但老师已经进入轮休模式，值班的老师基本不进行新的教学活动，主要是看护孩子们自由玩耍，照顾饮食、安全，还有午休。

用刘小童的话说就是："除了吃就是睡，过着猪一样的生活。"（原谅我，第一次听见时也惊着了，笑岔了气……）

8月末，老师们已经忙着为9月初的开学做准备。此时送入园的小朋友，也开始被按照大班的要求进行管理和过渡。

比如，家长不能送入园，只能送到校门口；接送时间更加严格，早上送园时间提前，下午接回时间推迟。

也是在这个时期，教室从一楼搬到了二楼，刘小童正式告别了中班生活。

我想，随之告别的，不只是熟悉的环境布局，还有仿若河流蜿蜒、顺势养成的诸多习惯，以及那些朝朝日日，年复一年，如空气般萦绕的安全、温暖和联结。

而刘小童对于上幼儿园的反复状况，又开始露出端倪。

上周就折腾了一阵，最终只好同意他上半天来过渡。

这次，小家伙虽然对于上半天幼儿园的提议断然拒绝，但因为太过于决绝，反而显得此地无银三百两。

我索性激将："你的意思是你想上全天？那最好了，就上全天。好不好？"

"好！"小家伙条件反射样地附和，旋即改口，"不行。想上半天也不行了，必须上全天？"

"妈妈在和你商议，还没做决定。"我乘胜追击，"在和人沟通的时候，心里怎么想的就怎么说，记得你说过的嘛，畅畅通通的。"

见他在听，我趁机洗脑："千万别左右不是。否则，别人以为你说的就是你想的，那你就只能一直不高兴了，对吗？"

"不行，不能上全天。"虽然还死撑，口气明显地和缓了。

"为什么不行呢？"

"不行，没法上半天，昨天跟爷爷说，要在放学后去接，这样就没法在中午去接了。"

小家伙撇嘴："只能上半天。"

"哦，这样啊，有办法，妈妈打电话告诉爷爷就好了啊。不过，你确定是上半天，对吧？"

"对，上半天。"嘴里应着，在我的催促下，小家伙终于起身换衣服。

"我去按电梯，你穿好了赶紧出来。"我和娃掰扯的当口儿，眼看快迟到了，刘先生率先冲出门去。

"赶紧，去找爸爸。"我把穿戴整齐的小家伙推到门口。

小家伙跑了两步，又跑回来，拦腰给我一个拥抱："妈咪，抱抱。妈咪，亲一下。"

我弯腰低头，不耐烦地去亲眼前这张仰起的、等待的脸，却在四目交会的刹那，在眼波流转中，一念天堂。

（2019 年）

日暖倾城，归去来兮

一、打　　赌

今天给刘小童拍照。

早 7 点半接了"小小鸟"叔叔，高速上堵车，9 点我们才到目的地。

秋日艳阳下的即墨古城，城池空阔，长风浩荡。

路上，我用激将法给小家伙打了预防针："今天的任务很难，我敢打赌，只有厉害的孩子才能完成。"

"什么任务？"

"做模特儿，中间不能跑去干别的事，要一直坚持到小小鸟叔叔拍完照。"顿一顿，我加重语气，"一般小朋友都做不到，你，行不行？"

"行！"小家伙挺起胸脯，来劲了。

"真的很难，你可要想好了，如果开始，就要坚持到底，半途而废就输了。你确定要打这个赌？"

"确定。"

给刘小童拍写真可以追溯到他百天时，此后每年一拍。两岁前孩子太小，诸多不便，都是约好了上门拍照。自己的家、自己的衣物，记录成长，图个真实、自然。等到孩子大一些，能走能跑了，就想试试棚拍或者外拍。

看了几家影楼或工作室，感觉拍得千篇一律，孩子摆得也尽是成人的姿势，加上刘小童散养惯了，一到新环境就会雷达全开，全情投入上房揭瓦、刨坑寻宝中，没有斩获，誓不罢休，哪管你什么"写真写假"，带他去棚拍，要他摆拍，想想就是不可能完成的任务。

二、小 小 鸟

也是巧了，住处附近红绿灯路口的一间门店换了脸面，"小小鸟摄影"的门头隐在铅灰色的建筑间。

这一带原是老工业区，之前的厂区历经拆迁，要么在原址上新建了住宅，要么改建了厂房移作他用，几条街开外就是繁华商圈、熙攘闹市，偏偏这七拐八扭的几条老街窄巷，仿佛深海洋流，把城市划分出了不同况味。走在这里，不经意地一瞥，宛如卷入了新旧交汇的时光暗流，有种慢下来的恍惚之感。

竟然有人把摄影室开在这里，带着好奇，某天我顺脚拐进了店里。正和朋友喝茶聊天的男子诧异地看我，灰白头发遮掩下，一双眼睛格外柔和、清澈，沿墙一圈麻绳，夹着一张张蛮有风格的照片。

起身招呼我的这人被喊作"陈老师"，交谈中我知道了他是搞摄影培训的，会在培训学校教学，也会带着摄影爱好者自驾去各地采风外拍。对于我的拍摄诉求，他说，可以一起商议，不过要自己准备衣物种种。

于是，三五分钟后，我敲定了外拍事宜，之后，每年都要带着刘小童找"小小鸟"一次。每次我会提前把穿搭发给小小鸟，由他根据穿搭风格选择拍摄地点。至于拍什么，怎么拍，往往是根据"模特儿"的现场发挥随机应变，好在我们也没有想要一定怎样，权当陪玩外加拍照留念了。

亲爹、亲妈可以佛系，摄影师到底还是有压力，再怎么样，总得有片子出来。

第一次拍照，就见一向气定神闲的陈老师满头大汗地挎着相机追在刘小童屁股后面，一边随着熊孩子攀高爬低，一边循循善诱：

"球球，你看，那边是啥？"

"球球，过去看看，那个亮闪闪的玻璃后头是什么？"

两岁的刘小童，因为迷恋"小鸡球球"绘本，彼时以"球球"自称。

作为"球球"同学的爸妈，已经竭尽所能诱"敌"深入，奈何"敌军"太顽固，依旧充耳不闻地抠洞玩土，伺候蚂蚁，我们也只能抱歉地看着丢了素日沉稳的陈老师，跟着熊孩子气喘吁吁、上蹿下跳了。

再大些，刘小童会"礼貌待人"了，一见面，脆生生地冲着陈老师招呼"爷爷好"。

陈老师只是头发花白，其实和我们是同龄人。我赶紧纠正："不是爷爷，叫叔叔。"小家伙真诚地补刀："为什么？"

小家伙礼貌归礼貌，拍照时依旧天马行空，脾气上来了，换啥衣服，拍啥照，偏不换，偏不拍，还先发制人，哭得那叫一个荡气回肠。

三、小　大　人

一不留神，当年趔趔趄趄地黏在我屁股后头的混世小魔王快六岁了。

他已经跑得飞快，在小区里骑自行车更像是一阵风般迅疾，我也早放弃了胆战心惊地徒劳追赶，只是远远地吆喝一声："注意安全，别撞着人。"

没过一阵，就看到前方不远处停下等候的小人儿，见我跟上了，旋即就走。少顷，骑车兜回来，边骑边喊："妈咪，快跟上！"原地转个圈，骑远。

不只如此，小家伙也能够听进劝、讲道理，还"发展"了以身作则、好为人师的"爱好"，动不动抓住时机，苦口婆心、谆谆教诲着我和他爹。最近，竟然拿出"很早以前，还在我上中班时"的吓人"资历"，一副老气横秋的傲娇样。

平素里，这娃也一副能攻坚克难的厉害样，眼见为娘笨手笨脚，指甲盖大的两个积木，摸索半天，就是插不到一处，他忍不住一声长叹："唉，朝那边，那边。"

我嘴硬道："你管我，咱俩各玩各的。"

"哎呀，不是这样的，转一下，朝那边。"

"别喊，你天天玩。"我毫不示弱地怼回去，"不会才要学嘛，都是从不会到会。再说，我小时候又没有玩过。"

"哦，对。"小家伙接过积木，口气和缓了，小手灵巧稳当，边示范边说，"你看，转过来，这个凸对准这里，使劲一摁。"话起手落，我毛手毛脚、半天不得其门而入的积木，仿佛在故意应和他似的，"啪嗒"一声，严丝合缝。

"你看，好了吧。"他伸手递给我。

"咦，还真是。"看呆的我缓过神儿来，连着小手一起拉过来，"吧唧"亲一口，再拽过小家伙，抱着脑袋啃一口。也不知咋的，心花怒放。

四、轨道就像是轨迹，记录着小火车走来的路程

"记得小小鸟吗？"

小魔头手下正忙着搭积木，头也不抬："不记得了。"

"陈叔叔啊，每年都给你拍照的，头发白了好多，你还叫人家爷爷来着，记得不？妈妈带你到他店里去过，就在咱家以前住处对面。"

小家伙歪头想了想："嗯，记得。"

"我们今年再找他拍照好不好？"

"为什么？"

"记录你的成长轨迹啊。"

"什么叫轨迹？"

"记得火车轨道吗？轨道有很多方向，火车在上面跑，就会跑到不同地方去。"

因为看绘本，小家伙好一阵都迷恋火车和火车轨道，没事就缠着我问一些千奇百怪的问题。在回答问题上，我一向不为难自己，知之为知之，不知为不知，不会的，老实认厕，速查百度。

慢慢地，小家伙习得一招。于是，常常听得某人对着手机说："火车轨道照片""时光隧道照片""屎尿横流照片"（对，你没听错）……今早是"废弃的核电厂视频""核电站泄漏视频"……

我夺过手机撵他出门时，赫然在目的是"切尔诺贝利核电站泄漏视频"……

扯远了，回到火车轨道。

为了游说刘小童配合拍照，我继续解释火车轨道，以及成长的轨迹。

"记得火车轨道吗？轨道有很多方向，火车在上面跑，就会跑到不同地方去。"

见他点头，我继续说："火车在轨道上跑，一路走来，轨道就留在身后了。"继续搜索枯肠，"轨道就像是轨迹，记录着小火车走来的路程。如果有一天，小火车回头看，会在心里想，哇，我以前是从这里来的啊，我以前是这个样子的啊……"

小家伙"咯咯"直笑，仿佛被挠了痒痒。

"小小鸟叔叔给你拍照，拍的照片就好像火车轨道，记录着你从小到大的情况。"见他在听，我继续说，"还记得你刚出生时的事吗？"

小家伙笑着摇头。

"你啊，刚出生的时候，这么大，"我用手比画，"需要妈妈喂奶，不会说话，不会走路，喏，随着慢慢长大，会自己吃饭，自己上厕所，会跑会跳，"见他两眼放光，我突然凑近，故意拉长声调，"变得像现在——这么厉害！"

小家伙笑得前仰后合，仿佛听到了最好笑的笑话。

我趁热打铁："所以，我们今年还要找小小鸟叔叔拍照，你觉得好不好啊？"

"好！"小人儿答应得豪气干云。

我笑着笑着，不知怎的，在游说刘小童拍照的时候，在他小大人的模样里，在曲里拐弯解释轨道、轨迹的过程中，慢慢地从心里涌起一种感伤，柔软而甜蜜。

五、哭一哭，没关系

刘小童对于拍照欣然应允。

于是，我赶紧和陈老帅约好了今年的拍摄日期和地点。

前一晚和小家伙讲好第二天 7 点出门，不能迟到。

6 点前后，我还在洗漱，小家伙就跑出来，一边睡眼惺忪地喊："妈咪，我的衣服在哪里？"一边跑去上厕所。

衣服照常是洗好备着的，刘小童穿着出门的是白灰搭配的古风衣服，正好搭配我的 V 领绣花绲边藏青长裙，还有刘先生的粗麻刺绣上衣。

由于提前打了预防针，到达拍摄地，小家伙还算听从指挥。刚开始对着镜头时有点儿拘束，随着玩乐，慢慢放松下来，前一刻还在嬉笑打闹，一看向镜头，立马嫣然巧笑，抑或沉静内敛。

"哎，很好很好，这小模特！"陈老师啧啧赞叹。

夸奖来得太早，没一会儿，小家伙疯跑时狠摔一跤，等我赶上时已经爬了起来，忍着没哭。我抱着他定睛一看，膝盖、胳膊擦伤一片，几个老阿姨侧目嘀咕："摔得不轻。"

小家伙咧着嘴，听到了围观的嘀咕，一副要哭不哭的模样。

"刘小童很勇敢，疼了就哭吧，哭一哭，没关系。"

"不疼，不疼，"小家伙推开我，赌气样一连声地说，"不哭，不哭。"却在下一个路口转角，忍不住哭得声噎气堵，荡气回肠。

我在一众侧目中，抱着这个哭得肝肠寸断的小家伙，连连说："没事没事，刘小童最勇敢了，要哭就哭吧……"

照例每回都要拍合照。往往是在午后的庭院树篱下或霞光万丈的黄昏海滩上，小家伙被簇拥到中间，总是挣扎着，拧巴着，做着鬼脸，偏不看向镜头，好说歹说，才能拍下一张合影。

这一回，在时光的镜头里，我们三人手牵着手，从即墨古城的长街一头，缓缓地走向另一头。

日暖倾城，归去来兮。

（2019 年 11 月）

最是那一低头的温柔啊

一、你不准理我，也不准不理我

眼看道了晚安就可以安然落下帷幕的周末，却在临睡前风云突变。

"你走，你走。"伴随着哭号，刘小童弓起背，奋力把自己拉满弓，每射出一句"你走"，便蹦着逼前一步，小身体像弹簧，往高跳一跳，手指向斜上方恨恨地刺出，仿佛拼命掷出了一把匕首。步履游走，忽前忽后，虚虚实实，时刻准备弹开。

卧室外的走廊上，一场突如其来的战斗在上演。

刘小童对面，人高马大的刘先生湿发还没有吹干，光着膀子，身体前倾，怒目而视，一副随时俯冲下来的架势，"不准这么说话！你这么说话让人生气。"

大的声音从牙缝里挤出来："不准用手指着我，听到没有！"

小的弹开一步，复又近前，固执地用手一指一指，并对他吼："你走！走！"

电光石火间，大的躬身向前，一把拎起小的，擎到眼前，一迭连声咆哮："不准这样，你听见没有？听见没有！"

我出声阻拦："怎么了，你俩？"

小的被放下，竟然继续奋不顾身地往前冲，我赶紧拦住，放柔声音："我抱抱你好吗？"

"你走！你走！"小的杀红眼，敌友不分，掉头朝我开炮。

"宝贝，你和爸爸吵架，我是来劝架的！"我招架住，试图去抱他，一近身，他就后退，我站着不动，他又张牙舞爪地逼近。我耐着性子，晓之以理，动之以情，已经疯魔的人哪里听得进去。

"好好好，我走！你自己待会儿。"我扭身回屋。

这一走倒好，小的哭号着追过来，我回身要靠近，他就后退；不理他，又上前哭缠，如此几番。总之，不准理他，也不准不理他。

二、他说不出为什么愤怒，所以他变成了一座喷发的火山

我跟刘小童正相持不下，刘先生跟进来了。

"到底怎么回事？"焦头烂额的我转头发问。

"他就是嫌我关了投影。"刘先生瞪着刘小童，恨声说。

"我不是！"刘小童一梗脖子，立马还击。

"你让爸爸把话说完。"

"他就是还想看投影，我把投影关了，让他睡觉……"刘先生继续说道。

"先别做判断，只说发生的事。"我打断了他。

"我和他说好，他可以看会儿投影，等我洗完澡出来就关投影，上床睡觉，结果我洗完澡出来时，他还在看。"

"是不是在洗澡前和爸爸说好了？"

"对。"

"那爸爸是在洗完澡之后关的投影吗？"

"是。"

"你是在关投影之后哭的，对吗？"

"对，但不是因为这个。"

"那是为什么？"

"你说不出来，"停顿一下，突然爆发，气急败坏地冲我哭喊，"怎么办，你快点儿给我解决！"（刘小童目前这个年龄，还是你我不分）

我哂笑，忽然心有所动，这理直气壮、蛮不讲理的劲头，不知怎的，让我把觉察带入当下。眼前张牙舞爪的孩子消失了魔力，透过狂暴的外壳，我看到了一个委屈情急、拼命反抗、寻求安抚的孩子。他说不出为什么愤怒，也不会表达受伤。所以，他变成了一座

喷发的火山。

他知道"言出必行";他也知道,说话不算话不对。也许正因为知道自己没有说话算话,所以才对爸爸气势汹汹地指责,以及把自己的哭喊定论为闹脾气而无法还击。但爸爸的处理方式——可能心头火起,冲过去关了投影,还一副声色俱厉的模样,反而让他愤怒,不由自主地起而反抗。可是,愤怒什么呢?反抗什么呢?明摆着是自己错了,总不能不承认吧?又不能说因为自己错了所以才生气。

相应地,正义在握的另一位呢,心里在咆哮:"明明是你不守规则,你小子错了,还敢跟老子蹦跳?"

于是,这一仗莫名其妙地事关尊严,成了寸土必争的自卫反击战。如此,越斗越气,越气越斗,气上加气,如何能够善罢甘休!

三、我解决不了,只有你自己决定开心起来才会开心起来

我深呼吸,迎着哭闹的孩子张开双臂:"宝贝,妈妈知道你很生气,抱抱,好吗?"刘小童退后,做出一副斗鸡状。

"抱抱,我知道你在生爸爸的气,我们谈谈。"我坚持,如此几番,刘小童被我拉进了怀里,之前的咆哮变成了呜呜的哭声。

我拍拍他的背,捋捋汗湿的头发,等他安静下来。

"跟妈妈说说,你为什么生气?"

"说不出来,你就是很生气,怎么办,你快点儿给我解决。"哭声一下子提高了。

我把他拉开点儿,看着他的眼睛,一字一句地说:"宝贝,妈妈解决不了。只有你自己决定开心起来才会开心起来。否则,别人怎么做也没有用……你今天不开心,即使说不出原因,但刚才那么

对爸爸是不对的。你那样对爸爸，爸爸会伤心。当然，爸爸没有控制住情绪，冲你发脾气也是不对的。今天，爸爸让情绪的火车头带着跑了……"

听到情绪的火车头，孩子静了一下。情绪的火车头是我和孩子之间的故事。

"爸爸刚才那叫抓狂和咆哮！"我继续，故意把"抓狂和咆哮"加重了语音，并且拖长了声音。

果然，小家伙"扑哧"一声笑了，好笑地重复着"抓狂和咆哮"，咯咯地笑了起来。

"刚才妈妈看到你们，想起妈妈以前就是你这样。你发脾气的样子，简直和妈妈一个模子刻出来的……"

旁边气鼓鼓的刘先生，也绷不住笑了。

我收敛了表情，认真地说："但是，以前爸爸能够承受住妈妈的坏脾气，不会跟着失控。今天，可能是爸爸压力大了，累了，烦了，没有控制住脾气。你知道，大人也有心情不好的时候……"

一直闷声不开口的刘先生插话了："爸爸刚才发脾气不对，爸爸跟你道歉，那是因为大人心里也住着一个小怪兽，你刚才把我的小怪兽唤醒了。"刘先生过来环抱住我俩，对儿子说："咱俩和好了，好吗？"

"嗯。"小人儿郑重点头，完全平息下来。

四、你做外婆的火车头，外婆做你的火车厢

"情绪的火车头"是我和孩子之间的故事。孩子的原话是："你做外婆的火车头，外婆做你的火车厢。"

有一次，我发完脾气后给孩子道歉："宝贝，对不起，妈妈刚

才没有控制好情绪，妈妈给你道歉。"

"没关系。"小家伙拍拍我的脑袋。

"你怪不怪妈妈啊？"

"不怪。"

"为什么？"

"你发脾气不对。但我还是爱你。因为你是我妈妈。"

"谢谢你，妈妈会学着控制脾气，不过很多时候还做得不好。"

"没关系，别放弃，要坚持。"这话听着耳熟。

"好。妈妈小时候没有人教妈妈控制情绪，妈妈的妈妈——你的外婆脾气不好，容易着急，脾气上来还会揍妈妈。但也不怪外婆，因为也没有人教她。我以前没学会，但我现在会去学，好吗？"

"好，但你要学做外婆的火车头。"

"啥意思？"

"你看，原来，外婆是你的火车头，你是火车厢，火车头带着火车厢走。"小家伙一本正经地抬起小胖手前后比画着，"但你要去做外婆的火车头，这样一转，哎，你就成了火车头，外婆就做你的火车厢了。"

我震惊。不由得去亲他的脸，在他耳边说："宝贝，妈妈爱你。"

"嗯，知道，我也爱你。"孩子郑重地说。

五、最是那一低头的温柔啊，春风化雨

我慢慢发现，如果从旁观看，在一场情绪的混战里，其实，早已消弭了大人和小孩的界限，有的是两个状如疯魔的怪兽，不顾一切地捍卫着说不清、道不明的东西。

若再仔细地看看，会惊觉时光倒流，分明是曾经的自己，正与父母进行着似曾相识的对峙。如果就在此刻，试着回到内心，去体验那个歇斯底里的孩子，问问她为什么，想要怎么办，大抵答案也是"我说不出来，你快给我解决"吧。

长大后，经历了无数次这样的轮回重演，我慢慢地意识到，大多时候，亲密关系中的左右不是、死倔顽强，其实，都是无意识地在重演孩童时期的反抗，把对方当成彼时的那个人，去要一个时光深处的未竟的解决方案。我们用不同的语言和行为，怒不可遏地控诉对方："怨你，都怨你！""我也不知道为什么，你快点儿给我解决！"就像今晚的父子俩，在各自的无名火里，变身脱轨的火车，在暴怒里一路狂奔。

有人说，孩子是光，照见过往，照进无明。那个你眼中的小孩子，正认真地用你教他的回答你："你发脾气不对，但我还是爱你。因为你是我妈妈。""没关系，别放弃，要坚持。"

而且，还用他诗一样的语言，精准地告诉你："但你要去做外婆的火车头，这样一转，哎，你就成了火车头，外婆就做你的火车厢了。"

爱出者爱返，福往者福来。

有时候，最是那一低头的温柔啊，春风化雨。

（2020 年 3 月）

小 情 歌

一、童言无忌

"爸爸唱歌，就像马赛克，就像梦一样，是片段，一片一片的……"刘小童如是点评家里的浴室歌手。

"你违法了，我还是小朋友，使用童工是违法的。"刘小童拖拉着拖把在地上画符，美其名曰"帮我干活"。明明是主动请缨，却冒出这么一句，说完一副很为自己的伟大思辨得意的样子。

"核辐射有什么后果？"我抛出一个问题，打断正兴致勃勃地拿各种词语搭配"核辐射"，不厌其烦地发语音折磨百度的小家伙，然后自己又抢先作答："人受到核辐射，会不会变成大猩猩？"话一出口，自己也被傻到了。

小家伙竟然沉吟一下，认真回应道："嗯，那倒不会。""不过，可能会变异，比如变成三条胳膊，两个头，屁股变长之类的……"

"妈妈，我给你打电话，你接收到了吗？"

"没有啊，你什么时候打电话了，我怎么不知道？"

"我是说心灵电话，上个周五你没有感受到？"

"没有。心灵电话是啥？"

"心灵电话是一种信号传送和接收装置，是我发明的。发送器和接收器装在心上。这样，我一发信号，你就能接收到了。"

"那你周五发信号了？"

"发了。"

"那我为什么没有收到？"

"那是因为你急躁了。我的发送装置上显示，急躁。哎，急躁就收不到。"

二、我们比赛，你来不来

上周五，为娘的暴发了河东狮吼，之后躲进卧室生闷气。

"妈妈，你为什么生气？"刘小童走进来。

"让我自己待会儿。"

"你是不是因为我才生气？"

我愣了下，冲他张开双臂："过来，宝贝，妈妈生气跟你没有关系，是妈妈自己的原因。"

"妈妈，那你是不是因为爸爸生气？"

"也不是。是妈妈心里有事，一着急，没有控制住脾气就发火了。"

"那，是工作的事？"小家伙继续刨根问底。

"嗯。"看他架势，不问出答案不会善罢甘休，我权且拿公事做挡箭牌。

"谁？那人叫什么名字？"气势汹汹的口气。

"怎么着，要替我出头？"我把头埋在他的小肩窝里，呵呵地笑了。

次日清晨。

"妈妈，我们比赛，你来不来？"

"比什么？"

"你要保证，这两天不生气。"

"好，要是我控制不住怎么办？"

"没事，我还是会爱你的，不过，你还是要努力不生爸爸的气，不生我的气，怎么样，能做到吧？"

"好，接受挑战。"

"好嘞，加油，你一定能做到。"

三、请你保佑妈妈快点儿好起来

刘小童见我往膝盖处抹药，急忙要过药膏。

他小心翼翼地把药膏挤到伤口处，跷着食指像模像样地打圈按摩，撮起嘴吹气，还不住地问："疼不疼？"

"有点儿，"我吸溜一下嘴，"不过能忍受。"

"以后我给你按摩。"

"好，交给你了。"

"好嘞。"他应得痛快。

"你觉得会不会留疤？"眼见新肉凸起，留疤似乎已成定局，我叹口气，不甘心地问。

"我觉得不会留疤，能好。"小家伙语气坚定，顿一顿，重重地重复，"没事，能好。"

"真的吗？"

"真的，我每天给你按摩，它就会一点点消失。你看，现在已经比昨天颜色浅了。"小脑袋凑近来，认真地指点着。

逢生理期，困乏无力，晚饭没吃，我就恹恹地躺下。

小家伙突然过来抱住我："妈妈，我不想你死。"

"傻孩子，我只是身体不舒服，休息一下就好了，不会死的。"

"真的吗？"

"当然，妈妈是一个很厉害的人。"我使劲拍拍胸脯，"妈妈的身体很强壮，很快就会好起来的。"

闻言，小家伙松弛下来。

"晚安。"亲我一下，一眨眼就跑不见了。

少顷，"妈妈，你要不要这个？"就见他举着"水潮声尊者"问我。"水潮声尊者"是一张卡片。

"当然要呀，这是妈妈的护身符。"

"好，你拿着这个。"他递给我一叠字母卡片。

"干吗？"我有些莫名其妙，但还是接过来。

"给我。"他又指指刚给我的字母卡片，示意我还给他。

我恍然大悟，原来是买卖游戏啊，"给你，我要水潮声。"

"好。"小家伙接过字母卡片，煞有介事地把"水潮声"递过来，"这个给你"，随即转身出去。

旋即带风闯入："妈妈，你的护身符在哪儿？"

"这里。"我晃晃"水潮声"。

"给我。"

就见刘小童接过卡片，对着它念念有词："护身符，请你保佑妈妈快点儿好起来。谢谢你啦，再见。"

四、很可爱、很好玩，深爱趁现在

"小——家——伙。"刘小童拖长声音，玩味着这几个字，咯咯地笑出声来。

读写给他的文字时，听我用"小家伙"叫他，不知怎的，他那么欢喜。我惊诧于这喜欢，追问"为什么"。

"就像'小肉手'，听起来肉嘟嘟的，很可爱，很好玩。"

"小肉手"，是我戏谑刘小童的另一个绰号。

有一次，趁我不备，他在我干活时从背后搂抱住我的腰。

我圈住他交叉的手，"哇，小肉手！都能搂过来妈妈的腰了。"然后给他比画，"你以前个子都不到妈妈的腰，老是摇摇晃晃地跑来抱我，扒住我的腿，像小猴子爬树一样不撒手⋯⋯"

刘小童星眼闪烁，一面鹦鹉学舌，一面乐此不疲地重复着偷袭游戏，一遍又一遍地笑嚷着："小肉手！""小肉手又来了！"

还有一回，我一边打扫卫生，一边和小家伙聊天。忘记聊啥了，就聊到了媳妇。

"你要媳妇吗？"

"要呀。"

"你想要啥样的？"

"妈妈那样的。我媳妇是妈妈。"

"妈妈是爸爸的媳妇，总不能给两个人做媳妇吧。"

"都是。"小家伙笃定地说。

"好吧。"我顿了一下，决意享受这可爱的小情话，不予争辩。

我意识到，总有一天，我们置身其中的这些琐碎的、日常的时刻，这些我还是小家伙的世界中心、心之所往的柔情时光，这些孩子气的真诚的渴望和热爱，这些一个六岁男孩用心唱给妈妈的小情歌，终究会渐行渐远，化作生命中泛黄的记忆。

也许，无论爱情、亲情、友情，都有这么一段百分之百、不分彼此的亲密无间时光，趁那时，慢慢地说，深深地爱，稳稳地走。在这一段独一无二、终将逝去的时光里，在共生中成长，去经历分离和独立，找到自我和边界。我想，这就是成长以及生命的本质吧。

那么请深爱，趁现在。

亲爱的，就让我为你唱一首专属于你的小情歌吧。

（2020 年 4 月）

这个七月，盛大而隆重

一、水　晶　球

幼儿园毕业在即，倒计时的第二周。

7 月 23 日午间，刘先生打来电话，说是正抽空往某地儿赶，刘小童指使他去买水晶球，要作为临别礼物送给好朋友和老师。

水晶球是周末才买过的。刘先生带着刘小童采买东西的时候，被缠不过就给他买了一个。小家伙小心翼翼地护送回来，一进门就兴致勃勃地拿给我看，木色底座，透明的玻璃宫殿里住着两只蓝海星。打开开关，蓝海星的世界漫天雪花。偏偏乐极生悲，蓝海星拿回家还没焐热就被打碎了，不知名的液体洒了一地，碎的雪花化作地板上的光点在闪烁。小家伙擎着暗淡的、失了魔法的蓝海星，哭得伤心欲绝。

我和刘先生一起安慰道："宝贝，没事，我们重买一个好吗？"

"不行，重买的也没用，我就要这个。"

"你看，蓝海星还在。虽然它们的宫殿碎了，不过，我们正好可以开动脑筋，看看有没有办法给它们重建一个家。你觉得呢？"

小家伙一听，眨巴眨巴眼睛，破涕为笑了。

没想到，刘小童虽然不再让我们给他重买水晶球，却转而要把最喜欢的水晶球作为礼物送给好朋友和老师。

刘先生遵命再次去买回了几个水晶球。第二天，小家伙背着鼓鼓囊囊的书包去上学，一副满足又欣喜的模样。

二、不用，我已经谢过了

刘小童带礼物上幼儿园的当晚，我接连收到好几条感谢的微信。

一个微信视频里，艾丽眼眉低垂，手里摆弄着没有了玻璃宫殿的水晶球，说道："刘小童，谢谢你送给我的水晶球。我很喜欢。"艾丽大而深的眼眸慢慢看着镜头，神情里透出大雨初霁的痕迹，再说出口的话明显拖了哭腔："不过，水晶球碎了。"

"那你就把现在的这个好好留着吧。"艾丽妈妈在旁插话。

"宝贝，水晶球碎了，很伤心是吧？没关系，妈妈说得很对啊，留着现在的这个也很好。"接着，我压低声音，故作神秘地说，"阿姨告诉你个小秘密，刘小童的水晶球也摔碎了。现在，刘小童和爸爸还在外面玩，等他回来，我让他打给你吧。"

刘小童刚一进门，我就赶紧报告了水晶球事件。

我帮着打通了微信视频，刘小童拿了手机跑去一边，耳听着小家伙哈哈地笑，老气横秋地说："哎呀，我的水晶球也碎了，而且碎了一地，比你的摔得还厉害，没事没事……"

想起小家伙那天哭得大雨滂沱的模样，我和刘先生面面相觑，忍俊不禁。

"……科学类、工程研究……不，不喜欢漫画……"听着听着，画风突变，我好奇地凑过去，原来刘小童又在和艾丽妈妈聊天。

"亲，我们在书店，艾丽正在给刘小童挑礼物呢。"艾丽妈妈一边跟我说话，一边扬声应着艾丽的问题，这娃正在书架间穿梭，"宝贝，那边，科学类的在那边……"

"亲，不用特意买新书啊，艾丽有什么书，让小朋友们交换旧书看看就好啦。"

"没事没事，这是艾丽的事，她怎么说我就怎么做，我今天的任务就是来付钱的，这是他们小朋友的事。"

闻言，我心里一动，"小朋友的事"——可不是嘛，刘小童都会打电话安慰好朋友了，小朋友间都会礼尚往来了，而且在整个过程中，我们这些曾经须臾不离的大人，似乎也只能乖乖地靠边站了。

第二天，刘小童放学回家，我忙问："妈妈看看艾丽送了啥书给你。"

"科学类的，放在爷爷奶奶家了。"小家伙补一句，"爷爷说不便宜。"

我有点儿过意不去："那，咱电话感谢一下？"

"不用，在学校已经感谢过了。"刘小童淡定地说。

"哦，怎么感谢的？"

"我说，谢谢你送我的书。"

我讶异，旋即释然。在孩子们的世界里，有一说一，已经真心实意地说过了"谢谢"，可不是转身就该放下了嘛。

三、"盛大"与"小型"

7月24日，大萌萌在大四班微信群里说："时光飞逝，一转眼三年的幼儿园生活即将结束！受疫情影响，我们很遗憾不能像往年一样为孩子们举行盛大而隆重的毕业典礼，更无法邀请家长前来参加……希望今天在教室举行的小型毕业典礼能给仍然每天坚持上幼儿园的宝宝们留下美好的回忆，为三年幼儿园生活画上圆满的句号！"

大萌萌是刘小童进幼儿园时面试的老师之一，也是陪伴刘小童三年的班主任。

刘小童上幼儿园前两年，因为隔三岔五生病，幼儿园上得是三天打鱼，两天晒网。即便是"打鱼"的几天，早起时也保不定风云突变，明明说好的要去上幼儿园，临到跟前各种状况，需要为爹为娘的耐下心性做足功课才能出门。不料临近毕业刘小童反倒成了老师口中坚持上幼儿园的宝宝之一，而且他上学的热情空前高涨，有点儿非去不可的意思。

"你们在幼儿园都干啥呀？"

"就是玩儿。"

"老师们不上课吗？"

"不上了，课都教完了。小朋友们自己玩儿。"

"那玩啥呀？"

"看书，画画儿，做手工，搭积木，上午老师还领着做操，很多。"

我恍然，怪不得呢，去掉了强制管束的紧箍咒，上幼儿园等于和小伙伴一起玩耍，这可比待在家里有意思多了。

也就是从这段时间起，隔三岔五的，小家伙回来会告诉我："妈妈，×× 退学了，×× 明天就不来了，他要上幼小衔接了。"

"你的好朋友们还在吗？"

"在。"

"你要去上幼小衔接吗？"

"我不去，我要上幼儿园。"

　　大萌萌遗憾着不能为孩子们举办"盛大而隆重"的毕业典礼，而她口中的"小型毕业典礼"，我因为没有亲历，只能道听途说。

　　刘小童回来说："妈妈，我们今天举行毕业典礼了。"

　　"是嘛，你们老师真棒！"

　　"为什么这么说？"

　　"毕业典礼不是硬性任务，可以举行，也可以不举行。再说不是有不少小朋友都提前退学了嘛。你们班现在剩下多少小朋友了？"

　　"二十几个。"

　　"是啊，你看，四十四个变成二十几个。还有，因为疫情，家长们也都没法参加了。"

　　"嗯，老师说了，只有小朋友能参加，家长不让进。"

　　我摸摸小家伙的脑袋，"那是为了小朋友们的安全。毕业典礼什么样？好玩吗？"

　　"很好，不过，有老师哭了，"小家伙低下脑袋，"我也快哭了。"

　　在我敲下上述文字的时候，一直在我旁边的小家伙指着电脑屏幕说："妈妈，你写错了。"

　　"哪里错了？"

　　"老师不是快哭了，是哭了。"

　　"那你哭了没有？"

　　"我快哭了。"

　　"好，我改过来。你为什么快哭了呢？"

　　"我舍不得离开幼儿园。"

　　不知道如果大萌萌听见这话，会不会觉得欣慰。

　　孩童的言行发乎本心，这场在班级举行的、没有家长见证的"小型毕业典礼"，这个师生间用心尽意、依依惜别的告别仪式，这种外因受限、人数不齐仍然尽力给予的完成感，在孩童心里掀起和留下的情感印记，是"盛大而隆重的"。

所谓"盛大而隆重"的，其实更关乎的是真心和意义，尤其对于纪念一事。

（2020 年 8 月）

搬家碎笔

一、8 月 11 日：慢慢来才会快

搬入新居第三天，总算大体上收拾得差不多了。我决定先这样，反正来日方长，住进来了，可以边住边捣鼓，慢慢来收拾。

念及此，我觉察到，曾经急躁毛糙的自己还真是变了不少，而且也才发现不知道从什么时候起，"慢慢来，才会快"变成了我的口头禅。

细想起来，这话有禅意，放在工作、生活、学习、人际交往上，大抵都适用。很多时候，急不得，小火慢炖才出味。每一段成长的历程，也仿若旅途行路，如果被焦躁催逼着一门心思地想要快点儿、再快点儿，大抵会变成到了景点打卡完成任务的惯性举止，从而错失了沉浸其中、安心体验的意趣。当然，也不能走入极端，需要张弛有度，既要走一走，也不忘停一停；既要策马冲锋，也要细嗅蔷薇。

毋庸置疑，这是极高的境界，此生大约只能锲而不舍，心向往之。

那也没有关系，在人生的修炼场里，在点滴的言行举止间，在每一个起心动念里，去觉察贪嗔痴慢疑，去增加心理的空间和弹性，去容纳不确定和混沌。

慢慢来，在路上。

二、8 月 12 日：愉快而有意义

新家大体上理顺时，正好接到学校通知，告知我 8 月 12 日上午去拿刘小童的入学通知书。

阴天，雨将下未下。

我计了下时，步行至学校不到十分钟。此时，家长队伍已经从学校外墙处拥至校门，长长的队伍排到了教学楼的入口处。我走去校门口查看告示牌，按照指示扫码，然后退到队伍末端慢慢等候。大家都守秩序，加上学校通知的本来就是分时间段来领取，没等太久就轮到我了。

我对着长条桌后的女老师报上孩子的姓名、身份证号后四位数字，帮着老师在花名册上寻到小家伙的名字，然后移步到发放通知书的老师处，眼看着她从一摞活页纸中抽出刘小童的那一张，双手接过来，道了谢，边看边往外走。

入学通知书上说：

亲爱的 ××××：

祝贺你成为 ×××× 小学的一名小学生。从今天起，你将和伙伴们一起度过六年愉快而有意义的小学生活。相信你一定会奋发向

上，成为最好的自己！

收起通知，我抬头看看近旁等候的长龙与我隔着一条拦截线。我驻足，掏出手机，回身给刘小童的小学拍照留念。

往校外走时，我脑中盘旋着通知书上的文字，"六年愉快而有意义的小学生活"。

亲爱的孩子，妈妈知道，接下来的六年里，一定不是全部充满愉悦和欢欣，相伴相随的一定还会有挫败、难过、忧虑，凡此种种，成长的痛苦与欢悦，共同构成有意义的小学生活。

其实，苦乐相伴的，又何止是小学生活呢？生活本身就是酸甜苦辣、阴晴圆缺交织往复的。

而所谓"最好的自己"又是怎样呢？别说孩子，我活到了四十多岁，也还没觉得我活出了最好的自己。

也许，还是别谈什么"最好""最坏"，我们都奋发向上，去活出真实的自己，并且享受过程吧。

三、8月12日：预言成真，就这么分床了

以搬家为界，我想，小家伙可以自己睡了。

于是，搬过来的第二天，我开始和刘小童商量分开睡。小家伙当然不干。

不干就不干，当天维持原样。

次日早起，我改变策略，跟他说："妈妈告诉你个秘密，不过，你不许骂我哦。其实昨天晚上是你自己睡的，我只是陪你睡着，你睡着后我就走了，今天早上你醒来前我又过来了。"

"哎哟，你这个妈妈，竟然骗人。"小家伙拉长了声音，作势

要敲我脑袋，脸上却是逗笑的样子。

哈哈，没有强烈抗议，看来有戏了。

是夜，看他睡了，我付诸行动，起身离去。

第二天，赶在他睡醒前又过去。

然后，我用夸张的语气把同样的话再说一遍。所不同的是，这次我搬出了"高帽"，给小家伙戴上，"哇，一般小朋友要好长时间才能自己睡，而且还哭爹喊娘地哄半天。你好厉害，才两天就能自己睡了。"

"高帽子"很合适，小家伙戴得美滋滋。我趁热打铁说："宝贝，你看，实际上你是自己睡的，只是看起来像妈妈陪着一样，说明你已经可以自己睡了。今晚敢不敢挑战一下睡前不让妈妈陪，早上起来也是自己一个人？这样你就更厉害啦！"

"行！"小家伙掷地有声。

当晚，是小家伙自己睡的。倒是我这做娘的不放心，夜里起来两三次去看他。每次，小家伙都已"运动"到床的不同位置，横着，斜着，转个圈或手脚大大摊开，睡得正香。我帮他把毛巾被一角轻轻搭到肚子上，转身离去。

四、8 月 12 日：因为它漂亮啊

"妈咪，你看！"小家伙刚一进门就举起手里的塑料袋，火急火燎地叫。

"不急，先换鞋，慢慢说。"

小家伙一屁股坐到鞋凳上，兀自在塑料袋里蹉摸，掏出个东西，说道："看，这是今天的手工杯垫。"

我接过来，是一个木质的圆形杯垫，边缘呈起伏的波浪状。

"还有这个。"小家伙神秘地笑着，手继续在袋子里掏摸，"当当当当，变。"

擎到我眼前的手上拿着一只发卡，黑色布底上一朵青色小花，依次排列着四颗晶亮的水钻。

"啊，你这小坏蛋，还是买了呀！"我惊呼，"谁给你买的？"旋即意识到问得多余，自然是白天拽着爷爷去买的。

"送给妈妈的。"

"昨天妈妈不是说了，不买嘛。"

"可是它很漂亮啊。"

前一天，我和刘先生带着小家伙逛商场，照着购物清单给家里添置东西。小家伙先是看上了一面小镜子，磨缠着要买。再是拿了这只发卡，一再伸到我眼前，兴奋地说："妈妈，你看，有小花，还有亮晶晶的小星星，很漂亮，我们买了吧。"

我动之以情，晓之以理："宝贝，是很漂亮。不过，小镜子、发卡，家里都有。你看，妈妈现在都是绾了头发一根卡子了事，用不着这些玩意儿，买了不用多浪费啊，你说是不是？"小家伙见磨缠没用，嘟着嘴一脸不情愿地放回去了。

"宝贝，妈妈用不着啊，你能告诉我为啥非要买呢？"

"因为它漂亮啊，我想把它送给妈妈。"刘小童满眼恳切地看着我，手里还举着发卡。

我心里一暖，接了过来，亲亲他的脑袋："好吧，宝贝，谢谢你。"

晚上出门遛弯儿前，我特意叫过小家伙，当着他的面编了蜈蚣辫，用发卡卡住："你觉得这样行吗？"

"哇，很行！"小家伙仰头看着我，眼里星光闪烁，"这样你就是最漂亮的妈妈啦。"

五、拉练时光

新居附近有个供社区会演的大广场，有露天舞台、木质半环形看台，一到晚上，灯火通明。周边住户都到这里来遛弯儿、锻炼。

搬过来这几天，吃完晚饭，小家伙就拉着我往这儿来。

一到广场，小家伙像是撒了欢儿的小狗，绕着圈满场子疯跑。然后，双手背后，一级一级地蹦几十级台阶，到了台阶顶端，再一级一级地蹦下来。

第一次来的时候，正碰上三四个十岁左右的男孩子借着台阶做俯卧撑，胖教练在一旁吆喝。

小家伙被吸引了注意力，驻足观看。

解散休息的间隙，胖教练也开始蹦台阶。先是立定跳远的姿势，一级一级双脚跳上去，之后增加难度，变成单脚跳。

刘小童在旁边照样模仿，乐此不疲。

休息时，胖教练过来和我搭话，指指刘小童的脚，出门的时候我也没想到他这么个玩法，所以让他光脚穿着凉鞋，胖教练说："活动的时候一定要穿球鞋，保护韧带和肌肉不受伤，而且也要穿袜子，要不然会磨脚、起泡。"

我忙不迭地点头，瞅瞅自己一身裙装，心说："俺本来是打算出来遛弯儿的，谁知道他会这么疯狂自我拉练。"

"短袖衫也还行，裤子一定要穿个宽松透气的。"教练继续点评，"要是感兴趣，跟着我们一起训练也没有关系。"

"你们训练什么呢？"

"我们是击剑队的……"

"妈咪，走了，回家啦。"小家伙适时地打断话茬。

再之后，晚上出门前，照胖教练所言，我不但给小家伙收拾好，而且自己也一身运动装扮。

好吧，运动起来。

至于陪着他蹦台阶这事，还是交给刘先生吧。

（2020 年 8 月）

温柔黄昏

一、拉练时光

转眼间搬家两个月，刘小童成为小学生也已一月有余。

住处靠近社区广场。离广场不远处，就是刘小童曾经的幼儿园。

广场大约是刘小童幼儿园时开辟的玩耍地，刚搬家过来时，小家伙就迫不及待地拽我去看他的宝贝基地。去的路上，先是小手拉大手，走着走着，他松了我的手蹿到前头，时不时又折回来吆喝让我快跟上。明明目的地就在马路对面，却被小家伙拉着走了一段曲里拐弯的路。跟着他拾级而上，深入楼间腹地，竟然曲径通幽，花木扶疏，有风来兮，疏影横斜，落英缤纷，很有令人心旷神怡的野趣。

"怎么样，我选的路好吧？"小家伙邀功。

"你还真厉害，要不是你带路，妈妈可不知道还能这么走。"我由衷地说，"这么隐蔽，你是怎么找到的？"

"不难找，我上幼儿园时就发现了。"小家伙挥舞着双手，"妈咪，这条路还不是最厉害的，等我带你去爬浮山，浮山很难爬。"

就这么唠着嗑，转角走过一段下行的台阶，市井人声潮涌而来，几步开外，露天舞台的红色背景镶嵌在巨大的门楼里，半弧形看台从低洼处的花岗岩活动场地层层向上，木头坐台经历了风吹日晒，衰败黯然，阶石间杂草丛生。正是傍晚，广场上散落着锻炼、遛娃、闲话家常的人们。再远处，一街之隔的山头公园静静矗立着。

刘小童一到广场就撒了欢儿，先是一圈又一圈地绕场疯跑，跑腻了，开始跳台阶。几十级的台阶，双手倒背，一级一级地往上跳；到了顶端，再一级一级地跳下来，循环往复。我看得瞠目结舌，也不由得被孩子的热情感染，心里发痒，跟着跳了两下，差点儿扭着老腰，只得作罢。

如此一会儿，台阶另一头冒出个教练，吆喝着几个男孩儿做俯卧撑，几个男孩儿看样子比刘小童大三四岁。

刘小童"哧哧"笑着捅捅我，指给我看谁的动作好搞笑。我嘘声作势要他噤声。小家伙也跟着做起来，我从旁纠正："屁股下去点儿，再下去点儿。"等他站起来，伺机教育："看看，你的小屁股撅得也挺高，要是别人也对你指指点点地说好笑，你感觉好不好？"

正说着，那头解散休息。刘小童对俯卧撑失去了兴趣，继续跳台阶。胖胖的教练踱过来，又开始立定跳远，一阶一阶，一轮后变成单脚跳，如此循环。刘小童照葫芦画瓢也来单脚跳，接着扭头对我摆手，连说："不行。"我说，"那是你腿部、腰部的力量还不够，加强锻炼，慢慢就行了。"

终于，大汗淋漓的孩子跑来喝水，教练过来搭话，指指孩子的脚——刘小童光脚穿着凉鞋，"活动的时候一定要穿球鞋，保护韧带和肌肉不受伤。而且也要给孩子穿袜子，要不然会磨脚、起泡。"

我笑着点头感谢，不由得瞅瞅自己的装扮——裙装，休闲鞋，心里不禁嘀咕："俺本来只是打算遛弯儿，谁承想遛弯变成了拉练。"

"短袖也还行，裤子一定要穿个宽松透气的。"教练继续谆谆教导，"孩子要是感兴趣，跟着我们一起训练也没关系。"

"你们训练什么呢？"

"击剑，我们是××击剑队的……"

正不知该怎么接茬，"妈咪，走了，回家啦！"小家伙插话帮我解了围。

此后遛娃，我不但把娃收拾齐整，自己也换上了运动装。原本还苦恼那段时间没法像以前一样继续坚持跳绳，这下好了，你疯你的，我跳我的，各得其所。

至于刘小童力邀的跳台阶，还是交给刘先生吧。

二、呼朋唤友小广场

陪刘小童往小广场跑得久了，我慢慢发现，原来这里是刘小童和小伙伴们的接头地儿。

不期而遇三个幼儿园同学是常有的事，先瞅见小伙伴中的一个，老远就扯着嗓子喊另一个的名字，待到近前，小脸上洋溢着满满的惊喜。这个时期孩童间的交流还不是以言语为主，喊过名字后再无更多交谈，自然而然的，你跟我随地跑去玩了。满世界尽是好玩儿的，攀高爬低，互相追撵，或者在犄角旮旯处探险寻宝，他们有的是层出不穷的花样。

小家伙们似乎专爱去探索大人们管束的禁地。于是，从舞台背景板的缝隙处钻进钻出，成了顽皮孩子们乐此不疲的游戏。背景板后面只有可容一人侧身行走的窄道，应该是为了方便布景操作而留的，窄道下方落差约一米处是座喷水池，也因此窄道处被拦了防护栏。就见某个小脑袋探出来左右张望，然后，小身子也哧溜过来，一个，两个，三个，仿佛小憩在电线上的鸟雀一样，排着队，又各得其所。站一站，侧身试探地走两步，没事儿，胆儿更壮了，接着步态连贯从容地往前走；走一走，立定，对着水池引颈张望，只惹得某位正在几步开外亦步亦趋盘桓不去的老人连声呵斥叫停。遇到充耳不闻的，那大爷或大娘只得跑来站到水池边，仰头冲着上面软硬兼施让下来，一副不达目的誓不罢休的架势。

熊孩子们也有专奔着水而来的。假日应景才开的喷水池，汪着不知蓄了多久的积水。孩子们兴致勃勃地奔了去，小一点儿的，手舞足蹈地要去玩水；大一些的男孩，挥舞着不知从哪里找出来的木棍，煞有介事地在水里戳啊，搅啊，一副刺激而光荣的模样。

刚开始，我也担心安全问题，跟了几次，发现刘小童自有分寸，也就放心地在旁跳绳了。傍晚时分，霞光染红了半边天。不远处，城市主干道上车流正急，汽车喇叭声、马达轰鸣声不绝于耳；近旁步行道上，路人行色匆匆；孩子们盘桓在周边，鸟儿样欢快；还有锻炼的人们，三三两两，来了，去了。跳着跳着，恍然若梦，竟不知今夕何夕。

等到我活动完去找刘小童，经常看到几个小脑袋凑到一起，在大树下或在台阶旁，正叽叽咕咕地说着"孩星语"。

三、我可不可以和你一起玩

刘小童去小广场时，也有落单的时候。出门晚了，或者凑巧小伙伴们都没有来，遇到这样的时候，刘小童也不失落，自顾自地去玩儿，捣鼓树叶，翻找石头，很快就有新伙伴一起加入。

这不，一个圆头圆脸、穿着黑色套头衫、憨态可掬的小男生凑近脑袋问刘小童："我可不可以和你一起玩儿？"

彼时，刘小童刚和几个小家伙捣鼓完石头树叶，正吊腿坐在舞台边，闻言，一板一眼地反问道："玩儿什么？"

"玩儿你的游戏啊，什么都行。"小圆脸挠挠头，"只要别玩儿我不喜欢的游戏就行。"

我乐了，忍不住插话："你不喜欢玩儿啥游戏啊？"

"老鹰抓小鸡，老鼠偷油。"

"老鼠偷油？还有这游戏？"我变成了好奇宝宝。

小圆脸耐心地跟我解释，比画半天，我还是懵懵懂懂。

刘小童打断话头，扬手指指台阶尽处高高的山头公园："我要到那里去玩儿，你去不去？"

小圆脸立马丢下我，痛快地回应："去。"

我惊了，心说这是要换阵地，恁俩玩儿得有点儿大，赶紧拦住："小朋友，你跟谁来的啊？大人呢？我们得先问问大人同意不同意，要不然他们找不到你该着急了。"

正说呢，孩子的爷爷颤颤地过来了。劝说之下，小圆脸还是坚持要去山头公园。孩子的爷爷同意后，刘小童拉起小圆脸的手径直往前走，那么自然而然地手牵手。

爬向山头，迎面一个小不点儿正下山，一蹦一跳，老阿姨亦步亦趋地跟在后头，还不时地挥动着手里的蒲扇。

晚霞烧尽，路灯亮起来了，深秋的枝叶在橘黄色的灯光下熠熠生辉，如梦似幻。

不知怎的，我的心里突然涌起如水的温柔以及淡淡的感伤，仿佛旧日重现，那垂垂老矣的爸妈、外婆，那无数次手牵着手一起去玩耍的兄弟姐妹们，那些记忆里永不褪色的故乡黄昏啊，如今，似乎在这里重逢。只是这一次，角色互换。人生的路啊，也走到了这里。

（2020 年 9 月）

小学生家长初体验

一、自嘲第一次当小学生家长

"给您添麻烦了，老实说，确实有点儿焦虑，没办法，第一次当小学生家长。"我自嘲。当时，我正在跟刘小童的班主任发微信沟通学习问题。

老师的回复一直礼貌克制，这下忍不住爆出了一连串的"哈哈哈"。

因为疫情，刘小童幼儿园最后一学期基本没有怎么上课，先是长久的放假，待到恢复送园，不到个把月就结业了。隔三岔五，刘小童带回来礼物，絮絮地告诉我们："××送的，他要提前退学了，要去上辅导班。"

我们问他要不要上幼小衔接班，他很坚定地说不去。

可不是嘛，最后的这段时间，刘小童的入园热情空前高涨，一问得知老师们已经完成了教学任务，孩子们在学校就是吃喝、做游戏，自由玩耍。

　　我和刘先生本来就有些犹豫，不忍心占据也许是刘小童幼年时期最后的、没有课业负担的时光，再听他兴高采烈、两眼放光地一说，就更下不去手了。得，不报就不报吧，我在心里安慰自己：小学一年级的功课不至于要提前上个幼小衔接班吧。

　　开学第一周，孩子无论从作息习惯、心理状态，还是环境适应方面都很顺畅，拿回来的随堂作业也基本全对，尤其让我高兴的是，孩子每天对于上学都是满心期待、兴致勃勃的。

　　我正想松口气，不承想，第二周刀光乍现，语文教学直接跳入拼音的音节拼读和听写，等于默认了班级孩子应该自带声母、单韵母、复韵母的拼读与默写的"出厂设置"。这些设置大概是所谓幼小衔接班的"功劳"。对于只在幼儿园里学过 6 个单韵母、23 个声母的刘小童来说，这打怪升级来得太快，哪里能吃得消。好在他自己还不觉得，错了就错了，改完错照样撒欢儿去玩儿。

　　直到有一次回来，孩子欢欣雀跃地冲我喊："妈妈，这次我有进步，只错了两个，对吗？"我接过拼写本一看，十四个对了俩！

　　后知后觉的我突然意识到问题有点儿严重，于是赶紧跟老师沟通，这才有了初始自嘲第一次做小学生家长的一幕。

二、老师的安慰

　　老师反而安慰我："孩子很聪明，做事也很认真，没有上辅导班一开始是会慢一些，出错多一些，但不代表他以后就学不好，你也别太着急了，有时间在家里多教教。"

　　从交谈中我得知，此前老师跟孩子沟通时已经知道孩子基础欠缺是因为没有上过幼小衔接班。我庆幸自己主动沟通了，否则还只是在纠错改错里兜兜转转。老师从旁观者角度就事论事的平和态度，以及对孩子本身的信心也让我震惊。

我自问：如今的局面难道不是之前的决定以及随之的不作为种下的结果吗？你可以不报辅导班，但不等于不需要提前准备。现在遇到问题了，是再一次评估选择以及聚焦解决的好机会。辅导功课时的焦躁、勃然大怒算什么呢？

而且，发脾气等于被幻想的恐惧所控制，远离了当下的职责，把辅导作业的亲子时光变成了一场灾难。

难道你不是眼瞅着原本活泼天真的孩子在声色俱厉的妈妈面前，一下子委顿犹疑，眼泛泪花吗？

难道你不是也曾在事后懊悔挫败，自责没有控制好情绪吗？

难道你不是也曾下定决心：等做妈妈了，无论发生什么，要做一个温柔的妈妈，再也不让孩子去经历那些被横眉冷对、严厉斥责的时光，体会那种大脑短路、一片空白的恐惧吗？

三、朋友的补刀

我跟朋友吐槽这段经历，朋友说："还不错，没有一味地发牢骚并一条巷子走到黑，至少你还懂得反思。"没有等我反应，这家伙接着补刀："你有没有想过，对于育儿，你最深的恐惧是什么，你认为多大程度上你的恐惧会成真。如果恐惧成真，你能接受吗？"

真是"亲"朋友！够狡猾，够狠！一口一个"你"，句句封喉。

回想起来，整个过程中，我的角度都是"我"，是"我"在焦虑、在恐惧，"我"内心在发生冲突、在斗争，而孩子的热情、认真、努力以及进步，还有渴望被认可，我都压根没有看见。我出离了当下，根本没有看到他，更遑论和他一起应对。

我对孩子有信心吗？为何我这个做妈妈的竟然让刚刚才认识孩

子不到一个月的老师来提醒孩子的聪明和努力呢？

我相信学习的规律之于孩子，就像之于我自己吗？以往从自身经验出发，我一直相信，学习是相对稳定与公平的事情，种瓜得瓜，种豆得豆，只要把握好节奏，足够努力加上方法对路，就会有好结果。那么，到了孩子身上，我不相信这个规律会水到渠成地发挥作用吗？

我又教会孩子悦纳错误和局限了吗？在当前的人生里，我还在修习悦纳的功课，学着在一次次经历中，努力向尝试与勇气、兴趣与自信、乐观与精进靠近，而不是因为怕犯错、怕暴露不完美，从而朝向恐惧、羞愧与责备。在我尽力校正自己的生命罗盘时，怎么会不知不觉间对孩子重蹈覆辙，施以相反的人生哲学呢？

还有，最关键的问题，假如一切真的糟糕至极，我能接受吗？

我想，这是个伪命题。首先，永远没有最糟糕。其次，在糟糕的境况里，由不得你接受与不接受，它就在那里。恐怕问题该转换成怎么去面对和处理。

究竟是接受与应对，还是抗拒与内耗？正是无数个这样的选择贯穿了我们一生，才一步一步地累积成当下的模样。

四、我该怎么办

我做了三件事。

第一件，打电话向有多年教学经验而且真正热爱孩子的老朋友求助。她的回答让我多少安了心。她说，自己的孩子当时也没有上辅导班，开学时遇到同样的问题，跟不上进度，这时家长要稳住，相信总会赶上的，而且小学阶段的主要任务在于保护孩子的学习兴趣，培养良好的学习习惯。

第二件，购买教辅书，制订强化训练计划，全家总动员，分工配合，争取两周（其中一周为国庆假期）帮孩子赶上进度。

第三件，向刘小童郑重道歉，并送给他一个神奇"咒语"：温柔的妈妈回来吧！授权孩子，如果我在辅导功课时，将要或者已变成面目狰狞的"怪兽"，赶紧念咒语，我保证会停下来或暂时离开，消解情绪，平静后再回来。

五、我的育儿日记

我在日记中告诫自己，我们都经由童年走来，大约因为时间太久，有些迷失，以至淡忘了曾经的那个小小孩童。

我们是第一次为人父母，因为自身的局限和无明，一不小心就会过度焦虑和用力过猛，忘记了孩子是他自己，只是经由父母来到这个世界。

某种程度上，孩子是父母的教育者，让我们觉察到自己需要疗愈和完善的那部分。与孩子相处越久，我们越觉出，亲子关系的本质可能是父母陪伴孩子，并和孩子一起成长。

放下执念吧。

警惕自己在使用"理想的××"来衡量某人，这个人可以是孩子、爱人、父母，以及生命中其他重要的人，还包括自己。

每个人都属于他自己，彼此此生只是结了一段或深或浅、或长或短的缘。

任何关系中，我们只能也只需安住当下，尽力做好属于我们自己的部分，然后坚持信仰，顺其自然吧。

（2021 年 2 月）

开始，就是想到就动手来做

消失的三个月

个人微信公众号的更新，停留在 4 月 1 日。

随心走笔的空间，一片空白。

其实，消失的三个月里，日子很满，异常忙碌。

其间，完成了排版字数达三十三万字的法律事务书稿，书稿所属项目开始进行国家出版基金的申报准备。同期发力的某行政法规修订课题调研报告，七万字的草稿业已完成。如此一盘点，我都吓一跳，不知道逼到一定份儿上自己竟这么能写。写稿是件苦差事，尤其头上还悬着申报的剑。时间不够，不可避免，工作侵入生活。

"你赶紧睡，我还要继续忙活。"刘小童的睡前时间里，这句话是我的口头禅。

周末、假期自是不敢奢望不加班的，可以保留一段或短或长的"刘小童时间"就是件幸福的事。

慢慢地，刘小童也会抗议和争取了。

"哼！现在是属于我的时间！"小家伙会炮弹一样炸我个措手不及，说出的每一个字都噘嘴瞪眼地加重了力度。这样的时候，我多半会举手投降。"嗯，陪陪你，十分钟。"

遇到焦躁、邪火频发的妈妈，刘小童已驾轻就熟地使用另一个让我关照并且跳出情绪的尚方宝剑——"温柔的妈妈回来吧"。

不过，苦归苦，逼到份儿上沉进去了，也还挺有意思。

虽然不如随心走笔写意自在，但其实还是和文字打交道，谋篇布局、遣词造句，终归会遇见某种熟悉的亲切，而且让我慰藉的是，好孬与否是能力问题，至少从性情上，越来越确认我是乐意和文字互动的。

完成"命题作文"的过程中不免会有触动，我自问为什么一直对于类似写作会产生各种推脱和逃避，个中缘由以往总归咎于散漫逆反，如今细究，太把自己当回事，眼高手低，担心做不好也是有的。

无论如何留个白

上周五按照出版社的反馈开始修改法律事务书稿目录，写导论，整理主创简介，眼看周末又要泡汤。咬咬牙，跟自己说，周六务必完工，周日留个白，要陪孩子，也要自我放松。

周日早起，一片寂静。

大约是刘先生带着刘小童晨练去了。我习惯性地打开电脑，嗯，不工作。想想公众号该长草了，登录进来还没敲两个字，开门声伴随刘小童迫不及待地喊"妈妈"声传来。我应了声，却没有起身，继续敲字。冷不防脑袋被拍了一记："哼！"他人已到面前，脸凑到我鼻子跟前，用力扭曲五官，发怒又嫌弃的样子。

"怎么了？"

"你答应我的，今天不工作！"

这才觉察到，从听到响动的那刻起，我皱起了眉，心里浮起"大事不好，又要被打断"的烦躁。

我心虚了，却还死鸭子样地嘴硬，"我没有工作，就是简单记录下想法。"

两人对视。

"好，"我举白旗，合上电脑，"啥也不做，你想怎么玩儿，我陪你。"

"我要趴——趴——！"小家伙瞬间笑逐颜开，就势滚到近旁的榻榻米上，大张双臂。

这不就是吗

忙碌的日子里，我试探性地增加了出差的频率以及晚归的次数。

作为补偿，我大肆渲染会写信多么厉害，多么好玩，而且信誓旦旦地跟两眼放光的刘小童保证，只要他写，我一定回。为了增加说服力，在某次他和我闹别扭又和好后，我用彩色卡纸郑重地手写了给小家伙的第一封信——一封道歉信。

渐渐地，晚归或出差后一进家门的我，总发现有一盏等待的灯亮着，书桌上、枕头下，常常压着一封封郑重其事的"写给妈妈的信"。信纸是就地取材的，形状各异，有不规则的纸张碎片，有整张的彩色卡纸。更有甚者，还有钉起来的"一本小书"。里面都是认真书写的，偶尔会用拼音代替的文字。

有天，我正埋头赶稿，刘小童推门进来，往我手上塞了张折叠的字条，还没等我反应过来，他迅速窜走，走又不走利索，不时踅回来扒着门缝眼巴巴地看我，一脸的兴奋与紧张。

我打开一看，瞬间投降。"妈妈加油！你可不可以 xie 一下？我和你一起 pa pa 好吗？我想 gen 你玩 hui（原字拼错）好吗？"

一度觉得，世间那么多的妙笔生花，如我这般的拙笔絮叨，写与不写，实在没有什么意义。只是，每一次意兴阑珊之际，看到刘小童兴致勃勃地听我读写给他的文字，追寻意义本身，也便没有了意义。他能为之开心，就足够了。而且，这一切似乎在不知不觉间撒播着爱的种子，我眼见着它慢慢地苏醒，成长着，心里不由得涌起温柔的感动与宁静的欢喜。

更意想不到的是，懒散无定性、胆怯又犹疑的我，竟开始小小地期盼一下，希望自己可以在忙碌之余继续给刘小童写一些文字，慢慢成书，就像如今刚开始写字、学习写话的刘小童，一次又一次用心地尝试着给我写信一样。

怎么开始呢？这不就是吗？

在这宁静的夏日的夜晚，想到就动手来做。

（2021 年 7 月）

透过生命交会的时刻

卫生间灾难

他的脸皱成一团，怯怯地张开双臂，想要挽回局面："妈妈，抱抱。"

"不抱！你走开，让我自己待会儿。"

又一次，熊孩子洗完澡，卫生间成了疯狂喷水，以及泡泡堆积的灾祸现场。

焦头烂额地从抽油烟机的轰鸣声中跑出来的我，腾地起火："说过多少回了，洗发水按一泵就好！"

"我就是按了一泵啊。"始作俑者好整以暇地继续作妖。

"你，出去！"

我爆发了，恨不能把指头戳到他脸上："走开，回你房间去！"

一进家门就闯入火线的刘先生，赶紧完成了"抢险转移"的任务。

再出来时，刘先生拍拍我，小心地说："亲爱的，冷静！"

"别站着说话不腰疼！"我掉转枪口，继续扫射："出去，你也滚！养什么孩子，我都想送人！"

刘先生长叹一声，杵着不动。

似乎与愤怒隔着一段距离了，不等刘先生劝，我主动过去看刘小童。

听到我进门，小家伙头也不抬。

"还在生气？"

"嗯。"

"那，今晚还要我陪睡不？"

小家伙猛地抬头，仿佛从牙缝里挤出来："要！"又恨，又厌。

我"扑哧"笑出声来，他也跟着笑了。笑着笑着，我俩又闹到了一处。

"刚才生气时，我跟爸爸说要把你送人。你，听到了？"我心虚地问。

"嗯。"小家伙瞬间黯然。

"你怎么想？"

"我都想离家出走了。"小家伙的声音闷闷的，夹着抽噎。

"对不起，你知道，妈妈在说气话。"

"知道，但我就是很生气。"继而大放悲声。

"生气是应该的，是妈妈不好。我保证，以后无论怎么抓狂，也不说那样的话了。好吗？"

等他平静下来，我继续说："你知道，就像你当小学生一样，我是第一次当妈妈，虽然已经很努力了，但很多时候还是会犯错。我们一起想想办法，要是下次你再搞出'卫生间灾难'，你觉得，我该怎么办？"

"卫生间灾难？"他破涕为笑，开始认真地帮我出主意，"那样的话，我会跟你好好说，不会发脾气。"

"可是，我当时答应得好好的，下次如果还犯呢？"

"我会和你约定惩罚措施。比如，如果再犯，不准玩《我的世界》；或者，不准喝酸梅汤；再或者，取消给我的礼物。还有，不准去想去的地方之类的。"

"这个办法好。不过，你可要说话算数，被罚时不准耍赖，更不能发脾气。"

"不会的。"

"好，一言为定。"

你真坏，我可不想试

"还有，你刚才说要离家出走，你知道意味着什么吗？

"什么？"

"后果很严重。比恐怖电影可怕多了。"

"比如什么？"

我深吸一口气，开启循循善诱型的沟通模式："看到过街天桥上那些缺胳膊少腿乞讨的人了吗？有可能就是做小朋友的时候离家出走，被坏人抓去了，打断了胳膊腿，专门乞讨的。"

小家伙一脸疑惑道："为什么？"

"因为坏人把他们当挣钱工具，乞讨对于他们就是工作，到时间了他们就被放到闹市区，下班了就会被接走，因为残疾，想逃也逃不了，讨不到钱回去还会挨揍。"

"所有离家出走的小朋友都会这样吗？"

"也不全是。幸运的会被爸爸妈妈找到，或者被警察叔叔送回家。但是，不是所有小朋友都很幸运，也有被坏人抓走卖给别人做孩子的。还有更惨的，把身体器官切除去卖的。"

"把器官切除，会死吗？"

"当然了。你还想离家出走吗？"

"不想了。"

"要不，你冒险试试看？"

"你真坏，我可不想试，万一试坏了就完了。"

"说得真对。不是什么事情都可以拿来试的。而且，大人和小朋友相处，就像你们小朋友之间相处一样，不可能不闹矛盾，不吵架，但是吵架过后好好沟通就好了，不必非用离家出走这样的方式……"

"我知道了，"小家伙打断我，"就像不用发脾气沟通一样。"

用发脾气沟通

一改往常的叽叽喳喳，那次，刘小童默不作声地玩乐高，漾着五个酒窝的小胖手左拼右搭。

到底我没沉住气，率先打破沉默，又一次把倔强踩在脚下："对不起，妈妈刚才冲你发脾气了。"

刘小童不作声，拿积木的手顿住，然后"啪"地重重拍下，给正搭建的城堡添了块"砖"，把等他回应的我吓了一跳。

"我冲你吼，你什么感觉？"

梨涡泛起的小手按住乐高，纹丝不动。

静默。

就在我正要开口之际，他说："伤心，害怕，委屈……还很生气，"扬扬手，"不是一种感觉。"

我被一枪毙命，原本洋洋洒洒的说词灰飞烟灭，心里冒出好几个声音："我没听错吧？这是七岁娃说的话？"

"他说得没错，就是这感觉！以前妈吼你、冤枉你的时候，你只会犟，要死都不认错，越犟越被揍，明明气得要死，却什么都说不出来……"

"真的啊，还记得绝食的事吗？当时妈冤枉你打碎外婆家的玻璃，没做的事自然不能承认，之后对抗升级，你绝食明志。而且你那时可真死心眼啊，那几天照样上学，饿得头晕眼花，也不知道跟同学借钱买点儿吃的，就那么死撑着。撑了几天？至少三天吧。外婆发威了，妈才勉强示弱叫你吃饭……"

我的心里万马齐喑……多少年前的往事了。

那时，我比刘小童大不了几岁。直到现在，我还记得那扇冲着邻居家青灰屋瓦开着的窗户，原木色的窗扇向内开，用两个挂钩固定，纱网铁丝纵横，生着锈，布满灰尘。

不知怎的，它偏要在某日碎了，严厉的母亲认定事发时段只有我在场，所以一定是我干的。无论我怎么申辩都无力回天。反而我的辩解越发激怒了母亲，我被扣上了"撒谎"的帽子。

正赶上吃饭时间，外婆喊我，我气得不吃。母亲说，不吃就不吃，有本事一直别吃。于是，我对抗升级到绝食。

那个冤屈的时刻在血液中刻下印记，以至于之后的人生，我对于不公平、被冤枉，会神经质地过敏，几乎条件反射地弹跳起来，不顾一切去拼个"鱼死网破"。

多年之后，刘小童用他精准的情绪表达，穿透了当年的我的顽强。我看到，对抗之下，是一颗受伤的、害怕的、深感委屈的心。

我试着去抱刘小童，小家伙没有反抗，发怒的身体还是紧绷的。

"对不起，妈妈错了！"我对他说，也对记忆中的自己说，"刚才'妈妈'被坏脾气控制了，以后我会努力改正，你相信吗？"

"相信。"他的声音软下来，回抱了我。

"要是我不小心再犯呢？"

"没关系，继续努力。"他拍拍我。

那个时刻，仿佛我是个孩子。

我是你，你是我

"快睡吧，都快十点了。"

尽管黑灯许久，刘小童抱着我的胳膊，各种辗转，忍无可忍，我终于开口。

"我睡不着。"

"你是兴奋过头了，再不睡明天要起不来啦。"我叹了口气，"不过，好像被你传染了，我也很精神。"

熊孩子闻言，笑得打滚。

"请问，"我拖长声音，"你能帮帮我吗？"

"没问题。"他答得豪迈。

"怎么帮呢？"

"我哄你睡觉呗。"他一副胜券在握的架势。

"你意思，你当妈妈？"

"对。"还真不含糊。

"那你是妈妈了，我是谁？"

"笨，当然是我了。"熊孩子说。

"哦，我是你，你是我。我现在是刘小童。"我顿了顿，试探地、小声地喊一声："妈妈？"

"哎！"一点儿不含糊。

"我不想睡觉，我还想玩。"我捏尖嗓子忸怩地说。

"不行，你现在不睡觉，明天会精疲力尽的。"咦，这话耳熟。

我豁出去，假扮到底："妈妈，可我睡不着。"

"没事，我哄你啊。"小手果真轻轻地拍着我，一下一下，真温柔。

"好吧，我听话睡觉。"我决定加快剧情，"晚安，小——妈妈。"末了，我故意戏谑地把"小"字拖了老长。

"好好睡吧。"浑然不觉已被套路的小家伙，答得郑重。

我松口气，就在此时，小家伙转头在我额头轻吻一下，温柔地说："晚安，宝贝。"

我心柔软，不由得想起小家伙笑闹时叫我"妈妈妹妹"，似乎有同样的感触。

"妈妈妹妹"，听起来矛盾，可是，确然，在亲子互动中，有时候我是妈妈，有时候我像妹妹。也许是，外表是成人的我，内心还住着一个孩子吧。

而且，不只是我，我的妈妈又何尝不是。

就在不久前，我少有地因为琐事冲妈妈崩溃发火，电话那头，七十岁的老母亲慌慌地安慰："女子，不气了啊，这样对身体不好。

这事是妈没做好，是妈错了……"

这是第一次，妈跟我道歉。仿若时光交会，奇迹发生。透过生命交会的时刻，我看到，同为母亲的我们透过理解和爱，治愈着彼此。

（2021 年 10 月）

暗　影

老师的第一次告状

刘小童班主任连发几条微信，说第一次主动联系家长，没想到居然是告状。

老师是这么说的："这几天，我观察咱们家宝贝经常在课堂上偷偷玩铅笔、橡皮、尺子。光今天上课，我就点过他两次名，手里一直在玩……午饭后，被同学发现浪费馒头，我发给你图片看看。"

"叫上来批评过后，我让他回去继续读书，结果下午一点多的时候，又跟××聊天，我点名一次，过了一会儿，还是继续聊着笑着，就被我罚出教室，在走廊冷静了三分钟……"

一段时间后看到微信的我吓了一跳，什么情况，举报？罚站？思忖后，我小心措辞："谢谢您反馈。晚上我和孩子好好谈谈。"

"好的，把小苗头摁下。"老师回了个握手的表情符号。

"对，防微杜渐。"迟疑了下，我追问："我看馒头放在课桌上，是孩子不吃了？还是怎么了？"

"用铅笔戳的，浪费粮食，你回家再看一下他的橡皮，估计也是千疮百孔。"老师迅速回了我。

除了必须吃掉，还有别的办法吗

乍看微信，我心想，难道是刘小童拿多了馒头吃不完，带回座位了？

这学期开始，刘小童在校吃午饭。

据小家伙说，第一轮饭菜是学校给分好的，吃完了不够再去加。还说菜和米饭很抢手，再去加饭时，一般只剩下馒头。

"有没有吃饱了，看着别人抢，自己也跟着抢，抢来又吃不完的？"我抬杠。

"不行，拿了不能放回去，必须吃掉。"

"要是吃饱了，硬吃不难受吗？"

"没办法，老师说不能剩。"

听他说得斩钉截铁，我决定和他讨论下别的可能性。

"老师这么要求，是希望你们吃多少、拿多少，不要浪费粮食。不过万一拿多了，硬吃也很难受。想一想，除了必须吃掉，还有没有别的办法？"

讨论的结果是：吃饭时学会感觉自己饱没饱，饱了就不拿了；万一拿多了馒头，带回家第二天当早饭吃。

我初步分析了下刘小童这次被罚站：

1. 小家伙只把我们讨论的方案执行了一半——吃不完带回座位，但没有抓住重点，不能浪费。

2. 老师的愤怒在于拿铅笔戳馒头，而不是吃不了带回了座位。

191

3. 纪律问题在先，罚站是老师忍无可忍的反应。

4. 确实要和他好好谈谈。

遭遇滑铁卢的"谈谈"

憋了一肚子话要和刘小童"谈谈"的我，原以为很简单，我又不会秋后算账，最多是摆事实，讲道理，顺便化解一下罚站可能造成的冲击。

我像往常一样询问他有没有学校的事情与我分享，小家伙说没有。

"再想想，和老师之间呢？"

刘小童歪头想想，摇头。

"妈妈是说，××老师今天对你和平时有什么不一样？"

小家伙的笑容退去，垂下眼皮，讷讷地说："不想说。"

"有事就说出来，无论发生什么，妈妈都不会怪你，我们一起想办法解决。"

小家伙挣扎着，半天憋出一句："我说不出来。"

似乎印证了我的担心。刘小童敏感、好强，我们平日里批评他，若碰巧爷爷奶奶在旁，他都很在意，左顾右盼，一副赶紧翻篇的尴尬样。这次，被老师批评罚站，对他大概是件很严重的事情。

我追问："那就是确有其事了。妈妈希望你知道，无论如何，妈妈都会和你一起处理。记得吗？我们约定过，学校的事，回来要第一时间告诉我和爸爸。"

"嗯，"口气生硬，"我……不想说……"

看样子一时半会儿问不出个所以然，我决定先去做饭，让他想想后告诉我。回来再问时，依然如故。就这么僵持了大半晚，我急了，"从放学到现在，妈妈一直在等你。你这样让我觉得不被信任。学校发生的事要告诉我和爸爸，这是约定。你不说就算了，不过我也学你说话不算数，今晚不准玩《我的世界》。"

那天是周五，按惯例小家伙写完作业可以玩儿一小时的游戏，那是他最期盼的时光。

僵持了很久的刘小童，"哇"的一声哭了。

"等你想说了来找我。"我返身回卧室，躺着生气。

一会儿，小脑袋探进来："妈妈，可以和你趴趴吗？"

我大张双臂，孩子滚进了我怀里。

"今天在学校怎么了？"

"说不出来。"声音闷着。

"被罚站了，是吗？"

"嗯。"开始抽噎，继而号啕。

等他平静下来，我说："老师告诉妈妈了，妈妈还想听听你怎么说，所以才一直追问。对不起，我生气了，因为我觉得你不信任我。"

"可能……我想过一会儿再说。"

"好吧，下次，我再耐心点儿。"

我摸摸他的头，"或者，下次我不拐弯，直接问你？"

"嗯，你起头，或者帮我说出来。"

"被罚站，你什么感受？"

"说不出来。"刚平静的脸又泛起涟漪。

我叹口气，看来今晚不适合"谈谈"，于是决定自我暴露一下。

"罚站也没关系啦，老师也是一再警告，忍无可忍才罚站的，就像妈妈生气时发火一样。你知道吗？我小时候也被罚站过……"

一段往事

教室是一溜儿排开的平房，坐落在半人高的石砌地基上，窗外的青砖甬道直通到院墙，墙角的大泡桐把枝叶披垂到了墙外。

孩子盯着高墙上的豁口，世界失声。

忽的，声音苏醒了，抑扬顿挫的朗读声、风掠过树梢的声音、远处其他班级的操练声……还有，一群罚站的孩子百无聊赖地拿脚踢踏地面的声音。

院墙豁口处磨得光滑，是皮孩子踩着窗台攀上泡桐，偷偷进出的证据。看着看着，孩子的心里涌起一股朦胧的钦羡和出逃的冲动。似乎，大祸临头的感觉遁去了，奔涌而来的是无法辨识的一波又一波的情绪浪潮。

那个孩子是我，那是小学二三年级置身于一场大型罚站中的我。

忘记了究竟是因为检查作业引发的愤怒，还是因愤怒发动了一场严苛的讨伐，反正全班同学挨个儿被老师叫上讲台，逐一核对作业。一堆生字，每个字写 N 遍。陆续有孩子被呵斥，赶出去。

我向来认真，没觉得罚站会跟自己扯上关系，不承想，被揪出少写一个生字，成为创人数之最的罚站事件中的一员。回家是不敢告诉父母的，那种羞耻、差劲儿的感觉，闷着，成了性格中的暗影。

多少年后，因刘小童被罚站，又牵出这一段往事。

经由看见得自由

刘小童走过来，瞥了一眼我写的文字，一反常态地跑开去，原本欢喜的小脸耷拉下来，一连声地嚷："我不想看这个，这个事我一想起来就很不开心，但又说不出来为什么。"

"是不是觉得丢人，不好意思？"我帮他给情绪命名。

"嗯，还很伤心。"

"妈妈理解，记得妈妈告诉过你，妈妈小时候也被罚站过。"

"记得。但我就是很难过，不想说。"

"难过是正常的情绪反应，你知道，妈妈是不赞成罚站的。不过你确实做错了事，老师也有她的难处，好像除了罚站也没有别的让你们长记性的办法，以后我们尽量避免犯同样的错就好了；而且罚站也没有什么大不了的，心里难过，回来聊聊就好了。"

"要是还不好呢？"小家伙脸上有了笑容，开始反问。

"哦，那是聊得还不够，你过来……"我作势抓他，他尖叫着跑开了。

笑闹中我意识到，帮助孩子纾解情绪的过程，也是化解自己早年内心暗影的过程。

一代又一代，成长中的我们总会遭遇大大小小的伤痛，有些凝结成心灵的暗影，不在这处，就在那里。也许，这就是生命本来的样子。

虽然尼采说，凝视深渊过久，深渊将回以凝视，不过，正是这些自我觉察与凝视的时刻，使我们有机会看到其他，看到如你如我的普通众生都有的局限，经由看见，我们得以自由。

（2021 年 12 月）

归乡深处

　　道在迩而求诸远，事在易而求诸难。人人亲其亲，长其长，而天下平。

　　　　　　——《孟子》

　　我们看似是一座座孤岛，但在海洋深处，我们彼此相连。

　　——《停止你的内在战争》
　　　　　/[中国] 黄仕明

亲

"你吃过饭了吧？我跟你妈刚从河滩回来。"

父亲接过母亲的话，照例跟人吵架样在电话那头高声大嗓地喊："饭后转悠的人还真不少。"

对于父亲的问话，正在格子间里加班的我含糊地支吾着，电话那头的动静让我出了神。

扭头去看窗外，灯光在玻璃上开出耀眼的花，夜色氤氲在明亮的光影里。故乡的记忆于千重混沌中凸现出来。

现在的故乡，该是繁星满天、晚风微熏的夜吧；该是小桥流水、绿荫长堤的风景吧；该是邻里成群、欢声笑语的人们吧。温暖的心境里，我仿若看见父母沿着故乡的碎石小径相携着向我走来……

记忆里，母亲是与有着浓烈来苏水气味的医院，与或冷漠或热情的各科医生，以及永远也打不完的点滴联系在一起的。母亲的身体是由成把成把的药片和各种奇奇怪怪名字的化学药剂养着的。

父亲则像一架机器，在上班之余，承担了一切家务，每天打仗一样地忙里忙外，还要接送母亲上下班，几十年如一日。

母亲是个要强的人，看着父亲里里外外操持，愧疚之余不免敏感，变得烦躁不安，有时她为了点儿小事发脾气，父亲总是无声地包容。我和弟弟眼见着脾气火暴、棱角分明的父亲在机械的劳作中一点点地消瘦、沉默下来。我以为，我看到的是父亲对家庭责任惯性的承担和对生活机械的服从，直到那个温暖惬意的午后。

母亲坐在炕边，嘴里哼着一支年代久远的歌，两腿和着轻柔的旋律来回晃悠。她的表情安静而愉悦，苍白的脸上泛起红晕，浑身散发着一种出奇的单纯、宁静气质。我感觉到阳光中有透明羽翼振翅的声音，轻柔得像是怕惊醒一个纤细美丽的梦，我看到母亲站在那里巧笑倩兮，有着孩子样的稚气与羞涩。

感觉到了我的注视，母亲回转头，就那么猝不及防的，我看到她的眼里，那里有着最温暖的笑容和最坚强的执着。我有点儿心酸，想起无数个病痛的日子里，母亲超乎寻常的坚忍和顽强；想起她日夜咳嗽无法躺卧、只能喘气坐着的情境；想起为着康复，即使食不知味，她仍勉为其难地吞咽食物的样子；想起危重时刻，她几近呢喃的叨念："我要活，我俩娃还没有交代。"

就是眼前两鬓斑白的母亲，就是我的虚弱憔悴的母亲，就是我的不断在生死边缘徘徊的母亲，如今，以这样一种独有的方式慰藉着自己；现在，以这样一种澄澈、温暖的笑容抚慰着我。

"妈，你这个样子真好看！"我脱口而出。

"胡说啥呢，你这娃！"母亲嗔怪着，却不经意地伸手拢了拢头发。

父亲操持完家务走了过来，黝黑干瘦的脸上绽开一丝笑意："你娘儿俩叨咕什么呢，这么高兴？"

他随后转向母亲："对了，你该吃药了。"

母亲笑说："不急，等水凉了。"

"笑什么呢，啊？"父亲拍了拍母亲的头，亲昵而爱怜。母亲乖顺地坐着，笑意盈盈。

我掩饰着潮红的双眼，轻轻掩门出去，泪眼蒙眬中母亲的温馨表情，父亲的脉脉温情一直浮现眼前。我从没有一刻这样深切地感受到父母间至情至性、相濡以沫的感情，我从没有一刻这样深切地理解我的父亲和母亲。

我想，人生的情感就像长流不断的水，也许初始如涓涓细流，明快而清澄；也许途中频遇险滩暗礁，奔腾而热烈；但经过了岁月洗礼，终归回归宁静秀丽。那一刻，我想告诉我亲爱的父亲母亲，我爱他们！

搁下电话，我让自己沉浸在许巍疲惫沉郁的歌声里：

> 我思念的城市已是黄昏
> 为何我总对你一往情深
> 曾经给我快乐也给我创伤
> 曾经给我希望也给我绝望
> 我在遥远的城市，陌生的人群，感觉着你遥远的忧伤……

遥望家乡，全心祈愿父母安康！

（2002年8月）

春

泡了杯热茶，我轮换着把左右眼贴近杯沿，让蒸腾的热气熨帖疲惫的眼。又是忙碌不堪的一天。我呷了一口茶水，想要放空昏涨的脑袋，不知怎的，母亲的身影浮现眼前。

她正倚着窗台向外眺望，目光似乎穿过远处的山影落在不知名的地方。苍白而憔悴的脸上有瞬息而起的笑容，轻轻绽开，仿佛和风拂过水面，水纹在暖阳中一圈圈地扩散开去，荡涤了满眼的明亮与生动。

前阵春节时，我休了探亲假回老家和父母住了一阵。我和母亲闲拉家常，聊些什么记不清楚了，聊到无话处，自然停下。离开前，我不经意地一瞥，正看到她脸上笑意泛起。

我追随她的视线，目之所及，一派萧条。此刻，夏秋时节笑语欢腾的河滩寂寂无人，杨树沉默地张开光秃的枝丫，湛蓝高远的天宇，虚悬着一轮清冷的太阳。

"妈，看啥呢，这么高兴？"我好奇地问。

"明儿立春，一立春，天就暖和了。"母亲答非所问。

"就是立春了，离暖和还早呢，到处天寒地冻的。"

"老先人的节气是很准的，立春一日，水暖三分。"母亲温和地说，"立春寒，一春暖。"

我还想再争辩，话到嘴边却收住了。如果说薄冰初融、枯枝吐芽、漫野新绿是肉眼可见的春天，那么母亲所说的是不动声色，却又蓄势待发的春天。

母亲患有严重的风湿性心脏病，常年在病痛的折磨下，相关脏器纷纷受到牵连，免疫力极低，一丁点儿着凉就会引发大病，心衰，病危，急救，如此在鬼门关前反复来回。

去年冬天，因为母亲单位供暖，父母从自建的家里搬到了母亲单位的家属楼里。在暖气、炉子的双重烘焙下室内倒是温暖。不过，原先住处周围的亲戚朋友因为距离远，少了走动，加上母亲体质孱弱，上下楼梯要花大力气，进出有温差又怕闪失，因此父亲一上班，母亲就等于关了"禁闭"。很多次念及此，我便习惯性地想逃，不敢想象以前要强忙碌惯了的母亲如何打发漫长的一天？

我不由得去看母亲，那个时刻，一缕阳光正打在她身上，花白、凌乱的头发在光线的勾勒下竟似跳跃着光点。她身旁的木质花架上高高低低地摆放着一些花草，枝枝蔓蔓正茂盛，鲜润的绿色镀了光像是要淌下来。

我的心里一暖，感受到了无比的春意。现在，我意识到，在漫长的冬季，在肉眼看不见的地方，在心底柔软的一角，春天一直在潜滋暗长。就像母亲，纵然处境很艰难，连一趟上下楼，一次走亲访友都是艰难的体验，但是遭受病痛折磨、身处陋室的她仍然对生命充满了热爱，对春天充满了向往。

正好有朋友来拜年，父亲提议让朋友帮我们拍张全家福，圆了几年未了的心愿。确实，这几年母亲频繁进出医院，大年三十在医院守岁也是有的，家中相框里的全家福还是我高中那年照的。

听到要合影，母亲很高兴，目光里有着小孩子般的渴盼和兴奋。她将刚刚洗过的头发顺了又顺，不厌其烦地把棉衣翘起的一角捋了又捋。我们也受她感染，高兴之余竟郑重无比。我们知道母亲是要留住春节的喜庆和团圆，留住春天的喜悦和念想，好将其捻细拉长填满分别后长长的日子。

拍照的朋友笑着说："就站在这些花前吧，有喜气，吉祥。"母亲笑眯了眼，连说："好，好，你看着办。"

那个瞬间，我想起母亲窗前凝望的身姿，她该是看到了更葳蕤、更活泼的春天吧。

如今，在异乡钢筋水泥丛林的一隅，每当疲惫时，我就不由自主地想起她，想起那个感悟春天的瞬间。

呷一口酽酽的茶，闭上眼，口舌间余韵不绝。是的，是春天的感觉。

（2003 年 3 月）

最深的所在

"静静，你那边没事吧？"电话终于接通，母亲的声音传过来，遥遥的，带着微微的喘息，穿透暮色，直击我心。

"没事。要不是刚才凡回我电话，我压根儿就不知道地震了。"

我听见自己的声音在房间中回荡，那么陌生、空洞："妈，你们还好吧？"

大约半小时前，我给母亲发了条短信，商量筹备婚礼的事情。片刻后，弟弟的电话过来了。

"姐，妈的手机在我这儿。她和爸在广场那头溜达，我在这头。"弟弟说，"地震了，你知道不？我们被疏散到小区门前的广场上了。现在还不能回家，要等通知。"

"啊？地震？你们怎么样？"我遭了突然一击，麻麻的、木木的，一时半会儿反应不过来。

"不用担心，有惊无险，是余震，你看看电视就知道了。刚才通信中断了，现在刚恢复。等我溜达过去让妈给你回电话。"

"2008 年 5 月 12 日北京时间 14 点 28 分，四川省汶川县发生 7.8 级地震，余震波及湖南、湖北、山东、江西、陕西等十多个省份……"主持人的声音渐渐淡去，盯着电视屏幕的我恍如梦中，什

203

么也听不进去，曾以为远在天边的灾难就这么猝不及防地席卷而来，我的眼前只有断壁残垣、淫雨纷飞、凌乱脚步在不断地飞旋。

就在这样仓皇的时刻，母亲连同她焦虑的关切通过电波跋山涉水、穿越时空联系到了我。

她絮絮地问："静静，你那边没事吧？""我们没事，别担心。""我就是听说你们那边也波及了，我想着你们靠海，别有什么事。刚才电话打不出去，这会儿好了。你们没事就好。"

是啊，这样的时刻，还有什么比"没事就好"更慰藉人心？就在刚才，我的至亲遭遇和躲避着险情，千里之外的我还浑然不觉，万幸他们安然无恙，我的心里涌起无尽的后怕和感恩，也不由自主地为正被灾难席卷的无数个家庭默默祈祷。

平静下来的我，也感受到了深深的愧疚，我太久沉浸在自己的幸福里了，忙着享受甜蜜，忙着筹备婚礼，忙着憧憬未来。

当然，形式上我必然会联系，但每次都太匆匆，都是"身体好吗""注意健康"之类的话。

我也确实会想起他们，但每次都一闪而过，还来不及聚成想念，转瞬便没入自己的幸福海洋。

眼下因为要商定婚礼日期，我跟刘先生说日子得问问我妈，这个程序要和老人商量。可能潜意识里觉得问了，商量了，就是心里有了父母，然后可以心安理得地继续"忙"和"忘"了。

现在握着听筒，握着老母亲一颗仓皇而焦虑的心，我的泪掉了下来。

有多久，我没有想念过远在家乡的父亲、母亲了？

有多久，我没有与父母通电话拉家常了？

有多久，我不曾往那幽深的所在投去关注的一瞥了？

有多久……

如今，我记下这个震撼而感恩的时刻，告诉自己，当年轻的脚步昂首阔步奔向未来的时候，也别忘了时时回头看看。

因为，那里，是来处；那里，有生命中最深的牵挂。

（2008 年 5 月）

致 父 母

当年，我曾纠结于是否举办婚礼仪式。十多年后，再看这些文字，这是我和刘先生为婚礼当天播放的老照片写的旁白，是致父母的心声，是时光的回音。有些事啊，时间会给出答案。

——题记

我

亲爱的爸爸妈妈，最近总想起从前。沿着时间的河流上溯，穿越繁华与拥堵、氤氲与空茫，仿佛再回到从前。

妈妈，我的小卷发在您的手下成了绽放的两朵小花，无畏地点缀着圆圆的小脸，以及无邪的童年。您说："我娃很乖。"

您跟爸爸抱着小弟前头走，两三岁的我迈着碎步颠颠地跟在后头，绝少耍赖要人抱。

爸爸，您改良的小兔子灯至今还闪烁在我的记忆里，是我童年经久不衰的骄傲。我和弟弟曾经那么趾高气扬地拉着它在元宵夜的热闹和光影里肆意蹦跳、叫嚣，得意扬扬地让小兔子被手中的电池开关折腾得忽明忽暗。我们仰仗它，对别的孩子生怕灯笼被蜡烛烧着的小心翼翼嗤之以鼻。

妈妈，您做的点心，是我和大学舍友吃过的最好的美味。忘不了我们一拥而上，风卷残云般一扫而光时，您脸上的笑，是那样温煦而满足，倒好像吃光了点心的是您。

爸爸，我曾以为摸爬滚打的连环考试就是人生最大的遭遇战，曾以为生活无非考场内外、独木桥上与桥下，殊不知，我始终是您庇荫下的小花，享受着自以为痛苦的福分。您和妈妈隐瞒她日渐沉重的病情，在生活的重压之外给读书的我和弟弟一方净土，直至我们度过了学业的关键阶段。

妈妈，记得 2004 年的北京吗？总想起那年秋天，想起您术后沉睡三天两夜醒转时那张像极一枚风干胡桃的脸；想起控制食水的日子里您饥饿、渴望的眼神；想起那一年，我们齐心协力渡过了您生命的难关。

爸爸，还记得挨过的那仿若永恒的二十四小时吗？妈妈做了动脉穿刺后，我们紧紧按压妈妈腿上的血管，以防大出血。在等待黎明的黑夜里，我们在时间的长河里，互相依靠，互相鼓励，共赴希望。那一年，对您该是无数个这样叠加重复的不眠之夜吧？一颗丈夫、父亲和男人的心，我不敢也无法度量。

爸爸妈妈，我愿意感谢磨难。它让我不再是迈着碎步亦步亦趋跟在你们屁股后面的小孩，不再是你们羽翼之下无忧无虑的小鸟，它让我们的生命如此接近。

刘 先 生

爸爸妈妈，看着自己稚嫩的面孔，看着你们年轻时的样子，恍然惊觉时间无痕，岁月如梭。眨眼间，我从咿呀学语的孩童成了即将成家担负责任的男人。是你们的细心呵护，伴我一天天长大。

爸爸，我又听见蝈蝈叫了。那脆亮的声响穿越时光，仿佛摇落一地银铃。我脚步轻快地跟着爸爸走在回家的路上，被我们用太阳帽逮到的蝈蝈在伞里大声地抗议。等到回家，蝈蝈咬破了伞，差点儿逃走。

妈妈，我的孩童时代有个咸涩的夏天。那是大海留给记忆的味道。记得小时候您带我去海边学游泳，因为紧张，我呛了好几口海水。您拉着我的手让我不要怕，说有妈妈在。我于是不再害怕。

爸爸，小学时我背不过课文被老师批评，有几回还被撵出教室。您没有责怪我，而是帮我想办法，把课文变成易记的故事。自此我再也不怕背诵啦。

妈妈，总想起那年冬天漫天大雪中您的背影。您在长长的上坡路上推着自行车艰难地行走。风雪再大，挡不住您回家给儿子准备午饭的脚步；严冬再冷，也被母亲一颗炽热的心焐热。

爸爸，我中考时数学发挥不好，晚上辗转反侧无法入睡。是您陪我聊天，给我解压，让我重塑信心，稳定发挥，顺利升入重点高中。

妈妈，记得那只鼓鼓囊囊的包吗？我大学返校时，您往里面塞了太多的东西。我当时觉得很无奈。与舍友分享时，不由得想到家，突然明白那里面是你们满满的牵挂。

我　们

亲爱的爸爸妈妈们，逝者如斯，光阴自顾自地溜走。当我们成人，你们年迈，这些美丽的片段就是我们生命中最珍贵的礼物。今天是我们结婚的日子。我们将这份礼物献给你们，愿这旧时的记忆与今天的幸福带给你们乃至所有的父母平安健康、开心如意。

（2008 年 8 月）

福在眼前

2010 年农历腊月二十八。

举杯给妈妈祝寿，把"福在眼前""福兔迎春"一起拿来做了祝寿词。

"福在眼前"是块翡翠。卖玉女子蠄首蛾眉，手如柔荑，吐气如兰。我的眼波不由得随她流转，暗叹这一个温香软玉的女子，竟然这般恰到好处地守着这满目翠色。

她娓娓为我介绍筛选出来的摆在台面上的几块深深浅浅、长相各异的翡翠。正中一块，两只蝙蝠簇拥着豆圆的绳眼，栖息在一方莹莹的椭圆上。青色，温润，沉静。没来由的，一下子就喜欢上了。捧着它在手里，细细端详。女子的轻言软语如风拂过，唯有一句"寓意福在眼前"让我的心跳了一下。就这样，"福在眼前"跟随我由青青小岛踏上关中平原，来到妈跟前。

"福兔迎春"是个横批。逛书院门古文化街，被支摊写春联的人夹道迎至牌楼口。红红火火的对联迎风飘荡，笔墨飘香。忍不住驻足观看，就撞上这两副——"天赐予一门吉庆，春送来两字平安""福寿常驻吉庆家，祥和永驻平安宅"。我说："要了，横批呢？"胖小伙儿翻腾了半天，说："没别的了，兔年大吉，行不？"我笑："不太搭，再找找。"小伙子讪讪地说："可以现写。你说，你想写个啥？"一旁默不吱声的清癯老叟冷不丁扬声："福兔迎春。"于是，眼见这花发老叟斜叼着烟，眯着眼，夕阳下一笔一画郑重地写下这四个字。

爸妈都是1951年出生的人，属兔，生日相隔月余，按阴历生日是五十九岁，2011年是本命年。照老家习俗，五十九过六十，是第一个可大过的生日。我们兄妹老早就和爸妈商量，爸始终倔倔地一句："不过，我就不爱这嘤嘤嗡嗡的排场。自己家里，吃碗面条就美得很。"妈话头松动："属兔人今年命犯太岁，照说过一下能化一化。只是你爸的犟脾气你们知道，就是死活不过，要不就算了。"

妈身体常年不好，由将信将疑到死心塌地信命。她说的犯太岁，应是指2010年爸跌断了肋骨，她摔折了腕骨。爸在老家收拾房子，下梯子时一脚踩空，整个人横摔出去，腰硌在杂物堆上，肋骨断了好几根。大夫说，年纪大了开刀不划算，还是疼点儿静养为宜。妈是在商场扶梯上忽然眩晕，整个人栽倒滚跌，左手腕骨骨折，接骨后中途没长好，手腕活动受限，手指僵硬不能握紧。

他们一如既往地报喜不报忧，"串通"弟弟瞒着我。

事发一个月后，一次打电话拉家常，妈顺口说了句等手方便点儿了云云，被我揪住话柄刨根问底，她才"从实招来"，连带着揭发了爸的"劣迹"。面对我的声讨，爸仍拒不缴枪，"嘿嘿"笑着说："全好了，真的，你妈总是夸大其词。"以后的几个月间，每问及，回复我的全是"早没事了，一点儿都不疼"。

执意给他们办寿宴，一则是宁可信"化一化"之确有其事；二则隐约觉得，每亲历一回父母生命中的重要事件，就是朝着成长和担当迈上一步，就是向着冥冥中的血脉相连再近一些。

我们在妈的"要不"中看到了转机，很快拉妈入伙，一同做爸的工作。后来，爸说："来回几千里，钱都贡献给航空公司了，不划算嘛。听话，再别折腾。"

我说保证不折腾，却在一个多月间，两度跟爱人飞回去给二老办寿宴。来来去去，突然发觉，心情踏实而平静，曾经如影随形的漂泊空落、无处安放之感，不知何时悄然遁去。似乎再不是出走的游子重返故乡时的唏嘘慨叹，而是总在故乡；似乎再不是飞出鸟巢的鸟儿结草衔环报亲恩，而是家在心里；似乎再不是聚散两依依，聚也惆怅，散也怅惘，而是亲人、爱人常伴左右。

想起史铁生在《消逝的钟声》中说："人的故乡，并不止于一块特定的土地，而是一种辽阔无比的心情，不受空间和时间的限制，这心情一经唤起，就是你已经回到了故乡。"

这句话让我很有共鸣。原来，闭塞、死执的心灵永远漂泊在异地他乡，也永远徘徊在家门外。现在，我深切地知道，我真的回到了故乡，回到了家。这条回家的路耗用了我漫长的三十载青春光阴。不必怨怼和懊悔，或许，生命就是且行且看，与亲的爱的人一起，慢慢地，慢慢地，终归走上一条回家的路。

爸说我们回来了，年就来了。我们尽我们的孝心，爸妈自顾着他们的操心。这心，是同一颗也不是同一颗。谁不是以己之心忖度他者之心。一定意义上，将心比心类似信仰，是目的地，也是路途，从来只在过程中无限接近，而永远不可到达吧。

我逐一拥抱我亲爱的爸妈，在"福在眼前"里，听着他们半心疼、半虚荣地抱怨儿女飞来飞去就为过寿浪费钱，看着他们在合家团聚的大好时光里，唏嘘来去匆匆，惆怅聚少离多。

祝寿时还有一句话在嘴边转了转，我放到了心里：福乐安宁随心自在，一直都在。节庆聚会，阖家团圆，只是为了把它想起，只是为了提醒幸福。

（2011 年）

故　乡

一、洛南，刻在生命里的年轮

百度中搜索"洛南"，搜出以下文字："洛南，古称华阳，取其在雄峻奇险的西岳华山之阳意，因其县治在洛水之南，故名洛南，位于陕西东南部，为商洛市下辖的一个县，地处秦岭东段南麓，北依秦岭，南屏蟒岭，洛水蜿蜒贯穿其间……"这些文字郑重描摹的，与我心头的那个故乡如此不同。

那个故乡，无法言语和实证，它由无数声息、光线、温度、色彩，以及片段交织而成；无法定义，你见了自会知道。

在老家有一条河，与这个叫作洛南的县城默然相守，共度群山环抱中的寂静岁月。不过，我们叫她县河，不叫洛水。她是这座城市汩汩流淌的热血，一天天，一年年，从遥远的过去流往未知的将来。我总无缘由地相信，她必定在每一个洛南人的梦里浅唱低吟，仿若生命背景上的素淡小花，形态各异，径自开放。无数个我们爱着无数个她，每个她一样又不一样，就像每个同根相连的我们相同又不同。

梦中的她，不是现在这副模样——面貌由明朗清澈变成阴郁黯淡，身材由丰腴润泽变作干瘪消瘦，心怀由浩荡自由变成满腔淤塞。那个她，自西向东经年歌唱，把城区天然地分割成南北两半，把我的人生以十九岁为界划分为故土与异乡。

记忆中，很长一段时间，我们这四口之家，像一只漂泊的小船，在城区里辗转漂荡。伴随频繁迁徙的，是母亲的唉声叹气、父亲的沉默不语，以及我们懵懂的新奇与兴奋。最常听见母亲恨恨地说："打游击的鬼日子，真过够了。"

工作后，经历过一段腾挪辗转的租房日子，我才真正读懂母亲的话，也才看清烂漫之外的灰色。我不敢确定有没有过一个时刻，那灰色悄悄地推开柴扉，在酣睡的孩童的梦里留下丝缕痕迹。我只知道，在我的成长岁月里，总有一种漂泊、孤独感如影随形。

初中那年，我们在城西临河的单元房里安了家。再过几年，又在城区中段山脚下扎了根。似乎我家这只漂泊多年的小船终于靠了岸。

家与学校位于县城最两头，家在西，校在东，两点一线，这"一线"即冬去春来川流不息的县河。

中学时代我不曾住校，沿河徒步上学，单趟要走半个多小时，每天早中晚三个来回，整整六年。短暂地骑过一阵自行车，顺着河滨大道，穿过嘈杂纷乱的车流、人流，十分钟左右就到校。县河隐在高高的堤坝下，沉默得让人心慌。于是，一次次，我独自用脚一步一步丈量着这段路途。

那是二十世纪最末十年的一段光阴。山外传来城市现代化攻城略地的隆隆声，群山深处的这座小城绽放着最后的清静。

常常，或优哉游哉，或大步流星，走在碎石土路上。流水呢喃不休，杨树低眉浅笑，老妪头顶帕子结伴洗涮，孩童嬉戏游玩，自得其乐。

最喜秋天，天空明澈高远，笑了一夏的杨树恬静着，把灿然的金色泼洒满地，与静美的夕阳默然相对。晚饭后走在这条落叶松软的小路上，看风在林间舞蹈，或手执一卷，念念有词；或疾行慢走，随心而为。曾追溯过小路的尽头，多是黄昏时，沿河骑行，骑到没有路再骑。之后，坐在河边，望着水波荡漾的河面，突然消失了鲁莽狂野的力量。好希望，就那么一直待下去。

而那些成长岁月里的严寒隆冬，已然定格成记忆里的枯藤老树昏鸦及小桥流水人家。那个孤独的少女抱着她无从化解的惶然和惊惧，逃到无路可逃，跌进这一片无言的冷寂。循着这冷寂，她咬牙握拳疾走奔跑，直至忘掉自己；她疯狂攀爬山头，看斜阳染红漫山荒草和嶙峋山脊；她仰卧于草丛，听风在林间徘徊与叹息。长风掠过，苍天不语，四野静寂，一呼一吸间，有一种静谧不期而至，有一种温暖细细蔓延，有一种力量油然而生。

多年后，邂逅"行禅"两字，不由得想起这段记忆。

也许，行走自有其内在韵律，或疾或徐，随心而动。当年的疾走或漫步，也许正因着懵懂和随心，无意中循了内在的韵律，反倒误打误撞，暗合于心，契合于当下的体悟。突然觉得，我对山水的喜爱，也许因着山水原来就是刻在我生命里的年轮，是来自遥远故乡的细语，甚至，正是融入我骨血的故乡。

二、西安，难以割舍的爱恋

别看现在我自诩陕西人，对度过四载大学时光的西安一往情深，孰不知，我曾经对她莫名厌烦，恨不能逃到天涯海角。

我学文科，偏科到极致，文科门门拔尖，数学时不时地拖后腿。

高考那年，标准分试行不久，150 的原始分换算 900 的标准分，一张卷子，折来算去，折出两个不确定的分数。游戏设定者还不过瘾，又弄出个单科平均分来折磨大家。单科平均分根据科目的考试实况划定，如若某一科达不到该科的平均分，总分中不但没有这科成绩，还要倒扣，弄不好寒窗苦读一本正经地读出个负分来。战战兢兢估算原始分，云里雾里换算标准分，提心吊胆防着平均分，再孤注一掷押校赌志愿。估分偏高偏低，学校选好选孬，专业阴差阳错，榜单一出，几家欢喜几家愁。

填志愿时，被我冷落多年的数学迎来了"报仇雪恨"的机会，让我在三个分数间徘徊犹疑。为稳妥起见，一本重点院校填了西安的某所学校。真相大白时，数学狠涮了我一把，竟创了我个人学习生涯中的最高分。无奈木已成舟，我的中学时代以县重点中学第二名的成绩终结了。那份早早就来的录取通知书长久被遗弃在学校办公室。

现在想来，当年的气急败坏，实在不在于退而求其次的低报志愿。也许唯其如此，才可把一腔因出离无门、独立不得的愤怒表现得理直气壮。

也许，每个无处安放的青春都有张盲目冲动、桀骜愤怒的脸，迫不及待为着逃离而逃离、叛逆而叛逆，地点不是问题，只要不是父母目之所及的任何一个犄角旮旯就好。

就这样，西安作为青春的替罪羊被我坚定又盲目地厌烦了四年。

她和洛南都位于地图上叫作陕西的这块狭长区域里，一个居中，一个偏南；都说陕西方言，一个关中调，一个陕南腔；一个八百里秦川，齐吼秦腔，一个岭南深处洛水人家。她既不是我明白无误爱着十九年的故乡，也不是素未谋面全然隔绝的异乡，倒像是我无从选择的远亲近邻。

小时候，我们被父母带着，坐着老牛样喘着粗气的汽车绕着盘山公路行驶，看着窗外巨石林立，峰回路转，我们一趟趟翻越莽莽苍苍的秦岭，去往山外的世界。

不知何时，那初始的雀跃和新奇感已悄然不见。车行经"洛南"地界时，总在惊鸿一瞥间，心里闪现出某种温柔的眷恋、微妙的惆怅。我不知道，那是不是有关出离与归宿的最初闪念。

约莫从那时起，我意识到光靠脚勇猛地走是不够的，闭着眼没心没肺地瞎跑是会迷路的；行车走路不得随心自在，是有红绿灯要看的；人是分山里山外的。

我四五岁时，母亲带我到西安出差，好像是给单位采购东西。店主是个女人，面目已模糊了，她那睥睨、轻慢的神情和夹着冷哼脱口而出的那句"山里的核桃砸着吃"，一直烙在我的记忆里。

似乎是女人向母亲炫耀她的女儿，说她在少年宫跳芭蕾，是"小天鹅"的领舞。我躲在母亲身后，心里琢磨，被那女人一直夸赞的"小天鹅"是个啥。女人来逗我，大约是问我会不会跳舞、唱歌之类的。我害羞死不开口。之后那句"山里的核桃砸着吃"，伴随着尖厉而刺耳的"嘎嘎"笑声迎头飘荡。我不懂这话的意思，但总觉得不舒服，女人的神情让还是孩子的我隐约体会到了自卑，以及隐隐的敌意。我向母亲追问这话的意思，母亲摸摸我的头，说，有天你走出山里，看谁还敢这么说。

终于，山里的我来到了西安。大学伊始，操着乡音，不承想，同宿舍土生土长的西安姑娘一脸茫然字正腔圆地问我："你说什么？"遑论其他舍友。一到小卖部往家打电话，那两个脂粉厚重的卖货妇女，就交头接耳、肆无忌惮地对我的陕南腔品头论足。

四载光阴匆匆流过，我已能够在乡音与普通话间自由切换。又是打电话，当女人听说我把工作找到了青岛，一脸艳羡地说："人家那地儿好啊！"我还以冷冷的四个字："各有各好。"

知晓工作找定时，我正在站台上送别老友。之后，我揣着这消息，独自坐公交车回校。双层车的二层空荡荡的，我倚窗而坐，感受着这个扑面而来的各奔东西的季节，看着无数次穿梭往来的路途，当初不容置喙的爱恨厌弃，不知何时已隔了一层薄薄的纱。

恍惚间，一个念头渐次清晰，方才知道，这座叫作西安的城市，与那个养育我十九年的小城，早已是我生命中难以割舍的爱恋。

三、青岛，依稀越过千山万水再重逢

近期整理东西，翻出当年的日记，那是 2001 年 3 月，看到这些文字："住处有一方伸出去的阳台，太阳好的时候静静地坐着，可以看到附近的楼群，不知名的植物在风中摇曳，偶尔一两只飞鸟掠过天空，远处隐约的一片海景，海市蜃楼般波光粼粼。近处的街道很干净，绝少行人。这样的日子，令人觉得少了点鲜热的活力……

"火车慢慢开动的那一刻，望着这些被风雨侵蚀的斑斑驳驳的建筑，望着沿途稀稀落落的人群，望着偶有飞鸟掠过的天空，我忽然生出一股眷恋，先前的抱怨，甚至怨恨也淡去了……人或许都这样，短短暂暂的驻留也会在生命中留下淡淡的痕迹吧……"

记录的恰是彼时对青岛浮光掠影的一瞥。

青岛从那一瞥中娉娉婷婷地走来。那个等待面试的下午，风在枝叶上舞蹈，青灰的道路静默不语，有一种声息划破长空，飞鸟样翩然而至，轻栖在我的心上。这样熟稔的宁静，依稀越过千山万水再重逢。

不由得愣怔。难道不是一贯的怨愤、敌视？难道往事竟然另有真相？难道记忆竟然选择性地开放？果真如此，十五年、二十年，或者更久以后，又会有怎样的发现呢？

现在，我不得不承认，当年以及此后相当长一段时间内，我把全部精力都沉浸在别离的失落和狭隘的怨愤上，对于这座海滨城市惊鸿一瞥的惊艳与美好、隐约的熟稔与宁静，以及温煦的包容与接纳却视而不见。而她像位温柔的母亲，从不吝啬自己温暖的怀抱，一次次用热情的拥抱抚慰我漂泊、桀骜的心。

面试时仗着青春撑腰，抢起一腔热诚，语不惊人死不休。原本抱定互不待见即打道回府的决心，不料却意外中榜。比起当时奔波忙碌仍前途未卜的大部分同学，比起自己漂泊无依的心，我的工作就这样在懵懂间早早尘埃落定。

那年单位运动会。忙前忙后的我一歇下来，一屁股坐到地上，心在回荡四周的山呼海啸声中一片空茫。

一位同事拉拉我，说："没事吧，咋看你没着没落的。"一语中的，他准确预见了此前此后多年我的心境。

终究，历经浮沉找到亲爱的他。知晓我当年面试糗事的同事打趣，那么讨厌青岛，最后还不是给青岛人做了媳妇。婚礼上，同事兼司仪问我："寻寻觅觅那么多年，为什么选了眼前的这一个？"我说："一言难尽。"司仪提示我："他有哪些优点让你喜欢？"我说："除了缺点都是优点。"

我想，我其实是想说，深爱无所谓优点、缺点，不是我选择爱，而是爱接纳了我，因为我终于打开心扉，放自己一条生路。

四、故乡，由内而外生长的安稳

我才发现，青岛的家位于"华阳路"上，路名与"洛南"的旧时称谓不谋而合。

弟弟大学毕业后留在西安，眼看西安有了我的又一个家。

这几年回家，父母为给我们节省路途时间，回乡探望改成在西安团聚。不只我们，身边的近亲好友，这样的情况屡见不鲜。

2010年，给爸妈过六十大寿，一个多月间，我和爱人两次从青岛飞往西安。我突然意识到，不知何时，如影随形地追随着自己的那份焦虑和漂泊，已然遁去。慢慢地，在一次次的回乡之旅中，由内而外生出一种绵长的安稳。

喜欢《问佛》中的一段话：

我问佛：如何让人们的心不再感到孤单？
佛曰：每一颗心生来就是孤单而残缺的，
多数带着这种残缺度过一生，
只因与能使它圆满的另一半相遇时，
不是疏忽错过，就是已失去拥有它的资格。

只是，不解诗中的"圆满"。如果邂逅所谓浑然天成的另一半，此心还是彼心吗？若如佛所说，不著相，放下我执，那这一个圆满，岂不是回到鸿蒙未开？未有分别和残缺，圆满安在？

也许，故乡始自别离。就像痛苦源于分别，孤单始自残缺。当年亚当、夏娃偷吃禁果，起了善恶、美丑、羞耻之分别心，被上帝逐出伊甸园，这一个"分别"，故乡才从熟视无睹的平面词语中活脱出来；这一个"残缺"，人类流浪的脚步伴随寻根的叩问方自开始。唯其终生追寻却永不到达，才成就故乡。又或许，故乡如梦境，原本就不是一个具体的地方，无法言语和实证，由无数声息、光线、温度、色彩，以及片段交织而成，无所谓定式，自在那里。

倏忽觉得，人生一世，结缘修行而来，何止是遇见的人、遭遇的事，一次次落地生根的地方又何尝不是如此。

原来，所谓故乡，洛南、西安、青岛，都是又都不是。那么，就不去洛南、西安、青岛寻找故乡了，而是去故乡寻找洛南、西安和青岛，去寻找那一只翩翩飞去又飞来的小鸟，寻找那一种不可实证但确然经历的辽阔心境。

想起十年前公务员面试时自己回答考官为何远走他乡的一段话：

"好比一只鸟在天上飞，嘴里衔着一粒种子，不知怎的，不知何时，一张嘴，种子掉下来，落在不知道的哪里，也许就生根发芽了。"

也许，故乡在我，我在故乡。

（2011 年）

理　发

周日，我带着来青岛小住的父母去理发。

理发店是刘先生发现的，推荐给我，以后就常去了。那是夫妻俩开的店，开了很多年，手艺还不错，店面也不大，去的都是周边熟客。店里平时生意就好，这会儿赶上年关，更是人扎堆，我怕父母久等，打听之下，说好下午三四点钟溜达过去。

剪发的女人四十岁左右，纤瘦身形，螓首蛾眉，松绾头发，轻言细语。并肩忙碌的丈夫中等身材，活络和气，手底麻利。

我们坐等了片刻，女人招呼："你们谁先剪？"

然后，我看着她给母亲洗头，把母亲让到剪发椅上，罩衫围起来，母亲的湿发贴着头皮，少得可怜。头发被发夹一层层夹起，女人的手灵活舞动，镜子里的母亲，圆脸，白皮肤，一双和善的双眼皮的眼睛显得更大，母亲只是微笑，一副乖孩子的模样。

我的心微微一动，似乎才发现，那个满头青丝，梳着长长辫子的母亲；那个争强好胜，敢闯敢做的母亲；那个家教严厉，对做错事的我们绝不姑息的母亲，已渐行渐远。

印象中，小学毕业前的母亲，总是留着齐眉的刘海儿，编着两条粗粗的大辫子。那辫子，只手难握，那么长，拉到胸前，直耷拉到腰际。母亲素喜简朴，不爱擦脂戴花，一向素颜素装，儿时记忆里，竟遍寻不到与她有关的斑斓色彩。再怎么用劲去回忆那个风华正茂的女子，怎样对镜梳妆，编起她油黑的长辫子，还是毫无印记。

我倒总记得她念叨："我们姊妹几个头发都多，小时候，你外婆给打理，顾了这个顾不上那个，急了，边收拾边骂：'闷人多头发，长这么多头发干啥啊？！'"

是不是潜意识里母亲接受了外婆有关头发的理论，深以之为负担？到我这里，自小也留长发，一头自来卷的头发又细又密，常常绞缠一起，怎么也梳不开。情急之下，母亲一边梳理，一边恨声发火，把外婆给她的言语悉数赠送给我。

当年，我们幼儿园里有位女老师，相貌于我早已模糊，唯有那条大辫子至今让我记忆犹新。那辫子长及脚踝，随着老师走动摇曳生姿。孩童时的我，眼睛由不得追着，心里生了大大的羡慕。老师住校，我常常故意在教工宿舍门口溜达，不时便能看见老师披散着长发，悉心地梳理。那一头黑亮的瀑布，流泻而下，闪着绸缎的光，直晃了眼。大饱眼福之下，我犹自嘀咕："我妈的头发很快就能赶上她！还有，我妈的头发比她多。"

自我上初中起，母亲的头发渐次剪短，先是及胸，最后索性留成了齐耳短发，母亲依稀有过淡淡的失落。追问母亲为什么，问得紧了，母亲说："得是很难看？头发太长了，来不及打理啊。"自此，就看着这自来卷的头发在每个短发造型里桀骜不驯着，发际线附近尤甚。看着看着，看到了现在。

如今，这女人，端坐镜前，听任理发师摆弄她的头发。

我踱过去叮嘱："大姐，你剪的时候别打碎发，否则干了到处乱飞，很难收拾。"

大姐笑说："好啊，是自来卷吧，这样挺好看的。怪不得你的头发也卷呢。"

闻言，母亲一笑，在这粲然的笑里，似乎青春重现，记忆里的素色图画瞬间有了华彩。

我呆了，却在心里浮上浅浅的惆怅，我无比清晰地意识到母亲老了。

父亲照例要推平头，我和母亲并肩坐在背后，"咔嚓"声响，电推所到之处，碎发纷飞。须臾，他的肩头落下一层花白的碎发。

我瞥见镜里的男人肃容不语，清癯的脸庞，不怒自威。要不是眼周皱纹纵横，头发花白，其实还不显老。

"你爸这两年，头发白的比黑的多啦，你爸犟脾气，坚决不染，要不然看起来没那么老。"母亲跟我唠叨，顿了顿，接着说，"也没啥，一年一年，忙着忙着，娃大了，人老了，人都这样过。"

是啊，什么时候起，父亲已霜染白发？

　　直到我中学毕业前，父亲比起同辈的家长还显得格外年轻。我同学经常跟我嘀咕："你爸可真年轻，真帅。"

　　作为女儿，得意归得意，但再怎么年轻、帅气，到自己这里还是熟视无睹。父亲就是父亲，从来没有想过，父亲的身份之外，他对于自己包括自己的外貌作何感想。

　　只记得，不知何时起，他开始让我帮他拔掉偶尔冒出的白发。我的小手在他的脑袋上拨拉，一根，两根，彼时的父亲，乖乖的。慢慢地，父亲说，不拔啦，白就白吧，拔不过来了。

　　我以为，他不在意。惊觉他的怅惘，已是多年后。

　　那时，我陪着父亲一起在北京陪护重病的母亲。此前多年，父亲任劳任怨地照料生病的母亲，随着母亲病势的反复，父亲身心煎熬、心情起伏，一切都化作眼底挥之不去的沧桑和忧郁，父亲背驼了，寡言少语，头发白了大半。

　　在北京的那天，逢我生日，父亲执意要和我一起去饭馆庆祝，病床上的母亲也一再催我们快去。我们料理母亲吃完饭，换好了药水，掐着时间，匆忙地赶往医院周边的小店。

　　拉着父亲的手，走上过街天桥，父亲突然踟蹰地对我说："女子，我是不是老得厉害？"

　　见我诧异，父亲解释："刚才一个病友的家属张嘴就说，那个老汉……"我抬头打量父亲，眼前的人有点儿赧然，两颊瘦得凹陷下去，似乎突然放大了的脸皱纹纵横，人不知怎么回事却变小了，我的心一揪，嘴里支吾着："别听人瞎说，那人准是看走眼了。"父亲紧一紧我的手，深深叹了一口气："唉，我自己知道，老了，老了！"

　　理发师解开罩衫，抖擞抖擞，拿毛巾扑一扑父亲的脖颈，父亲慌忙站起来，用手理着衣领，理发师说洗洗，耳背的父亲听不清楚，环顾四周，一脸茫然地笑，一副不知所措的样子。

我指指洗头的躺椅，大声跟他喊："爸，你过那边躺下，再洗一遍头。"

父亲躺下的时候笑着说："不用洗了，我觉着这就行了。"

洗完头的父亲，急着掏腰包，嘴里连连地说："我这儿有钱。"

我按住他的手，跟他说："爸，钱我有。你跟妈先回，我还得一会儿。"

我知道，依着他俩的性情，如果我不先下手，一会儿肯定会为了付钱和我拉扯推让。我索性再补上一句："人家这地方小，你们要都待在这儿，再来理发的人就没有地方了，会影响人家生意。你和妈先回，先回，好吧？"这理由切中要害，二老顺从答应。

轮到我洗头发的时候，剪发的男人问："刚才的是你父母？"我回："是啊。"

母亲的话，这时又在耳边响起："一年一年，忙着忙着，娃大了，人老了。人都是这样过。"

我的眼前，叠加着母亲、父亲依稀青春的面容和微笑，还有他们刚刚相扶离去的背影。

温热的水，慢慢地流下来。

（2012 年）

归乡深处

一

正月初八，用时两小时，飞机从西安的晴空落入青岛的飘雪之夜。

我是个后知后觉的人，突逢飘洒的雪花，诸般滋味方才悠悠涌上心头。心绪纷飞如昏黄街灯下的雪片，一种氤氲的情怀如车窗外濡湿的夜，扑面而来。

我看见焦躁的自己——归家至离家的短短几日——被一团暴戾之气裹挟，像只点捻的爆竹"咝咝"着，随时准备爆裂开去。

爸妈欢天喜地地围着我们转，像懵懂的小儿。遇到我眉眼变色，实在无法佯装了，他们就自个儿去忙活，口里解嘲道："叫吃还把人吃泼烦了，买东西人嫌买多了……"

头一句说的是每顿吃饭，二老巴不得端上所有吃食，威逼利诱我们吃个底朝天。"再吃点儿""多吃点儿"是春节期间的家庭热语，顿顿海吃海喝，还是被这热语说得无处可逃。

爱人尿酸过高，遵医嘱要节制饮食，控制体重，结果在家七日，为讨老人欢喜，来者不拒，频频吃到扶墙而归，体重暴增十斤。遇我出言劝解，便被二老轮番轰炸，直奚落咋能不让吃饱。这样的时候多了，由不得急躁，二老就还我这话——叫吃还把人吃泼烦了。

"买东西人嫌买多了。"这是爸自嘲的话。归期在即，我和爱人已经买好了礼品，爸妈没吱声跑出去一上午，回来拎了一堆特产。爸脚疼，一瘸一拐；妈身体不好，素来不利索，看架势定是舍近求远跑去别处置办的。这大包、小包的，又不舍得打车，真不知道他们怎么弄回来的。特产无外乎商场专区包装精美的惯常玩意儿，价格不含糊，吃起来味同嚼蜡。

想到平素节俭的两人砸钱置办这东西，两个蹒跚身影提抱拖拿往家走的影像止不住往我脑子里钻，心疼、内疚、气恼，凡此种种，纠结一处，冲口而出的话却听着噎人。

妈默然退回里屋，爸躲去了厨房，遥遥地听到那句自嘲的话。

爱人说我："亲爱的，不要急，咱们尽量带上，不在东西，你要看到东西背后的心意。"

我这个忤逆的女儿，烦躁着路途累赘，心疼着爸妈花钱受罪，也用着精明的消费观去算计他们的举止。可是，那么俭朴的两人，不吝去买这些东西，这份心意多么珍贵。

也慢慢看清徘徊心头不去的焦躁是来自内心的矛盾和不定。探家，人归了，心不定，心境便也缥缈彷徨，于是，处处不顺心，事事吹毛求疵。

临别时，爸妈一如既往非送我上出租。左拉右牵出门，爸紧握我的手说："又要走了，老觉得还没住呢，就要走了。"

"你们忙完家事，就过青岛来住。"

爸笑着说："看情况。"笑容忽起倏落，恍如灰色枝丫间惊起的一阵风。想起前不久还在饭桌上为琐事和他争得彼此面有愠色，此刻，我多么想念那副生动而有力的愠怒神情啊！

离别的时刻，总是定格成车窗外两个渐行渐远的默然的身影。各自扬起一只手，挥别，再挥别，终于，成了存进记忆里的黑白剪影。

似乎匆匆，太匆匆，那微笑如纷飞的雪花，总也捉不住。

似乎逃也似的冲出别离，才发现，别离已经洇染成记忆的底色，总也忘不掉。

二

在西安期间，我们接外婆来小聚。

推杯换盏，闲话家常，其乐融融。菜肴就要吃完，妈殷勤下厨，给我们切咸菜下粥。碟子端上，里头卧着切成细丝的黑色咸菜，尝一口，鲜嫩爽口。

外婆突然说："你妈到哪儿去了？"

才发现，妈端上菜就没有了人影儿。

扬声招呼，阳台上弱弱应声。再等，还是不见其人。

"还没来，听着声音隐隐的，咋光应声不见人？"外婆声音里多了一丝不安。

我去找，撞见妈惊慌转身，左手握拳，攥紧的食指把纸巾浸成红色，白亮的瓷砖上血渍一片。

"咋啦？！"

"小声点儿。"妈快速扫一眼客厅方向，其实隔着卧室，根本看不到。

妈动过心脏手术，长期服抗凝药，一旦出血很难凝血。端菜至今，半个多小时，血仍止不住。拉她去清理，经过客厅，她还想着小心掩饰。爸眼尖，想制止都来不及，耳听着他扬声道："咋啦？把手切了不是！"

行藏败露，妈赶紧瞅眼外婆，堆一脸的笑："没事，妈，没事！”

之后，带妈去医院，爸明明被劝退留在家里陪外婆，刚拦上出租，就见老头从大门里往街边来。七八百米的距离，出租车司机等得不耐烦，不停催促。眼瞅他还在远处踱步，我急了，一边挥手，一边吆喝：“爸爸，快点儿！”

爸面无表情，板着脸，似乎还是一步一步地走来。近了，猛见一瘸一拐的腿，半边身子赶着往前冲，另半边总是慢了半拍。我以为是面无表情，分明是绷紧了神经，一门心思想着快点儿，再快点儿。我猛醒悟，想起爸打去年受腰椎间盘突出影响而疼痛的腿脚。

一辈子火暴脾气的爸爸，凡事奔在前头，最怕让人等他。去年春节回家，爱人和舅舅喝酒，喝到酩酊大醉，好不容易拦辆出租，爸生怕人家拒载，急着帮我和弟弟把醉汉架至后座，连腾座给他上车的时间也不耽搁，火急火燎从外关了门，连连扬手：“先走先走。”

这样急性子的人，如今看到车门洞开，一干人等他的场景，心内不定怎样煎熬，而我，竟没心没肺地火上浇油！

急什么呢！不过是陌路的出租多等一会儿。外人的催促，惊扰了我的虚荣心吧。我的吆喝，其实是一种变相转嫁，把急躁兜头泼向爸爸，潜意识里似乎以此缓解了等待的压力。

多自私啊！口口声声孝敬父母，却对爸爸伤痛的腿脚转瞬即忘，对妈妈反常的举止迟钝木然。

为什么总要慢慢地，慢慢地，才体会到奔涌而出的难过、疼痛和恐惧？

为什么所有这埋藏内心的情感，随着时光的流逝，总会一点一滴慢慢退潮，仿若遗忘？

为什么愚痴的我，总在说出做出一些遗恨自疚的言谈事情后，再用长长的时间苏醒、发现、找回、遗失……

三

妈可算逮住了劳力，组织我和爱人、弟弟，推着外婆，从住处至大雁塔广场，推去又推回，路途两个多小时。

本打算把外婆接至家中的，走到红绿灯口，妈念叨阳光好，我们提议就近转转。

途中日头回落，怕外婆着凉，衣服、围巾、手套，一样样脱了给她，连连追问："冷不冷？"外婆都回："不冷。"

到广场，外婆才笑说脚早冻木了，她以为十分钟就到，穿了双单鞋，不承想转这么远。

舅生意忙，妗子在老家，一双儿女还在苦读，每逢冬日，舅把外婆送到西安过冬。舅的想法是，这边条件好，有暖气，和我爸妈家一街之隔，步行十余分钟，互相有照应。

外婆曾中风，留下后遗症，一条腿不便，一只手僵硬，从此离不开拐棍。这几年，严重的腰椎间盘突出使另一条腿受了牵连，也日渐不便。妈把她住院时的轮椅给了外婆，老人外出走路，需人推着。

三姨女儿放寒假回来小住，一家三口饭后出去遛弯，外婆行动不便，又生性不愿给人添麻烦，就自己在家待着。

我们去看她时，她一人在家。

久违的外婆似乎变小了，身躯比记忆中更瘦小，一手挂着拐棍，颤颤巍巍地迎向我们。稀疏的灰白头发，柔软如婴儿的发；衣衫依旧朴素、齐整；脸上的笑，依然沉静、热烈。是了，是亲爱的外婆。

外婆把我让进沙发，自己坐在高出座位的硬木扶手上，见我要让座，跟我解释："你坐，我坐这儿美，硬硬的，腰好受。"

我们这样比肩坐着。我和她闲聊，侧头看去，正看见外婆流转的眼波，黯然，神伤，出神，朗笑，便忍不住伸手去搂她的肩，摩挲她的背，抚摸她软软的发，心仿佛被什么填得满满的，随她一起无奈，怅惘，开心。

"今儿早起，我就一直坐在那儿，没动，直到给你们开门。"瞅着窗外，外婆的目光有点儿飘忽，神情说不出的落寞。窗外，是这座城市被建筑物切割的灰白的天。

她口中的"那儿"，是卧室正对落地窗的一把藤椅。阳光流泻，棕色的椅子似乎氤氲着暖意。

写下这些文字的我，怎么也记不起更具象的景观，那个目光和神情，充满了那个午后的回忆，还在不停放大，直到湿了眼睛。

临行前一晚，我去告别。坐在老位置，我拉着外婆的手，把这亲爱的手摩挲了一次又一次。

外婆和我两掌相抵："我娃的手指细长，不像婆，就是扛镢头、锨把的。"

又说："完了，这身子完了，腰软得抬不起身子，你妈给买了护腰箍住身子，里头有钢板，戴时间长了，又磨后背，咋样都疼。腿也完了，两腿都越来越硬了。"掀起后襟，背上有结痂的疤。

刚强一辈子的外婆，轻易不跟人服软，即便现在，也只是"承认疼"，而不"喊疼"。

我不觉去摩挲这背，不知怎样才能减轻煎熬着她的疼痛，只在心里一遍遍地说："不疼，不疼。"

随后她说漏了嘴，我才知道，就是我拿手摩挲她的背时，也锥扎样地疼。

妈悄悄说，外婆今年总念叨，八十四岁是个坎儿，觉得自个儿过不去，不由得想起老人那句轻易不出口的"想你哩"。

四

2012 年 1 月 23 日，正月初一，返家前一天。

直达的票订不到，需要曲线回家，从青岛坐动车至济南，由济南飞西安。

算计到匆匆几日，路途周折，耗资不菲，慢慢心犯嘀咕："为什么不岔开春运高峰择日出行？"挤这热闹实乃劳民伤财的不智之举。

当时正好涂完一本日记，信手翻来，看到 2011 年 11 月 23 日的一段文字。那日是外婆八十三岁生日，我忙自己的事没有回家，电话那头人声盈耳，一干亲戚聚至西安舅舅家贺寿，妈把手机递给外婆，那个亲切的声音说："静静啊，婆好着哩，就是想你哩。"

外婆五十岁守寡，拉扯着六个儿女长大成人。在妈、姨、舅的口里，外婆是有名的严母，刚强大气，情感含蓄。我是外孙辈里的老大，外婆带我到三岁，离家读大学前，三天两头吃住在外婆家，犹记得孩提时代淘气时落下的板子。这是第一次见她如此直白地表达想念，听来却亲切入骨。

这一句柔软的话潮红了我的眼眶："婆，你好好保重身体，忙完这阵我就回去看你。"

那头爽朗地回应："好嘞，婆等着。"

作为晚辈，我是多么健忘啊。这个承诺的日记中写着："人，确实需要常回头望望，会捡拾许多珍贵的东西。常回来看看这个家，也包括内在的自己。"

这个承诺给我一记当头棒喝，让当时的烦乱变得心神俱宁。

五

我想，世间父母之于儿女，儿女之于父母，许是冥冥中上天的召唤，一条通往灵魂深处的归乡之旅。

妈伤手的前一天，我帮弟弟倒腾房间被窗扣弄破了手。爱人急忙拉我清理，我跟他使眼色："别嚷嚷，小心妈听见。"隐瞒成功，免去了妈的慌乱，使我释然欣悦。

回青岛前跟外婆告别，跟她讲进单位时军训的逸事，侧脸看她笑得灿烂，竟看痴了："婆，你要好好保重身体，我得空就回来看你。"

"好嘞。婆没事，不要担心。"外婆哈哈地笑，那个笑容沉静又热烈，是我熟悉的亲爱的外婆。

我的心忽地热起来，一直以来，我总是从这里获得温暖和力量，再一路前行。

（2012 年）

哭泣的孩子

终于，车从暮色四合驶入霓虹闪烁的夜。话题，也由天黑早晚与经度纬度的关系，变成鸡兔同笼根据腿的多少推算数量的激辩。

我往车窗外张望，一街两行，灯火通明，恍然暗夜行舟。玻璃上光影叠加，虚实明暗两重世界。

这是出差的第二天，结束了一天行程，找止赶往宾馆。

"给了那么多提示，你倒算算，到底几只兔子、几只鸡？"同事在后排拍拍我，我窝在座位里，敷衍地打了个哈哈。

似乎异乡、光影、冬夜、人群，总会唤醒漂泊的感觉，让心境弥漫着萧索、疏离和孤寂。

"你们说咋个简单法？""嗤，这就简单得不能再简单了，还要怎么简单！""父母都死了，那就最简单了……""呜呜……"

毫无防备地，妈的声音从虚空中跳出来。

那是出差前一晚，我给妈打电话商量弟弟的婚事。妈在她家族里排行老大，我和弟弟是表弟妹这一辈里的老大、老二，我们姐弟俩的个人问题一直特别不让爸妈省心。

一个，两个，眼见着比我们小的表弟、表妹们陆续带男女朋友回家了，恋爱了，双方父母见面了，结婚了，怀孕了，生子了，一次次家族聚会，穿梭身旁的队伍越来越庞大，而我们这不成器的老大、老二，分明成了定海神针，还是光棍两个。面对父母亲戚们的催促，我们总说不急，逼紧了，理直气壮地说一番凭啥非得了为了结婚而结婚的"反动"言论，嘴皮子耍得令长辈们瞠目。

大约也因为我和弟弟的执拗和坚持不就范，使得好强的父母在熟人满街的县城里，在家族聚会的闲话家常间落后了人生。

单身的时候，我最怵妈说："你××表妹都生娃了！""你×姨都当婆了。我这身体，不知还能活着把你们交代了不？"

我这忤逆的女儿怎么才能跟父母掰扯清楚，情感上的事情并不是为着给谁一个交代，哪怕是尊如双亲的他们。于是，只有逃离。

我逃掉了，在异地他乡，父母毕竟鞭长莫及。老弟就惨了，父母的羽翼遮护着，拼全力要找一个天下无双的儿媳妇。

前几年，我这老大总算在表妹孩子满地跑时告别了单身。妈一方面如释重负地阿弥陀佛，另一方面，闷闷不乐总觉天下第一的女儿屈尊下嫁，而究竟怎样的女婿能够让她百分之百地满意，大约她也是不知道的。

成亲的时候，我原本是想着省掉婚礼仪式直接旅行结婚，后来顾及双方父母的感受和人情世故，为着皆大欢喜，举行了所谓简化的婚礼程序，不承想各有委屈无限。

最近，弟弟好事将近。与妈谈崩的那日，弟弟跟我诉苦，说婚礼想简办，妈口中应承，实际则照例老一套，担心双方家庭因之心生嫌隙。

我想，大抵是妈对儿媳不满意，眼看拦是拦不住了，这琐琐碎碎的仪式就成了抗议的表达。我本意是当个和事佬，不承想，一谈之下反而引火烧身，牵动了旧日的委屈，突然生气的妈冲还在说理的我一迭连声地逼问：“你们说咋个简单法？你当时就够简单了，亲戚中我就够丢人了。”

妈突如其来的锋利话语让我措手不及，我只能对着电话那头怒火中烧、呜呜痛哭的她抛出一句：“你怎么不讲理啊？”然后落荒而逃。

挂了电话，我觉得心慌，不由得打给爸爸。闹出的动静早惊动了爸爸，他说：“你这娃，你妈快气死过去了，你都说了啥？”

听我简单说了原委，爸说：“我也知道你妈很多事做得不合适，但她身体不好，她说啥就是啥，你惹她做啥吗？现在，你先不要跟她说话，过一两天气消了再打。”

耳听得话筒里隐隐的抽噎声，潮水样弥漫。

“可是，爸爸，这么多年，一直这样，大家哄着她，顺着她，不跟病人较真。尤其弟弟，人生大事都可以等待你们，尤其妈妈满心欢喜地接受。你们不是希望儿女幸福吗？你们知道一段感情从含

233

苞绽放到疲惫收场，多么煎熬，多么艰难。如今这'孝而顺'的傻孩子，终于鼓起勇气要迈出成长的一步，放手，祝福，让他做他的选择，承担他该担的责任，这是成长必经的过程啊。"我在心里说。

出差两日，硬不去想。念头闪动，逼自己不去想病人嘴里扎心的话。于是，忍住。

出差的途中，不知怎的，一不小心，就这么浮现了出来。

奇怪的是，明明同样的话，话锋不复凌厉，歇斯底里的中心，反倒给我看出她那么伤心、委屈。我看到那个丢了家长硬壳的她，捧出一颗豁出自尊的心，不管不顾地痛、哭、闹。

眼前慢慢地浮现她的样子，把自个儿逼到绝路，委屈无理得像个孩子。

那是2004年，她做完心脏换瓣膜手术，下手术台之后在ICU里昏迷了四天三夜。当我们终于在病房看见她时，她已经瘦得脱形，脸干瘪得像胡桃，给她喂食时，贪婪得像个婴孩。

大夫一再叮嘱那几天控制水量、食量，超量会要命。

她饿、渴，却不得为之，因为女儿像个巫婆克扣着，算计着，不给她吃，不给她喝。于是，每日里为了吃喝战斗，我硬起心肠跟她拉锯，她眼中的光，真恨。

其间，来探病的四姨替换我，让我出去办事半天。等我回去，就赶上她在抢救，大夫铁青着脸呵斥我们："你们这些家属怎么回事！不是说了不能多吃多喝吗？你们当是玩吗？！"受了惊吓的四姨讷讷地说："是她要的，感觉也没给多少啊，吃喝咋能吃出人命嘛。"

抢救的当口，我觉得天塌地陷，脑中一片空白，只想要她活、她在。那次她活过来，我们谁都没有再提这事。

"父母都死了，那就最简单了……"她带着哭腔进出的话，当日怎么会被听成愤怒和斥责？她是寄希望于从女儿这里获得安慰和支持，无奈使尽浑身解数不被理解，索性诅咒自己，气坏身体吧？

使出了身心的撒手锏，该得有多么委屈和愤恨啊！然而，全然地抛出自己，赌的只是一个在乎，这，又是多么无力啊！

我的心，忽然很疼，一股潮热酸了鼻子，湿了眼眶。

异乡，光影，冬夜，人群，今世这一个漂泊的生命，总在想起故乡的那一双父母时，生出有根的感觉。

怎么可能生气呢？怎么可能不想不顾呢？这个女人，她是我的妈妈啊！

"妈，还生我的气吗？"

"当妈的生孩子的气，哪能太久啊，不气了。"

我在宾馆的院里溜达着，在电话里和她互相检讨。

院子一侧的榕树，正亭亭如盖。

（2012 年 11 月）

姥　　姥

7 月 25 日，下班前接到爱人电话，提醒我今天是姥姥的生日。

青岛这地儿管妈妈的妈妈叫姥姥，也就是我们洛南人嘴里的外婆。嫁给青岛人做媳妇，入乡随俗，也跟着爱人一块儿喊姥姥。

从开始的不习惯到现在的脱口而出，这个姥姥却是从来不应声的，就是眼神的交流也是极稀罕的。

认识爱人的时候，姥姥已经中风了，坐在扶手椅里，脑袋总是耷拉着，眼睛要睁不睁的，把她的儿女孙辈以及世界，关在了门外。

姥姥一辈子生养了六个孩子，两男四女，婆婆排行老二。姥爷前两年中风，儿女们轮流照顾。姥爷去世不久，姥姥不小心摔了一跤，之后中风，坐在轮椅上再也没有站起来，精气神儿也一天不如一天，先还能识人，含糊支吾几个字，后来慢慢人也认不清了，话也不会说了，发展到现在，甚至饥饱也没有数了。自老人生病起，婆婆兄弟姊妹就轮班照料，一晃几年过去，渐渐成了一种生活方式。

第一次见面的情景记不清了。想来也和如今每次探望差不多。总归是姨舅妗子姨父们热情的寒暄和夸张的惊喜，少不了簇拥着我和爱人到姥姥跟前，提高嗓门儿跟老太太吆喝："妈，外孙和外孙媳妇来看你了，你高兴吧！"我便礼貌地叫姥姥，没人期待姥姥真的会应声，马上就有人善意地接过话茬，说些姥姥一定很高兴之类的话，随后我被让着坐下，时光在家长里短中飞逝。

一眨眼，这外孙媳妇当了好几年了。于我，姥姥是逢年过节某个情境中脱口而出的两个音节、这座城市一隅某个灰色而模糊的剪影、喧嚣的生活中某个安静而清冷的背景。每次面对老人，那与世隔绝的姿态让人无法触碰，也常会涌起莫名的尴尬和突如其来的忧伤。外面是瞬息万变的世界，这间屋子以及这个灰白头发的老人仿佛遗失在时间的夹缝中。从那一个时空看着这一个，对于彼此，只好是陌生人。于是，每次，匆匆相聚，离开时总有种逃之夭夭的如释重负感。

这次和爱人赶到姥姥家，果然又是一大家人。儿女辈到齐了，孙辈有人来不了，两岁的重孙女躲在她妈妈背后，不肯示人。屋子不大，这会儿挤得满满的，手脚放哪里都觉得占地、碍事。老式空调挂机嗡嗡着，架不住蒸腾的热气、人气。

饭吃到一半，大家纷纷起身招呼，逼仄的客厅里突兀地拔起一片人的森林。谦让一番，落座继续。姥姥待在最里面，斜倚在椅子里，低垂着脑袋，衣领里别着块手帕，对四周的动静置若罔闻。

好不容易等到饭局将尽，我和爱人一边一个凑到姥姥身边。手帕上满是涎水，口角还在缓慢地淌着。我不时凑近，轻轻地帮她擦拭，却总也擦不净。我也不清楚自己今天特意多待了一个多小时，一反常态地招呼爱人奋力凑上前来所为何来。

也许，推杯换盏、人影幢幢之下，这个黯淡的身影，是种沉默的背景，让心有些微微的刺痛。我不知道，在她的意识里，我们，尤其是我这个后来之人是否存在？不过，那不重要了吧，今天是她的生日，我们专程来看望她，与她静静地坐一坐，跟她认真地说会儿话，或者只是握住她的手，也是好的吧。

我们各自握住姥姥的一只手，手半蜷，僵着，不伸直，也不抓握。我低头端详，这手微微皱着，皮肤却是有点儿白，有点儿软，不像一个八十七岁老人的手。我不自觉地轻轻摩挲，手抖了抖，似乎迟疑地紧了紧。

我把爱人拉到她面前，大声问："姥姥，这是谁？好好想想。""鑫鑫。"她的嗓子呜呜有声，嘴巴极缓地翕动，是的，她说"鑫鑫"！那是爱人的小名。不知怎的，这个记忆里一直模糊的剪影，此刻徐徐地涂上了颜色。我索性蹲到她膝前："姥姥，你认识我吗？不记得这人是吧？认识声音对吧？姥姥，我叫静静，认识了吧，静静。"

那一直半眯的眼睛，那低垂的、浮肿的眼睑，不易察觉地抬了抬，眼周的纹路仿若和风拂过水面，极轻极软地漾开了。伺候姥姥最久的婆婆惊叫："快看，妈笑了！看妈乐的！"大家被吸引了注意力，都往这边看，"真的啊，见到外孙和外孙媳妇了，看老太太高兴的!"

我不由得摸了摸姥姥花白的头发,抓紧她的手,不知怎的,在一室的欢声笑语中,我深深地低下脑袋,眼睛偷偷地潮了。

(2012 年)

生日快乐

一

"生日快乐。"

这四字短信让我愣神半天。

"收到!是自己发的吗?"我回复。

足足两小时后几个字回复:"是的。我发 uu 的。"

没有标点,没有断句,还夹杂着手误。

发短信的是父亲。

之所以有上面的对话,是因为父亲自今年三月突发脑出血,做开颅手术后,便与手机绝缘了。

出院伊始,他频频抱怨原先的手机开不了机,接不成电话,发不了短信。我们一看,手机好好的,就给他解释,教他使用,他不信也不听,一口咬定手机坏了,每天"重新发现"一遍"手机坏了"的事实,惊乍地突然念叨:"哎呀,女子,坏了坏了,我的手机咋坏了?"

父亲的怪异举止越来越多，似乎变成了三岁顽童。他不明白在女儿家住得好好的，怎么一夜之间世界颠覆了？亲近的家人对他使出浑身解数表达抗议要求出院的请求置之不理。好不容易出院了，却被困在一间陌生的房子里，哪儿也去不了（为着复查方便，也因为回我家要爬五楼，我们在医院附近租了一户一楼的带小院的房子）。父亲的记忆自动删减了脑出血至治疗期间最痛苦的日子，出院之后很久，经过我们反复叙说，他摸着右后脑勺倒"U"形的缝线，才相信自己"原来做了那么大的一个手术"。

伤疤在慢慢复原，剃光的头发很快又恢复成茂密的板寸，父亲睡觉时也不再喊后脑勺里垫的钢板硌人了，但世界却不复从前了。

二

随着 80 毫升血块和一截畸形血管的取出，父亲的身心遭受了毁灭性的重创，短暂的失忆，谵妄，肢体不听使唤，视力衰退，尤其左眼接近失明。父亲开始变得暴戾、抑郁、绝望……

那是记忆中不堪回首的日子。彼时我刚刚测知怀孕的消息，惊喜还未落地，还没有来得及把消息告诉父亲，隔天他就脑出血进了手术室。母亲 2004 年做的心脏手术，这么些年时好时坏，受不得惊吓和劳顿，我们一方面担心她旧病复发有个闪失，忙不迭地安顿抚慰；另一方面，还要往返医院轮班陪护，加之早孕期间生理、心理上的一系列不适，我真觉得身心俱疲，时空仿佛凝固了，我们像一只在风雨里飘摇的小舟，在漩涡中沉下去，沉下去。

父亲总在租屋中团团转，惊慌急躁地大喊："这啥鬼地方？门在哪儿，门在哪儿？我咋找不到门呢？"视野盲区和两眼视差，让他走路时一个劲儿地往右挤，往右拐，他还没有养成扭头用右眼看左边的习惯，于是就眼睁睁地往杵着的东西上撞。出了屋门，在小院里溜达，一圈一圈，怎么也找不到单元房的门。

一开始，他固执地怪罪着手机、房子、小院、医院，乃至青岛的路，怪这些东西与他作对，使他不便，给他罪受。等到终于意识到是自己身体"坏了"时，父亲一改手术后滔滔不绝的唠叨不停，慢慢沉默下来，人变得越发躁郁、偏执和自闭。

父母回陕西后，我往家里打电话询问近况，接电话的总是母亲，大约手脑协调受了影响，加之耳聋更甚，父亲又坚决不戴我们给买的助听器，别说主动打电话、发短信，就是接听电话也成问题。常常是我在这头使出吃奶的力气大声吆喝，那头嗫嚅着说："你说啥？我听不清，等着，叫你妈给我转达一下。"

再后来，我觉出他一接电话就慌张，自顾自地赶紧"汇报"近况，急着填补那看不见的虚空，之后管不得我这边啥反应（更多的可能是听不见），父亲总逃也似的把电话扔给妈。

"哈哈，很开心！这就是很好的生日礼物了。"我回复，费力克制住"你要继续努力多多练习"之类的话。

<h2 style="text-align:center">三</h2>

怕吓着他、给他压力，上次逼他写信的事一直沉甸甸地压在心头。

那次，妈在电话里忧心忡忡，谈及复查时，父亲听医生说他术后两三个月恢复成这样已是万幸，基本上恢复了90%，精神便一落千丈，老是念叨完了，没希望了，也不大活动了，对人、对事很淡漠，没有任何兴趣，一整天窝在沙发上打盹儿、跑神儿。以前那么喜欢读书、下棋，如今连碰也不碰了。

我一听急了，术后康复最怕懒怠，肢体、脑子越不用越退步，很多老人就这么坐着、坐着，把自己与外界隔绝了。我一反常态，非要父亲接电话，在电话里穷尽威逼利诱之能事，让他兑现先前答应的给我写信的承诺。

我很怕，觉出他在慢慢松手，松开与我们、与这个世界的联结。我还有那么多话要和他说，我们还那么眷恋和爱着对方，我想要借着他以前喜欢的方式拽住他。

父亲迟缓的语音从电话里远远传来："行，过一阵写吧。"

"不行，爸爸，都过了多少阵儿了，回去前你就答应要写的，我马上就要看，写多写少都成，哪怕一行字也行，一收到来信，我就给你回，行不行？"

"啊呀，天太热了，家里就这么大，没地方写嘛。过一阵儿吧。"父亲寻找各种理由。

我躁了："热了开空调，地方我让妈和弟弟给你找，这总行了吧。总之，这周我要见你的信，要不然我不管了。"

那头迸出了哭腔："女子啊，你不敢逼我。我也想跟你好好谝一谝，但现在就是没法弄嘛，心里想的没法组织成语言。等一阵，等一阵，行不行，我要能写了，一定给你写啊。"

我再要软硬兼施，电话里传来一声叹息，成了自顾自地说话："哎，完了，眼睛看不清啦，耳朵听不见啦，完——蛋——啦，女子，叫我慢慢混吧。"

电话转到了妈手上："唉，静静，你要注意身子，别担心，咱再慢慢地想办法，说多了，你爸又急了，这不，上楼道里去了。"

我无语，拖着长音的"完蛋啦"三个字在心头重重地划着，划着。我想放声大哭，眼前仿佛浮现父亲在楼道里老泪纵横的样子，也想起在这个阴冷的春天，他恨恨地戳着拐杖嘟囔着："我不是累赘，我不是累赘，我是个有用的人……"

<h2 style="text-align:center">四</h2>

在青岛时，我们激父亲："你老嚷闹着要回华阳路，或是回西安，咱那边房子在五楼，你又不是不知道，从这边院子到街道有十四级台阶你都下不去，那边可是十个十四级台阶；再说，你现在又不能坐飞机，回西安得坐火车吧，车站里下低上高的，到时候人一多，你哪赶得及？是这，你好好锻炼，如果不用拐，你能自己上下这十四级台阶从院子到街道，咱就回家。"

父亲本来就是闲不住的人，加之这么诱人的目标摆在前头，那些日子，他硬是凭着惊人的毅力每天自觉锻炼，一有劲，挣扎着挂着拐四处走动。室内或午后洒满阳光的小院，总见他低头弓腰，迈着小步，一步一步，一圈一圈，一丝不苟地练习着走，瘦削的身影倔强而沉默，毛线帽翘起一角，跟着脚步一颠一颠的。

偶尔有灰心闹情绪的时候，我们就激他："你连院子都下不去，咋回去？不想回了，你就歇着。"他急了，绕着院子气急败坏地走，一步赶不得一步，将拐杖狠命戳地，"砰砰"有声，嘴里发狠嘟囔着什么。有一次，我凑近去听，他分明在说："我不是累赘，我不是累赘，我是有用的人，我是有用的人。"

再后来，天气暖和了，母亲带着他爬遍了周边坡势缓和的山。五月前后，两人就晒得黑炭似的。饭后聊天时，两人常并肩而坐，父亲黑瘦的手紧抓母亲的手，母亲主说，滔滔不绝地跟我们讲他们当天出行路上的奇遇，父亲偶尔大声插话，大多时候静静地笑着，盯紧我们，不时地侧脸瞅瞅母亲。虽然我们已经尽量喊话了，这样的谈话，大部分内容他还是听不见的。

等到再返西安时，父亲不用拐杖就能缓慢走路了。

父母和院里的邻居告别时，邻居们都说："老爷子恢复得真不错。刚来那会儿就是一个病恹恹的糟老头，现在，瞧，成了一老小伙！"

五

写信事件后，很久，再给家里打电话，我有意无意通过妈询问，不再硬要父亲接听，他亦从来没有主动要与我通话。

我也越来越觉察到他对于通话的畏难和惶恐。每次听他慌乱地自语："我好着哩，就这，叫你妈听电话啊。"我都仿佛看见一个不知所措的孩子站在空旷的静默里，没有帮扶，乱了方寸。

多少次午夜梦回，父亲急迫之下迸出的那些话语，那句拖着长声的"完蛋啦"，深深嵌进心里，呐喊着。我盯着暗夜，心里涌起巨大的空茫和悲伤。父亲，我们如此接近又如此遥远，我知道，你吓坏了，你在一个陌生的世界里四顾茫然，我们能怎样爱你？我们该怎样爱你啊？

如今，在我三十五岁生日的今天，在我状况层出不穷、忐忑不安的怀孕期间，在我即将成为一名母亲时，父亲久违的短信翩然而至："生日快乐。"

窗外，秋高气爽，湛蓝的海闪着温柔的光。

我倏忽明白，人生很多事急不得，很多路只能自己走。父亲和我，都在以自己的节奏慢慢地面对和成长。多点儿信心和耐心，坚持一下，再坚持一下，灰暗的日子终会过去。

（2013 年 9 月）

妈妈的魔法

用一个白天，把自个儿拉练得精疲力竭的熊孩子，终于倒头睡了。

鸡飞狗跳一整天的房间，陷入了宁静。

翻看微信，妈转发了张图片，中国红的底色上，白瓷盘里卧着一些白白胖胖的饺子，斜伸出的筷子上还夹着一个，已被咬了一口，缺口处正冒着热气。旁边写着：大年初五，破五，吃饺子。

炫目的红色、袅袅的热气，本该是极喜庆和热闹，不知怎的，却像暗夜里的火花，反衬出苍穹的深邃和邈远。

这个春节，因为疫情，本来订好机票大年初二带着老公、孩子回乡过年的我，此刻宅在小家里。

宅着，不聚会，不串门。日复一日，时间也便模糊。

看到妈的微信，恍然惊觉，已经大年初五了。

在故乡，初五送年。送年和迎年一样，要吃饺子。而且这饺子因了春节的加持，腹内藏宝，总会引诱着小孩子们比赛狂吃。于是吃饺子变成了一场探秘寻宝的游戏，变成了一场兄弟姐妹间的竞赛，变成了一种寄托着父母美好祝愿的祈福。

如此，还有一个水到渠成的作用，成为聪慧的母亲对付挑食孩子的法宝。于是，平日里挑三拣四、让大人追在屁股后面喂饭的小屁孩，不用扬鞭自奋蹄，吃着碗里的，看着盘里的，单为看摆在谁面前的宝贝多。包在饺子里的宝贝，最受欢迎的当数硬币，分一角或五角两种，用滚水煮了后包进饺子里，寓意"财源滚滚"。

当白白胖胖的饺子腾着热气被端上时，小孩子的我和弟弟早围桌坐好，引颈张望了。蘸料罐已经摆好，满满的一罐油泼辣子，油汪着，混合着芝麻、酱油、醋和蒜泥，看着就流口水。旁边放着一摞碟子、一把筷子。我和弟弟赶紧去挑喜欢的碟子，帮忙把筷子分到位。碟子用来蘸料，搪瓷的，大小相同、花色各异。我最喜欢的是一片白色中绽放几朵蓝色小花的那个，爱它那说不出的风韵。拿到手上了，舍不得立马就放调料，在它还没有面目狼藉之前，颠来倒去地端详一会儿，心里涌起一种难以名状的满足。

待全家到齐，蓝色小花就被红艳艳的辣椒蘸料淹没，只等一声令下，立即狼吞虎咽。这是全家人的比赛，游戏规则简单粗暴，谁吃到的硬币多算谁赢。于是，不光要往嘴里塞饺子，还要眼观六路，耳听八方，知己知彼，方能百战不殆。

其实，不用这么劳神，吃到的人常常很夸张，生怕别人不知道，故意先"哎呀"一声，等人看过去时，那嘴还保持着咬合的姿势，仿佛定住了，知道吸引了注意力，这才把手伸到嘴边，故意放慢动作，一点一点地把那硬币从牙齿咬合间拉出来。这还不足以炫耀胜利，必郑重放到面前，吆喝一句："钱！第×个！"那暂时还没收获的家人，不由得心慌，也有点儿不甘，悻悻的，好像打了败仗一样。闷声不出，继续埋头苦吃。逢到实在背运，硬是颗粒无收，而对手捷报频传，并且得意扬扬时，慢慢地就沉不住气了，脸上挂了颜色。爸妈察言观色，赶在这孩儿崩溃号啕前，出声安慰："没事没事，饺子很多，钱也多着呢，我帮你找，说不定下一个就是。"

饺子自然是绰绰有余的。纵然敞开了肚皮大快朵颐，总还是有盈余。小时候没冰箱，不管当顿吃不吃得了，都是会煮熟捞出来沥水，下顿吃时，锅里搭上箅子，坐上水，用火一馏，和新煮的尝不出有多大区别。

当然，为了包出够一大家人吃的饺子，爸妈必定一大早就要开始张罗，和面，饧面，剁肉，切菜，调馅，最后总要把馅儿在盆里高高地堆成小山，另一个盆里是笼布下的面团，约略压扁成椭圆状，笼布都要过水拧干，带着湿气盖在面团上，这样在包饺子的过程里，面团才不会干。到了包饺子的时候，妈一声令下，大家都来出力，然后边唠嗑，边忙活，眼看着妈掀开笼布，用刀切出一条面来，用手上下捏捏，然后横着放到案板上，上上下下地揉搓，搓成差不多粗细的圆条，一手轻按，一手拿刀切，再给切好的面团撒上面扑，一个个按压成小小的圆饼。还小的时候，这按压面团成圆饼的事，就是我和弟弟的任务。按完了，推给妈，眼看着擀面杖在妈手里飞舞，于是就旋出一张张圆圆的饺子皮。这饺子皮又被我们一张张传到爸手里，在爸手里变成肚子大大的饺子，在撒了面扑的簸箕上列队，等着排满一簸箕，由父母检阅后，奔赴汤锅。再然后，又一个个被塞进心急火燎、雀跃着寻宝的孩子们的口腹里。

如此红红火火、热闹喧腾的游戏大约持续到青春期。

似乎一夕间，突然就看穿了妈妈的"诡计"，自然不会再为小屁孩的好胜和荣光争先恐后地去填鸭。就是吃到钱，也只是浅浅地惊喜一下，那快乐，浮光掠影，一闪而逝。吃不到，也无所谓。反正饱了就要放下碗筷的。

再大些，我们直接做主，饺子里连硬币也不包了。曾经顶天立地，在我们面前忙前忙后的父母，默然应许，妈妈的魔法就这样慢慢地在年节里消失了。

当然，大年初一、初五还是要吃饺子的。照例一家人一起忙活，我擀皮，爸妈包饺子，老弟也来搭把手。边忙边聊，也没觉得少了些什么。只是到吃饺子的时候，忙活时热火朝天的我们，对于爸妈满怀热情端上来的饺子，总是胡乱扒拉几个，意兴阑珊，再怎么也吃不出曾经的欢声笑语和心情的跌宕起伏。

等到我当了妈妈，带着熊孩子回西安过年，原本吃饭挑三拣四的儿子，在听外婆说饺子里有宝贝时，眼睛都亮了。那顿饭，熊孩子把着碗，一个饺子赶不得一个地吃。边吃还边念叨："怎么还没有？""妈妈，你吃了几个？""妈妈，还是没有？"说着说着，就带了怨气。我赶紧回应："宝贝，别急，慢慢吃，你外婆包了好多钱呢。""就是，婆今年特意包了很多钱，我给你找。"妈接话，公然作弊，用公筷在一旁的饺子里翻找，嘴里还念叨着："刚才捞饺子时，我故意掂了掂，从锅底捞的。"她的意思，内容丰富的饺子分量重，应该沉在锅底。爸在一旁呵呵地笑。看着看着，我的心软软的，仿佛久违的妈妈的魔法又悄悄地苏醒了。

大年初一给妈打电话，跟她笑着数落年夜饭时熊孩子吃饺子的劣迹。

熊孩子吃饺子吃不出钱，眼见对面的爷爷已经吃出了一个，情急之下，非要跟爷爷换盘。鉴于他已经吃了不少，我怕他吃撑了，顺水推舟地接过了奶奶递过的牙签，然后这孩子公然用牙签在碗里轻轻刺探，兴高采烈地吃到了三个硬币，手舞足蹈地冲爷爷显摆。待还要继续，被我给拦住了。

妈在那头听得乐不可支，顺口感叹一句："过年就是过娃气儿哩。"娃气儿，是老家的方言，孩子气的意思。

闻言，心里一动。大抵年少轻狂时故作的老气横秋、成年里随着年龄增长渐渐的老成持重，都在不知不觉间消逝着童稚的好奇和小孩子的"给点儿阳光就灿烂"的本领。

都说年味儿越来越淡了。什么是年味儿呢？

大约就是这饺子里的意趣，是这曾经的孩童、成年的子女、两代的父母，在妈妈的魔法下，一遍又一遍出演、重温的新奇和童话。

不过，妈妈的魔法要成其为魔法，需要我们唤醒在内心冬眠的童心、爱心和信心。当它们被唤醒，在这个中国人的非常时期，在与千里之外老父母的电话拜年和各自的牵挂里，心才不会孤单。

我相信阳光总要倾城，春会暖，花会开，一切都会好起来。

（2020 年 1 月）

那里，故事生长

照片、房子和蝉蜕

朋友问我要张"年轻时候"的照片，说是用来画油画。我愤愤地问啥叫"年轻时候"，朋友说十八九岁吧。这么一说，时间感油然而生，再怎么不觉得自己老，也隔了二十年，也不由得恍若隔世。

这家伙管我要照片不是第一次，之前耍耍赖也就过去了。这回又旧话重提，正赶上周末，于是在电脑里翻找一下。

心里知道大抵是不会有收获的，二十岁还在读书，那会儿的照片毕业时都打包放老家了，能在电脑里找到的照片都是工作后的，属于某人眼里的"超龄照"，而且好多胶卷冲洗的照片，怕是随着搬家被放在老房子里束之高阁了。

想到老房子，心里一动，正好最近又在筹备搬家，细想起来，这打包搬家真是种隐喻，仿若河水流经一段又一段的河道，过去，现在，将来，已浑然一体，难以分割；也像告别与前行，交织往复，奔涌向前。这流变的轨迹，在物理空间上体现得最直观。这么多年，从象牙塔到社会，从故乡到异乡，从租住的地方到自己的房子，从一处往另一处，再到如今为着孩子上学再一次搬家。

房子住久了，再要搬走，仿佛生命的蝉蜕，过往的气息、痕迹，以及光阴，似乎都封存在蜕去的壳里。之前的房子在华阳路，人虽搬走了，还会时不时地回去转一转，翻找几本临时起意想读的书，扒拉几件突然想穿的旧衣，淘一干小玩具、小家什。

回去的时候，每每带上小家伙。小家伙到达目的地后一通翻腾，没少把玩腻的或者遗忘的玩具当作宝贝重新开发一遍，久而久之，跟着我们旧地重游，倒好像成了刺激无比的寻宝之旅。一听说要回华阳路的家，小家伙就两眼放光，屁颠屁颠地要跟着去。去的路上，津津有味地听我跟他讲发生在房子里的趣事。比如，怀孕的我怎么从凌晨一点见红后淡定地撑到早上六七点，其间按部就班地洗澡吃饭，收拾东西，之后在被刘先生送去医院的路上，自己掐表每隔三分钟一次宫缩；也跟他讲，自此我家有个夜哭郎，夜夜把为爹为娘折腾得兵荒马乱、人仰马翻；还告诉他，某个混世魔王怎么咿呀学语、蹒跚学步，怎么攀高爬低、拆卸破坏、大闹天宫。小家伙乐不可支，当成故事来听，笑得前仰后合。

和朋友聊天时，被问起来是不是还住在老地方，我笑说搬走好几年了，眼下为着孩子上学方便，一个半月后又得搬家。朋友问之前的房子卖了没，我说没卖；又问租出去了没，我说没有。

朋友随口说了句："租出去多好，还能减轻负担。房子要有人住，空久了就废了。"

本是无心之言，闻之却愣了一下。

还真是，搬走后房子一直空着，没有出租。但让我触动的倒不是租不租房本身，而是这话听起来如此熟悉，熟悉到让我从自己身上看到了父母的影子。

老房子、联结和故事

中学前，我们在父母单位的房子间频繁搬挪，受够了折腾的父母下定决心盖属于自己的房子。

用地是有的，施工盖房前一两年，爸抓紧他的耕作试验，在地里种土豆、种地瓜，还种过一些记不清的作物。

虽然多数情景模糊了，但无数个傍晚，兴致勃勃的爸爸带着我和弟弟到地头查看的光景还依稀记得。

爸爸沉浸于耕作的满足中，我和弟弟忘我地在田间地头追逐，直到妈妈跑来吆喝才回家。也还记得收地瓜的时候，我们被拽去搭手，爸爸在前头刨，我和弟弟在后头捡，捡到的随手放进篮里，然后一趟一趟地运到地畔，倒下去，眼看着地瓜慢慢堆成小山。到最后，爸爸拿蛇皮袋子装了去，借了邻人的架子车，拉回去后分给亲戚朋友、左邻右舍。

及至后来施工，自己耕作的乐趣才告一段落。我们隔三岔五地往工地跑，眼见着地面凹陷出大坑，钢筋水泥的丛林从深坑里一天天拔地而起，随着添砖加瓦，房子一点点显出面目。

有一个时期，爸爸差不多吃住都在工地，趁着送饭时，我们溜进施工现场去探险，没多久又慌忙跑出。在我们的眼中，钢筋水泥的蛮荒之地，多少透着些森然和危险。

等到整栋房盖起来，对于空着的房间，爸妈一方面心动于租出去可以补贴家用；另一方面，又觉得同一屋檐下，进进出出总有外人，有点儿别扭，所以很是纠结。

亲戚朋友们来献策："房子别空着，有娃花销大，租出去还能收点儿钱。""租的时候看着点儿，本来不是自己的房子，住得就不仔细，太邋遢的不敢要，要不然房子糟蹋得不像样，后头租都不好租。""就别想着租出去还能收回来自己住，肯定没法住啦，到时候再拾掇吧。"

如此几番，两人总算痛下决心往外出租了，这挑选租客又俨然成了下一个漫漫长路，那郑重和审慎，简直就是组织在政审干部，生怕遗漏了哪怕一个小小的污点。当时的我，对于他们的谨小慎微不以为然，如今才明白，这挑三拣四，大约是无意识地抗拒着把房子交给别人，能拖一时是一时吧。

我也突然看见一个被忽略多年的事实，就像如今我们为着孩子上学又一次搬家一样，当年家里盖房搬家，也正是为了我和弟弟上学方便。

我想，无论是当年的父母，还是如今的我们，倾注了心血的房子不只是房子，它见证着家庭的发展变化，从两口之家到添加成员，之后很长一段时间，仿佛草木葳蕤，蓬勃向上；然后，慢慢地，分离来了，还有生而为人的病痛磨难，以及生老病死。住得越久，房子与家越交融重合，而搬离了人的房子，就仿佛遗世独立，空气中充斥着浓浓的回忆。这正是多年后已为人母的我不知不觉中重复着父母的轨迹，虽然搬离却还是一任房子空着，并且总有理由隔三岔五带着小家伙回去的原因吧。

这么想来，如果把家庭的搬迁做上标记，一个点一个点地勾连起来，是不是恍若大河从过去奔流而来？每一次搬迁，都是生命的起承转合。我们，在循环往复中告别、前行，自觉不自觉地完成着自身的蜕变和成长。

老房子代表着一种联结，常回去看看，那种心理似乎是，纵然时光荏苒、世事变迁，走过了一程又一程，从一处迁往另一处，从一个你走向另一个你，生命的角色也由一生二、二生三，但每当你回头，总有一处还在。

那里，时光温柔。那里，故事生长。

而终究百川归海，一切入心。心在，家在。

（2020 年 5 月）

这就够了

一

"女子，我还有带过来的几件，这就够了。"她拦我，瞅着我的眼，认真地说。

不知怎的，这平常的话语，让我愣了一下。

彼时，我带着她和爸在服装市场买衣服。

左右不是的父亲在我的循循善诱下总算看好了一件外套。从他试穿无数均以"不美气"（陕西话，不得劲儿）拒买，到替他总结理想衣服的要点：

1. 衣长不要短过臀，但也不能太长。

2. 胸围相较他的体形大出两码（宽松且无束缚感，符合他所谓的美气）。

3. 颜色、式样中规中矩。

4. 价格越便宜越好（此点可略，反正我付钱，之后他也无可奈何）。

胖老板对于爸的挑剔不厌其烦，根据我的总结和修正，源源不断地翻出诸多款式耐心伺候。总算倔头巴脑的老爷子在穿上某件衣服后哑声，我这跟班的忙不迭地掏钱，生怕再反复，节外生枝。

待付完款后，胖老板还待一鼓作气把推销进行到底，我也意犹未尽，心想买它个彻底。正在我意志不坚时，妈出声阻拦。

"女子，这就够了嘛。"妈语声平静，听进心里，却似曾相识。

我愣怔，去看妈，老太太一脸慈祥，不知怎的，那声气却仿佛穿透过往。

我笑了笑，不再坚持，搀着她和爸，小心翼翼地出了店门。

二

在我的青春岁月里，长久地继承了爸妈的不修边幅。

直到上大学住集体宿舍时，我才知道，原来上床睡觉是要穿睡衣的，脱了外衣穿着秋衣秋裤就睡觉，是要被城里的舍友笑话的。也大约是在大学生涯将尽时，我才知道原来除了用清水抹把脸，最好要用个洗面奶，外加擦个护肤霜之类的。

可想而知，对于平日里的穿衣打扮，本姑娘那是既无心也无力。以至于大学前两年，春夏秋冬，每个季节仅有的两套衣服轮番上阵。某年冬天逮住了妈的一件藏蓝色皮质夹衣，庆幸着可以免于洗濯，从季初穿至季末，直穿到某个暗恋我的男孩子忍无可忍，在后来送给我的日记中写道："求求你，快换了那件让我快看吐的衣服吧。"

再往中学时代及以前追溯，于穿衣捯饬一事，本姑娘非但不喜好，反而避之唯恐不及。

犹记得过年有穿新衣的习俗，每年买新衣就是最头疼的事情。爸妈带着我和弟弟满县城转悠。我们对于试穿的衣服，都是爱搭不理，左右不是。爸妈被逼急了，问："到底要什么样的？"答曰："不知道。"最后还是乖乖就范，过年必得穿新衣，总得买一件上身才行。

很长一段时间，逛街买衣，甚至购物，对于我和弟弟，就是受罪的代名词。

三

至今还记得在穿衣上我的左右不是。

小学时，妈给我买过一件连衣裙，极淡的粉色，裁剪利落，没有太多修饰，唯一可算作修饰的大约就是腰部以上居中的一条线条。我对镜试穿，左看右看，那条线条仿佛眼中钉、肉中刺，必欲除之而后快。妈费尽口舌告诉我根本不碍事，奈何我就是油盐不进，拧巴着不穿。妈气急了，说："好好好，以后买衣服带着你，你说行再买。"

那件衣服妈留了很久，待到处置时又拿出来作为笑谈说与我听。

当时我已经上大学了，再去打量衣服，比想象中的小太多，那条如肉中刺的线条也突然变淡变轻，不值一提。擎着衣服，我惊诧于儿时的自己会为了这么一条压根儿可以忽略不计的线条如此拧巴。

四

大学的徐姓舍友，咸阳人，身高与我相仿，特别爱好捯饬。既有审美眼光，又是砍价的行家里手。

每见我不修边幅，她就一副恨铁不成钢的样子。闲暇里她拖我陪逛，不厌其烦地想要改造我。我虽还以陪逛为苦，但已不知不觉间受益于她的改造。直接证据就是大学的后两年，追求者不乏其人。

待到工作后，又逢一痴迷于穿衣之道的好友。于是久而久之，于穿衣搭配一事，从被动受苦改为逆来顺受、适应欣赏，慢慢地，竟也觉出其中之味，不亦乐乎了。

五

2020 年的国庆，父母来青岛小住一段时间。未见其人，先见行李，一大箱行李先从西安寄了来。我拆开来看，多是带给我们的礼物，最下面一层是几件换洗衣服。我觉得诧异，心说："不是说要多住一阵的吗？这点儿什物怎么过冬？"

果不其然，人来后，老妈眨巴着无辜的大眼嗫嚅着说："冬衣不够，哪里有卖的？网购不行，你爸娇嘴（陕西话，挑剔，难伺候），非要带着到店里去试不可，否则，买了不合心意也不穿的。"

于是，父母小住青岛的某个周末，轮到我带着他们去买衣服。

去的是之前我逛街时踩好的地点。这趟拖家带口的购物，考虑到小家伙肯定没有耐心陪逛，我和老公兵分两路。

我打发老公带了孩子去划船，我带着爸妈上服装市场采购。我寻思，如此折腾下来一趟，怎么着也得多买几件才够本。

市场入口处就是之前给刘先生买过衣服的男装店。我看中了几件衣服，招呼爸来试。爸缩在后头，招呼半天不上前。催得紧了，梗着脖子说："哎呀，我不要嘛。不试不试。"好说歹说，总算上身试了，不等拉上外套拉链，就急火火地往下剥："板着（陕西话，架着，太束缚），不美，不美（陕西话，不舒服）。"

我跟店主解释，胖店主不急不躁："没事，还有大的。"

"我爸就这样，真怪了，老年人穿衣服就是喜欢大，合身的老喊紧。"我说道。

再找一件上身。"哎呀，不要，不要。"爸拧巴着脱下。

"咋个不美法？"

"太短啦，前襟撅着。"

我深吸一口气："好，咱来总结下，你要的衣服：宽松一些，长度盖过屁股，颜色呢？"我耐下性子，循循善诱。

"黑的就行。"

"好，还有啥？一起说出来，好让人家找。"

"就这。"

胖店主带着我们走到通道对面他的又一间店里，又是一通猛找。我安抚着爸再试一试。

"行吗？"

爸爸左右摩挲，不出声。

我和胖店主对看一眼，松了口气。

六

还待趁热打铁多买几件以作备用，妈拦我，郑重地说："女子，这就够了嘛。"

这话在我心里起了回声。

我想起，在漫长的青春期里，无数次，我曾跟主动要给我买衣服的爸妈这样说过。

彼时，爸妈觉得，女孩子小时候懵懂不知爱美，照说长大了理应爱美，应该买几件像样的衣服。但是，自家女子不知咋的怪得很，爱搭不理甚至逆反严重。他们寻思大约是和我有代沟，一起去买衣服看不到一起去，于是主动说："给你钱，自己去买吧。"但是，我连钱也是不要的。例外大约是春节前的买新衣。我拿了钱，和弟弟结伴在县城里逛了又逛，总找不到那件理想中的新衣。

再后来，上大学伊始，我回家宣布，自己已经是大人了，小孩过节才要新衣，于是更加不买衣服了。

妈就说，你这娃真是怪。人家姑娘是缠着要钱买衣服，你是给钱还不要。

我记得，每逢这样的时候，我都笑着跟妈说："够穿，这就够了嘛。"

七

一晃眼，不知从啥时候起，衣橱里总是少了件衣服。

好不容易狠下心来断舍离，其结果是压抑后的大反弹。而且，对于所谓"断"掉的衣服，生出不少后悔之情。因为，扔了的那件，不复再有。

"这就够了"，好像遥远的过去吹来的一阵风，吹来了前尘往事，吹醒了曾经的自己。

在陪父母买衣服的过程中，我惊诧于自己的耐心，在一而再地试穿中，替母亲嘴里"娇嘴"的父亲抽象出他想要的衣服特点，综合起来替他瞄定他和妈怎么也找不到的那件"理想中的衣服"。

而在一次次试穿的互动中，我仿佛透过父亲与曾经的自己对话着。

那条孩童时期不堪忍受的线条，那些青春期懵懂的质朴，那些无所依傍、左右不是的时刻，其实，内中都是一颗不知所终的心。

我们以为的美是什么？

我们想要通过穿衣表达怎样的自己？

如果说，年少时的我迷失于一端，因为不知宁可别扭着，左右不是；那么，工作后的我迷失于另一端，想要尽可能地尝试，总觉得少一件。

如今，我的父母在多年后把我的话语还给我："这就够了嘛。"

可不是嘛，终究是"弱水三千，只取一瓢饮"。

（2021年1月）

沧桑岁月间，择一朵明媚

一、意气风发得像个少年

"部队一说走，驻军时置办的东西，像锅碗瓢盆、炊事用具等，全都撂下，还不知道下一站到哪儿去呀，反正被一竿子指派到船上，船沿长江走，开出一阵子，转了个弯，江面就'豁'地开阔了。"他在说"豁"时，语音拉长加重，双臂舒展开来，两眼放光，心驰神往，俨然看到了大河浩荡。

我呆了呆，想起近期梦里的他，萧瑟喑哑，衰老感潮水样上涨，发色眼看就要全白，皱纹、沟壑、斑块，清晰触目。

就在这一两年，衰老突然加快了脚步，让因为中风步履蹒跚、行动迟缓的他，更显老态。

此刻侃侃而谈年轻时从军经历的他，并不知道曾在我梦中引起了怎样的感伤。现实的围桌闲话中，他意气风发得像个少年。

中风至今的八年里，久违了这样的他，生动，有光。

久违了这样平凡的温暖，不动声色，温柔，有力。

他，是我的父亲。

二、跳下去再说

"女子，赶紧把我弄出去，这地方是贼窝子，这些人害人嘛……

"我不是要打人哩，是他们把我困住了，我就想赶紧逃出去。趁今儿腿上有劲，趔摸到窗门口，本来想喊救命的，一看外头没人，楼也不是很高，然后这些人就看见了，喊叫着跑来抓我，我就想不管了，跳下去再说……"

2013年初春，我在单位接到医院电话，通知我赶紧过去给父亲办出院，说再住下去怕出人命，医院担不起。

据说，父亲跑到二楼病房的窗口，趁护士不备要往下跳，多亏三五个护士、大夫拼命拦住。父亲在挣脱中打了值班大夫，还把人家的眼镜抓下来摔了。

我赶到病房，"始作俑者"躺在床上，头缠着绷带，手上打着点滴，身上插了尿管，一副奄奄一息的模样。这情状看着让人心酸，与传说中的生猛哪里能搭上半点儿关系。

我还没开口，他就抓住我的手一通诉苦。这一长串话，可让他费了不少力气。颅脑损伤下，语速比手术前慢了不止半拍，字与字之间拖连着，让听的人替他捏把汗。

本来，我被医院好一通训，忙不迭地跟大夫道歉赔钱，好说歹说总算没有被驱逐出院，我是憋了一肚子火，这下生生憋住，只能耐下性子，苦口婆心地给他讲道理，把自打从 ICU 转入病房至今的老生常谈再重复一遍："这是医院，那些人是大夫和护士。你在半夜上厕所时突然脑出血，被我们从家里送到医院，做了开颅手术，现在是在医院做康复治疗，你要好好配合大夫，才能早出院。"

他照例瞪着眼，一脸茫然，好不容易找回了语言："不对嘛，我明明好好的。"

"你摸摸头，是不是有绷带？你好好的，咋躺着起不来？"

"噢，噢，这样啊。"他哑声。过不多久，又说，"不是，那天来了个人，跟这些人鬼鬼祟祟地商量啥，说话时一个还跟另一个使眼色，怕我听着。我都看见了，来的人揣着钱哩，这些人就是要害我哩！女子，咱是不是让人威胁住了，你赶紧报警，把我弄出去！"

这故事我们听了很多遍，怎么跟他解释都不信，到最后连我们都成了坏人。他对我们失望了，遇到有同事探望，随手抓住救命稻草般，声情并茂地跟人喊："救命，救我……"

后来我们知道，中风后遗症除了实实在在的器质性病变（言语障碍、视力受损、行动受限）外，精神方面的损害也有不少，父亲表现出的失忆、被害妄想、躁郁、情感淡漠等，都是术后应激障碍的典型症状。

三、纠缠他的同一个梦

父亲还会反复给我们讲述纠缠他的同一个梦。

故事的地点、场景会变换，但故事的人物情节大同小异，都是他满世界地追赶行踪不定、一男一女两个孩子。孩子们一会儿跑到这个地方，一会儿跑去另一个地方，他就不停地追着孩子们跑。眼看就要追上了，一转眼又不见了。他急得不行，一着急，就醒了。

我和弟弟面面相觑，不知道如何安慰。

2001 年，大学毕业在即，初恋男友邀我一起出国读书，父母坚决反对。之后我考公务员到青岛，面试时父母陪着一起来，听到被录取的消息时，我欢呼雀跃，父亲却神情复杂，长叹出声。

即便我工作几年后，每次探亲，父母在言语间仍然隐隐存着我能否把工作调回西安的念想。再后来我和刘先生确定恋爱关系、谈婚论嫁，这样的念想才止息。每次回家探亲，父亲最常唠叨的两句话就是："时间太短了！咋还没住呢就走了？"于是，工作后探亲，对于我成了既心心念念又内疚疼痛的事。

现在，病痛用隐秘而又有力的方式，让一向沉默的父亲把内心最深的恐惧和盘托出。

记得父亲给我们说起过他的童年。他的母亲在他小时候病逝，爷爷是被伺候惯了的，不会做家务，加上工作忙，没人照顾他和妹妹的生活起居。他大约七岁时就给自己和妹妹做饭吃。个子小够不着灶台，搬个板凳站着，在大锅里做饭。他说的大锅，比现在大家常吃的东北灶台炖鱼饭店里的大铁锅还大还深。

时间长了不是办法，爷爷最后和单位商量把他托付给食堂，他放学后拿粮票自己去食堂吃饭。父亲说，他放学晚，到食堂时只有剩饭剩菜了，还都是凉的。食堂的人忙着下班，也不耐烦。父亲又说，也能理解，咱耽误人家下班了，有的吃就不错了。

爷爷后来续了弦，继母可能碍于身份不好管束，对父亲和姑姑是礼貌而冷淡的，没过多久，又有了自己的孩子，父亲觉得没有家的感觉，回去也待不住。

即便步入老境，父亲内心的某个地方始终是当年站在板凳上挥舞锅铲替自己和妹妹做饭果腹的孩子，是匆匆赶去食堂咽下一顿冷饭剩菜的被遗忘的孩子，是自从他的母亲去世后内心便无家可归的孤单的孩子。

也因此，童年的丧失让父亲终生都在寻求家的圆满，寻求家人在一起的安稳相守。如此可以理解为什么纵然我和弟弟已经成年，他仍然抗拒着不可避免的分离，直至中风后意识失守，最深的恐惧以梦的方式再次浮现。

梦里的意象淋漓尽致地展现了他对于被抛弃的撕心裂肺的恐惧，以及对于安全感和归属感的刻骨铭心的渴望。

四、熟悉的，消失了

手术后，曾经熟悉的父亲消失了。

随之而来的是一个骄纵任性、喜怒无常的孩童。

在当时，我们无比盼望着噩梦快点儿过去，让我们能够回到从前。只是此后在漫漫的康复路上，我们才明白，一切只是个开始。

曾经熟悉的世界分崩离析，时隔八年再去回望，这段时光是我们家庭每个人的人生分水岭。

父亲病倒之初，我刚怀孕，初为人母的喜悦还来不及体味，就此陷入诸多角色的交缠掣肘中，经历了很长一段疲惫不堪、灰暗惨淡的日子。2017 年，我辞职离开体制，开始新的职业生涯和生活方式。

父亲病倒之初，母亲哭着说天塌了。常年病痛缠身的母亲以前是全家关照的重点，一向是父亲事无巨细地照顾她的生活起居。父亲一病倒，母亲的世界彻底颠覆，此后八年的煎熬磨合，她和父亲角色互换，她成了父亲的天。

父亲病倒之初，还被全家当成孩子来宠的弟弟，结婚没多久，正要忙着装修新家，不承想他此后要经历婚变、工作波折，退去了维持多年的瘦弱学生模样，被生活折磨成一脸沧桑的中年人，直到近一两年才发展新的恋爱关系。

不由得想起父亲术后反复给我们讲述的梦，充满着分离的恐惧和对安全感的渴求，只是在现实的世界里，永不分离与绝对安全，是注定无法圆满的孩童的梦。

婆娑世界，众生皆苦。佛说：人有八苦，生苦，老苦，病苦，死苦，怨憎会苦，爱别离苦，求不得苦，五蕴炽盛苦。

假使父亲健康，随着我们成人独立，开枝散叶，依然是要走向各自的归宿。也许生活的轨迹会有不同版本，但究其根本没有质的区别，不过是平凡人生的潮涨潮落。

而无论哪一个版本，父亲以一己之力守护的那个四口之家，早已不复当初。

五、回来了，好

2020 年国庆假期，父亲和母亲先到东北去见弟弟的女友的家人，再来青岛我家住上一段。

此前为着孩子上学方便，我们搬到了学区附近。我把父母安置到原来的房子里。原来的房子在一楼，带个小院，买的时候就想一楼方便进出，院里还可以侍弄些花草蔬菜，而且小区绿化不错，有专门的步行道，中心广场上老头、老太太早晚扎堆，小朋友也多，周边买菜购物都很方便，要是父母来了长住一阵，兴许就能换换心境，欢喜一些。想归想，这个念想直到去年才实现。

不经意间，一晃眼父母在青岛已经住了半年。

　　不知何时起，刘小童一到周末就嚷嚷着要回外公、外婆家。于是，要他服从规则。否则，就惩罚他不准去外公、外婆家，成了我又一个撒手锏。

　　不知何时起，长久笼罩在我心头的对爸爸妈妈的牵挂、忧虑，随着每周的欢聚以及父母慢慢舒展的眉眼、安稳的神情得到了慰藉。

　　不知何时起，逢到周末有事，我就让刘先生一大早先送刘小童去外公、外婆家，我们晚些赶回去会合。

　　这样的时候，刘小童乐于没有了我们管束，尽情撒欢儿；外公、外婆乐于含饴弄孙，以享天伦之乐；而我和刘先生，也得以喘口气，暂时落个耳根清净。

　　这样的时候，竟有种好梦实现的幸福。

　　刘小童小时候喜欢听《摇啊摇，摇到外婆桥》。无数次，疲惫不堪的我抱着他哄睡，一遍又一遍给他唱："摇啊摇，摇啊摇，摇到外婆桥，外婆对我笑，叫我好宝宝，糖一包果一包，吃完饼儿还有糕……"他咯咯地笑，我唱着唱着，喉头哽塞，泪湿双眼。

　　如今，父母近在咫尺，刘小童也是随时可以回外公、外婆家的孩子了。

　　这个周末照例又是刘小童打前站，我们随后回父母家。

　　进门时，桌上已经摊好了一算子手搓的猫耳朵。一看就是刘小童点的饭，陕西话把它叫麻食。刘小童在榻榻米上玩乐高，照常不停嘴地和外婆聊着天。父亲坐在沙发上。

　　我走过去冲父亲打招呼："爸，回来了。"

　　父亲抬头看我，一脸活泛，笑容灿烂，用力点头，大声回应："回来了，好！"

　　我一怔，心里充满了感恩与幸福，梦中萧瑟黯淡的父亲终于有了神采。

喜欢汪曾祺在《家人闲坐，灯火可亲》中说的："逝去的从容逝去，重来的依旧重来，在沧桑的枝叶间，择取一朵明媚，簪进岁月肌理，许它疼痛又甜蜜。"

（2021 年 3 月）

琐屑的美好

我不想成为上帝或英雄。只想成为一棵树，为岁月而生长，不伤害任何人。

——[波兰]米沃什

最美的前方，从来不是琼林宴或金銮殿，而是星宿满天的虚空……

——[中国]周晓枫

蓝　将

擦肩而过的瞬间，它纵身一跃，我们有了交集。

我俯身去看，透明玻璃包围的水世界，幻影似的有一抹深蓝，脑袋下方是两抹鲜艳的红。于是，我们的家庭成员，除了两个人、十多盆花草、七条热带小鱼外，多了个它。

上网查询，比对图片，了解它的底细。它属于狮王斗鱼，顾名思义，性情好斗，生命不息，战斗不止，只能单独饲养，两条共处一室，不斗个你死我活，不会善罢甘休。

不由得对它刮目相看。凑近端详，碰上它摆尾旋身，尾翼摇曳，粲然若花；又似雄狮怒吼，须发皆张，瞬时掀起一场震撼的心灵风暴。

我们叫它蓝将。它很警醒，稍有动静，闪电弹离；它绝不偷懒，腾挪闪躲，苦练武功；它婀娜惊艳，不屑赔笑，嘴眼姿容，莫不威严，俨然一位唯我独尊的鱼将军。

从心里喜欢它，一向散漫的我，正儿八经地上网恶补，详细了解它的饮食、习性和饲养知识。蓝先生的大餐，是特意奉上的热带鱼食。试探着撒了几粒，从旁偷看，热切盼望一睹蓝先生的尊荣。不料，蓝先生相当鄙视，目不斜视，迅速闪开，颇有不食嗟来之食的气概。半小时，一小时，依然如故。我开始嘀咕是不是被骗了，难道是鱼食不对？是不是像网上说的，搞点儿"生猛活物"给蓝将果腹？耐着性子看了大半天，谢天谢地，蓝将终于屈尊张口了。

解决了生存大计，接着改善居住环境。水中斜倚一枝绿萝，绿叶掩映，无遮无拦的世界，突然疏影横斜，别有情趣了。蓝将很忙碌，小泡泡吐得更勤，一会儿绕茎起舞，一会儿叶上小憩，一会儿曲径通幽。看得出，在探索未知的路上，蓝先生不亦乐乎。

好景不长，蓝将病了。某日下班，我发现它有些反常，呼吸不畅快，似乎倚着茎叶才能勉强支撑身体，尾部皮肤的黏膜大面积脱落，原本威武亮泽的尾巴黯淡了。

见它病恹恹的样子，我心急如焚，顾不上吃饭，差刘先生去药店买回土霉素，按比例用水稀释，将蓝将轻轻地放进水里。这曾经尽情展示力量与静美的身体悬在水中，垂直竖立，濒死呼吸。我不忍再看，又无法移开目光，心里一遍遍地祈祷："我们一起努力，蓝将，加油啊！"但这身体还是一点点归入永寂。

我不信，凝视那仍然张开的口眼，一定是个玩笑，再等一下，就一下，也许就看到那可爱的转身。

那夜，我像只受伤的小兽，蜷曲着身体，偷偷哭泣。刘先生问我："以前小鱼死掉，也没见你这么伤心，这次是为什么？"

我说："它不一样。"

怎么个不一样，言语岂能道尽？

刘先生安慰我："别伤心，我们再养一条，不，两条。"

我摇头。蓝将死了。这世上，蓝将，只有一个。看它优哉游哉，学着照料，琢磨饮食、习性，帮它换水，给它起名，看它舞蹈；它生病，给它买药，治疗，郑重祈祷它健康快乐，心随之起伏跌宕；它离去，擦肩而过的惊艳，短暂相处的欢乐，由这身体迸发的力量、勇气，还在心里熠熠生辉。

蓝将真的死了？事隔这么久，经由文字，我们再一次重逢。终于，我可以慢慢地触碰和深入这丧失的中心。

我照料它，企图以爱之名存放对生命的掌控和眷恋。而生命，究其本质，是一个人的独舞。谁也不是谁的上帝。蓝将从来不是谁的，它属于自己。相遇一场，爱就爱了，聚散随缘。何况，它以它的方式唤醒的，早已融入了我的灵魂。

那一个擦肩而过的瞬间已是永恒。

（2012年）

流　　年

一、像X一样，A不见了

从租房那阵起，我把头发交给对街这家店，到如今七八年了。周边拆旧建新，物是人非。

理发店还在，规模缩小了一半。老板把原先的门头一分为二，间隔后的另一半租出去做了熟食铺。以前总是喧嚣的音响消失了踪迹，只剩下电视机在墙上不间断地播放着节目。老板的女儿，那个我曾抱过的小婴孩，现在忙着上学做作业。老板娘的绰约风姿，与门口经年的霓虹灯一起黯淡了。

来的都是熟客。我虽搬了家，单位还在附近，趁着午休过来也还方便，最主要的是，几年下来和理发师X和A相处愉快，所以不管店面怎么不景气，我依然隔三岔五地走一段不远不近的路过来。

X 和 A 是师徒，先是 X 给我剪发，前两年 X 开店走了，A 接过来。A 是店里从学徒打杂到首席理发的典范。干着干着，有了洗工或学徒供使唤，点名找他的顾客也越来越多。

大约我和两位理发师相谈甚欢，又见证过他们在职业上的打怪升级，所以，对我这位没有啥消费力、偶尔才光临的主顾，两人一直都很关照。

最近几次来，一直没见 A。我问老板："A 呢？"胖成招财猫的老板说："A 啊，休息了，很快就回来。"

如此几次，老板总是一样的说辞，我估计 A 走了。只是之前 A 还踌躇满志要在这里好好干，究竟发生了什么，他为什么要走？

以前 X 走时，我隐约想过，如果有一天 A 也离开了，我就不来了。

A 不见以后，有一搭没一搭的，我又来过几次。

X 不见，有 A 告诉我 X 的去向；如今 A 消失，我似乎也在等着有人告诉我故事的结局，希望像 X 一样，是个温暖的结局。

二、结　缘

头发是我和这师徒俩结缘的纽带。我和头发的爱恨情仇可以追溯到小女孩时。

大约是习得了大人对待我头发的方式，整个学生时代，我对自己的头发既粗暴又没有耐心，梳理时常常蛮力撕扯。日积月累下，原本厚密到一只手握不拢的头发剩下了细细的一小把，更糟的是，满头都是碎发，无论披着头发还是扎起马尾，看起来都是一塌糊涂。工作后，我开始在意这三千烦恼丝，无奈已是有心无力。去问理发店，理发师们不约而同地认定只能做发型，要么剪成短发，特短的那种；要么拉直或烫卷。

我心想，已经是自来卷了，烫卷就算了，还是拉直试试，拉直后发现，又开始强力卷曲，而且发质更差，掉发还挺严重，怕做"灭顶师太"，我也就再不敢瞎折腾。

某天路过这家理发店，鬼使神差地拐进去问了问。

接待我的 X 黝黑壮硕，平头黑发，白色 T 恤，丹宁牛仔裤，听我说不拉直、不烫发、不染发，还想头发顺溜，X 说："你这头发受损严重，确实不适合再折腾，试试焗营养油，开始半年来勤些，慢慢再拉长间隔，中间简单修剪，这头发就像植物，折腾坏了，恢复起来需要时间，不要急，慢慢就好了。"

我听他说得实诚也合心意，就这么结缘了。

X 善聊，有阅历，话匣子打开来，天马行空地聊些好玩的事，似乎哈哈大笑中理发等待时的烦闷就这么过去了。后来熟了，我知道，X 是老板的同乡，打从入行起就在店里干，如今小十年了，X 时不时也会念叨他的开店梦，我也跟他絮叨下我糟践头发的往事。不知何时，我发现，修剪完头发，X 不再简单地吹干，而是边吹风边摆顺，同时絮叨地教我一些养护和打理头发的窍门。

不同于壮硕健谈的 X，彼时还是新学徒的 A，身材瘦长，五官清秀，一头惹眼的银色长发，话少腼腆。A 引起我注意，是因为 A 虽然做的是洗头、焗油以及打扫的活，却总是热情洋溢。

初始 A 给我洗头，手紧张到有时竟会把水溅到我脸上，我笑着说："放松放松，没关系，都是从学徒开始的嘛。"于是但凡有空，A 就爱坐到我和 X 近旁，听我们聊天，偶尔也插一两句话。末了，总怯怯地说："我嘴笨，不会说，你们聊，我爱听。"X 就笑骂着揭他老底："这小子熟了就是个话痨……别看长得乖，打起架来凶得很……"

三、等我，我给你做

X离开前几年，A已开始操刀剪发。X走后，我的头发自然而然地交到A手上。

"看看，之前我就说你行吧，这不，出师了，这么多人找。"

"不能一辈子打杂吧。"A"嘿嘿"地笑。

"你胳膊上怎么那么多疤？我一直想问，如果不方便说就不说。"

"没啥不方便，烟头烫的……自己烫的，那会儿大家都这样，比谁能，无聊呗……"

我一时不知该说啥，A笑："过去，挺傻……"我就安静地看他剪发，感觉挺自然。

A延续了X对我的关照，吹风时多一道工序，一边朝着脸颊耐心地卷顺头发，一边慢慢地调整头发的形状，直到头发变为流泻一肩的大波浪。打量的眼里，有着心满意足的骄傲，也同离开的X一样，"啧啧"地赞叹着："看看，比烫卷还好看。"

时不时地，我会遇上其他人撺掇我染、烫、直，A听见了就跑来解围："人家是自来卷，不适合，别靠她赚外快啦……"

有一阵，我要跟风剪刘海儿，A拦着我苦口婆心地劝："信我，你的发质不适合，太软还卷，剪短了当时好看，第二天一洗，绝对打回原形……"

遇到我要打碎发，或者要把头发剪得太短，A还会反对："多剪一次多一次手工费，你以为我不想剪啊……真的不需要，你的头发你又不是不知道，再短，又要四处乱飞了……"我也就不坚持，想了想还发现，自从这师徒俩帮我打理头发，修修剪剪，头发总在肩下腰间波浪起伏，似乎比起我来，他们更在意我的头发。

再一回，新来的学徒洗发洗得潦草，A本来要吹发了，突然要拉我去重洗，还忙不迭地道歉："不好意思啊，新来的还没调教好。"下次，我刚一进门，A就跑来叮咛我："等我，就一会儿。我给你做。"

四、呼啸而过的青春啊，还恍然如昨

某日，A蓄了多年的银白长发不翼而飞。

我盯着他看，黑发、寸头、黑灰的棉质衣裤，肃静淡然，依稀看见熟悉的影子。察觉到我看他，他抬眼冲镜中的我微微一笑。

我想起曾和A聊起过离开的X，为何经手了那么多发型却始终保持黑发平头，还有X是怎样下定决心最后回家开了店。

"就像我不拿烟头继续烫疤，觉得没意思……也可能，年纪大了，折腾不动了吧……""X开店的门头是自己家的，前两天电话里我还跟他唠嗑，说是生意不错……"

听A絮絮地说着，不知怎的，我有点儿感伤，也有点儿暖心，依稀仿佛呼啸而过的青春岁月，还恍然如昨啊。之后我们都不吱声，任由综艺节目的声响与周边叽叽喳喳的说话声一如既往地回荡。

后来，A高兴地拿了婚纱照给我看，左手无名指上一枚闪烁的戒指，那时我也才度蜜月回来。A絮絮地追问我婚礼细节，继而郑重地说："下次再来，请你吃喜糖。"

再后来，我从A递过来的手机里翻看着小小A的照片，粉嘟嘟的婴孩，小模样在A眼里举世无双，A告诉我计划买车。

"啥时候开店当老板？"我追问，这是时常聊到的话题。

"咳，没别的本事，暂时待这儿了。老板待我不薄，也熟了……我以前特别烦读书，就是念不进去。我爸妈把我送进技校，学电脑，学美发，做过不少营生，没承想，到最后还是给人打工，吃美发这碗饭……"

"还年轻，慢慢来。"

"我也这么想……你说是不是怪了，自从有了娃，再不敢像以前那样啥都不想，抄家伙闷头上去就打了……"

迎面镜子里，A 的目光轻轻地扫过胳膊上浅色的疤痕，咧嘴笑了笑。我们近旁，新来的少年们在嬉笑怒骂。

"你这头发，其实打理很简单，你记着，在家就这么弄……" "你看，比烫得还自然……"像每回收尾一样，"嗡嗡"的电流声里，A 大喊。

几年下来，原本被诸多理发师宣判死刑的头发，渐渐地找回了自有轨迹，我开始披散头发，任长发流泻一肩柔和的曲线。不时会有朋友问："头发真好，哪里烫的？"

我想起 X 常说，头发像植物，需要好好养护。确然，经过 X 和 A 一次又一次的温柔关照和絮絮叮嘱，我的心里升起隐约的觉察，似乎看见曾经自己对于头发是多么严苛和冷酷。

我还想起每次与这师徒俩聊天时感受到的那种对生活的务实努力和阳光向上，这种感觉，多么像是亲眼看见一株植物正在顽强生长。

平日里，我也开始践行他们教导的方法，眼看着自己的头发——这株曾经奄奄一息的"植物"，慢慢焕发了生机。每一次对镜自览，我都心生欢喜，曾经那个长发披垂的梦，就这么实现了。

五、那 以 后

头发顺溜了，我也学会日常打理了，去理发店的次数也越来越少。

某次再去，满眼陌生，胖阿福过来打招呼："呀，是你，好长时间不来了，做营养油吧？"

"是啊，好久不见，Ａ没在？上次也没看见。"

胖阿福迟疑地说："休息了，就回来。"

大约是我起了头，旁边的顾客突然问，"那谁，对，叫Ａ的，现在咋样了？"

"在里边，家里还在找关系，要我说，他这叔也忒不地道，明明是给他帮忙，最后反咬一口，硬把亲侄子也给拽进去……"

"不会吧！啥情况？我说好一阵没看见。太可惜了，孩子还那么小，之前小伙子还说要买车……"

"小伙子挺本分的，他叔说的不能吧……可得赶紧想办法……好好的人，这进去一圈出来，那就跟换了个人一样……"

我拼凑了个大概，Ａ带着老婆孩子回老家过百岁，他叔让帮忙送一趟货，结果这趟货涉嫌货款诈骗，被人报了案，他叔先被抓进去，一口咬定Ａ参与其中，Ａ也被牵扯进去……

以后，我推门进去，每次迎上来的都是一副陌生面孔："美女，剪发？"

"不用，做营养油，喏，那个盒，我的。"之后的时间里，我闭目养神，做好后道谢离开。

如今店里穿梭往来的这些少年，爆炸头，耳轮上一圈耳饰，闪亮上衣，窄腿裤，仿佛是标配。

也会碰上慌乱的新手，洗发时笨笨的，我会轻声细语地说："没事，权当练手了，慢慢来。"下次那张脸就格外殷勤，"姐，续杯水吧。""吃水果吧。"再洗发时，手下更加认真努力。这样的时刻，每一回，仿佛似曾相识的青春隔了年岁又一次重演。

还是会有理发师跟我攀谈："美女，头发烫得挺好……你这脸型，试试直发也会好看……"

这样的时候，耳边似乎有个声音打趣地说："别，她不适合。"眼前无数次闪回师徒俩卷顺头发的画面，银白长发、黑色平头的 X 和 A 交叠着、打量着我的长发，一副心满意足又"啧啧"赞叹的神情。

终究，盛夏的青春呼啸而过，窗外已是沉静的秋。

这一次，终于听到结局，多希望，这一路的似水流年，到最后是个温暖的结局。

（2012 年）

鞋　匠

午间走去周边修鞋，径自去了熟悉的那家。

周围修鞋的不少，像模像样搭了棚屋的只此一家。鞋铺所在小区有些年头，两街交会处，几幢灰蒙蒙的六七层楼房，没围墙。鞋铺背倚一条街，开在路口，不大的空间刚够躬身坐下，木板搭就的高低架板，有序摆放着各色工具、物件。夏天门大开，吊一风扇，学生时代吊在架子床上最简易的那种；冬天生了蜂窝煤炉子，铁皮筒穿透玻璃，长长地伸到外头，末端用铁丝吊着一个剪口的饮料瓶。

鞋匠光头，春夏露着铮亮的脑壳，秋冬戴上棒球帽，身材壮硕，挂着的眼镜，用皮圈做镜腿儿，从鬓角绕耳朵在后脑勺处交叉，低头干活时，一副专注、倔强的神情，是个耐看又有性情的人。

认识他，算是不打不相识。

几年前，我找他换鞋跟，回去没走两步就掉了，找他理论。正当盛夏，光头一脑袋汗，正给主顾修鞋。

"昨天换的，一穿就掉。"我拎着鞋，伸到他眼前。

"踩砖缝了？"这人不接话、不抬头，手底下继续摆弄。

"砖缝？"我提高声音，"在单位穿，哪来的缝儿？"

鞋匠忽地抬头看我，脖子上青筋暴出，"跟你说，听见没有，别叨叨了。"嘴巴要从脸上挣脱一样，"再叨叨，不管了。"

"你咋不讲理呢，凭啥不管……"

"老子就不管，退钱没门儿，有本事打110去，不怕，我等着。"

"110？我犯得着吗？"我的倔劲上来了，"我花钱修鞋，你修不好，还有理了。我还就不打，你给我修，不修退钱，弄不好我不走。"

我拧上了，杵着，衣服汗透了，盛怒之下把话说绝了，这会儿有些后悔，置哪门子的气，不就几块钱，扔了算了，脚还是迈不动，倒是眼睛模糊了，赶紧环顾四周，对面一只胖猫正在门旁睡觉，房门洞开，鞋匠的家一览无余，不大的空间，床铺凌乱，从窗台到地上到处都是生活杂物，一株绿色的藤蔓倚墙懒懒地伸展着。

我的怒气突然消了，觉得整件事情，尤其自己，最是可笑。我在干什么，在一件事情里，执拗地发着小孩脾气，被这带刺的情绪钉在最热的午后。

"大热天的，都消消气。"顾客穿鞋上脚，地上踩踩，嘴里打着圆场。

"反正不修鞋就退钱，我就待这儿了，有本事别收摊。"

光头意外地没应战，默默拿过鞋，拔跟，找新的，"铛铛"地钉，末了，用小刷蘸了黑色的漆，小心刷补划痕。

就剩我俩了。

他递过修好的鞋："开张生意，你就跑来返工，不吉利。再说，又不是露脸的事，我也讲个脸面，叫你别嚷，你非嚷闹，咱是粗人，天热又躁，刚才的话，别往心里去。要不，退钱给你。"

"别，下次别多收就行。"

"那个，刚才，抱歉抱歉。"光头摆摆手，"再来。"

"来了。"老远，光头冲我打招呼，把我从沉思中唤醒。

"吃饭了吧？"见他点头，我说，"特意晚点儿过来，怕耽误你吃饭。"

趁他忙活的工夫，我东瞅西看，每次都有新发现。这次，架板的位置分列重组，多了块镜子，空间似乎增大了。

"哟，换格局了，我发现你挺有创意嘛。"

"这是咱的日了，倒腾让自己得劲点儿呗。"光头说着，手底下活计不断，"今年孩子搞婚庆，每隔两天就被拽去顶缺，忙活酒店的一摊，又开车，差点儿把老命搭上。这头就有一搭没一搭的。"

"怪不得上次过来跑了个空，婚庆这几年挺好做的。"

"是啊，那来钱，比我这摊儿好多了。孩子都不把咱这看在眼里，直跟我说，收摊帮他得了。"

"那你收不收啊？"

"孩子刚开始搞，没经验，咱得帮衬。帮归帮，那是孩子的，这才是自己的……"

听着他闲聊，我环顾这小而有序、总在不断变化的小屋，头一次留意到鞋匠的指甲，短却干净，回想一下，好像一直如此。这次，那充当镜腿的皮圈换成了新的。

我曾自问，周围鞋摊不少，这里也不是最近便的，这人还曾让我在大太阳底下差点儿气出了眼泪，这几年为什么总要专程走一段路来找他。

慢慢地我觉察到，也许正是这份认认真真的自爱、一丝不苟的努力，还有点滴中透露的对生活的热爱，在我的心里，唤起了由衷的温暖。

（2012 年）

仙人掌的耐心

今晨，院里的仙人掌开花了。

墙角一隅，多肉带刺的植株，蓬勃的一簇，擎着淡黄的一小朵，仿若晨曦的微笑。

我惊喜地过去拍照，吆喝儿子来看，小家伙闻声跑出来，闹出来的动静把小区里遛弯儿的大爷也惊动了，大爷探头往院子里看，啧啧道："这开花可不容易啊。"我乐呵呵地笑，比画着手机想拍得更清楚些，小家伙惊诧地喊："妈妈，别靠近，别靠近，会扎着的。"

我开心地在朋友圈发了照片，收到了不少点赞。

"你养的？"有朋友问，见我回复"是"，又补了一句："好耐性。"

可不嘛，不过，应该是仙人掌有耐心。

如今的大家伙，原本是装饰办公桌的迷你绿植，在一次又一次的换盆、分盆后，忘记历经了多少时日——至少比快六岁的儿子还大，长成了现在半人高的植株。今年天气暖和时，我把它搬到了院子里，安置到靠墙一隅，任它自由伸展，也算是临时的隔离带。隔一阵，浇浇水。至于它的生长，在我模糊的意识里大略知道，而对它的模样，并不曾仔细端详，直到这次它开了花。

它的开花，想来只是"欣欣此生意，自尔为佳节"，人留意与否，与它无干。

倒是我在想，在仙人掌由小而大的过程中，在花朵从无到有的阶段里，在我们肉眼看不见的幽深所在，生命一直在耐心地酝酿、生发，直至穿透黑暗，在阳光下绽放。如此漫长寂静，却又迅如闪电。

最动人的是，这份努力和耐心，是那么不动声色，发乎本心，却又直抵人心，余韵悠长。

（2019 年 8 月）

琐屑的美好

头发长长了，上次剪发还是春节前。

疫情半年后，终于迈开腿去往美发店。一路打量着沿街店铺，很多已搬空，还在营业的，有些已贴出"吉房出租"的字样。不由得嘀咕，不知常去的店铺还在否？

许是念旧，还加上点儿懒散，对于剪发、美容这样需要定期为之的事情，一旦选好路径，除非搬家或者店铺变迁，我一般不会主动更换。搬离旧居刚把家迁到这儿时，虽然很快熟悉了周边地貌，但对于重新再找美容美发店这类问题，一方面，有点儿告别了旧人旧事、婆婆妈妈的小伤感；另一方面，也有点儿适应不良。于是，搁置了一段时间，好在是长发，也没太大关系。

后来闲逛时锁定了两家相隔不远的美发店，都在小区周边，一家在路口转角处，规模在居民区里算是大的，店面收拾得敞亮齐整，透过整面的落地玻璃墙，眼见着正值青春的一群理发师脚下带风穿梭，灯火、音乐，热闹异常。相比之下，百米开外的另一家店就沉寂许多，门头坐落在高高的台阶上，门口一边杵着一根柱状霓虹灯，白昼里默然转动，没有灯闪。虽然就这么安静地嵌在左邻右舍的花红柳绿里，不知怎的，非但没有被湮没，反而透着一种格外的张力，吸引了我的目光。

上前去看，大厅一览无余：门首环墙一圈，依次是吧台（兼产品展示区）、剪发台、洗发床，隐在灰色墙砖壁纸后的卫生间、橱柜区，墙角一隅的等候区是黑色沙发，墙面搁板上有各色小摆件，原木色的小圆桌，杂志有序插在桌上的梯形架里……麻雀虽小，五脏俱全，依靠物品自然划分的功能区，不但不显拥挤，而且有种随性的妥帖。我张望的当口，三把剪发椅上都有顾客，理发师们正给其中的两位剪发，时不时附和一下正戴着加热帽的另一位顾客的攀谈。这边沙发上还等着一位。

吧台后的姑娘抬头看见我，起身迎了上来。这当口，我迅速盘算了下，两家店离得不远，上一家气势更盛，相比之下不声不响的这家竟然还生意不错，而且看顾客情形，大概都是熟客，剪发手艺估计也差不了，可以试试看。

给我剪发的店主，三十来岁，个头儿不高，黑瘦的脸庞在牛仔丹宁衫的衬托下显得格外精神，他和迎门招呼的姑娘是两口子，一旁忙活的年轻小伙是雇请的理发师。

"是自来卷吧？""丹宁"出口的第一句话。

"你怎么知道？"我有点儿吃惊，一般头一回照面，理发师都会问我烫多久了。

"看发根就知道了，你看前额发际线处，头发都是打弯的。"他温和地一笑，"而且，我也是自来卷。"

我端详了一下镜子里的人，黑色的头发，依稀有着蜷曲的弧度。

跟他沟通了想要的效果，其实也就是修剪出参差的效果，他点点头，开始挥舞剪刀，围着剪发椅左右腾挪，神情专注。我不再说话，他也没有刻意寒暄，更没有烫染、拉直、办卡之类的怂恿推销。剪完后我主动办了卡，以后把家人也拉来，就这么成了熟客。

就这么回想着初识的经过，很快就走到了目的地。

看到店面的时候，心里一紧，又忍不住吃了一惊。美发店还营业，而且重新装修，里外一新。

"丹宁"正在门口和人聊天，瞅见我，起身招呼："姐，来了。"再平常不过的语气，仿佛昨日别过。

进得门，新面孔的理发师正忙碌。

洗发后坐定，我张口就问："新装修了？"

"嗯，有一阵子了，春节过后没多久装的。"

"颠覆性变化啊。"

"是啊，原先……"他挠挠头，在找用词，"原先……嗯，有点儿复古文艺，现在走工业风。"顿一顿，继续说："换一换风格，清爽利索，顾客看着也新鲜。"

"工业风"，别说，形容精准。现在的店内，撤掉了吧台后的展示区，灰色大理石亮面瓷砖地，同色系墙面，剪发椅前一镜落地，看起来简洁大气。

"设计不错，自己设计的，还是找的装修公司？"

"自己从网上翻翻喜欢的风格，让装修公司照着做。"他慢慢打开了话匣子，"原来的装修也有五六年了，看久了感觉乱，换一换装修，心里也觉得有个奔头。"

听他说到奔头，我问："近来生意咋样？"

他说："年后我开业挺早的，初十就开门了，一直到了正月十五六以后才有人来，零零星星总有人来，心里慢慢就不慌了，而且趁着有时间正好捯饬下店面。"

"致敬！你这心态太牛了。"我由衷地说。

"我琢磨着，甭管怎么说，咱得自己给自己找个奔头。"他腼腆地笑笑，"这不，多亏我老婆会过日子，店面装修连着所有硬件，剪发椅、洗发床，总共才三万多，前几天有顾客还说我家这装修得二十万吧。"

"全换了？"

"对，软硬件，所有东西，全换。"话语掷地有声，很是豪迈。

我这才注意到，可不是吗？岂止是装修风格，我坐的剪发椅，门口的沙发，一应物件都是崭新的。

我突然有点儿明白，最初吸引我移步进店和今天闲话家常触动我的，其实是同一种东西——满腔热情的投入和悉心经营的希望。生活不易，也许，从来不是因为美好才热爱，而是因为热爱才美好。就像给我剪发的这位，内心得有多大的信仰和勇气，才会在生意惨淡、前途未卜的特殊时期，反其道而行之，再投一笔资金，朝着迷雾中的未来全新启航！

于是，我静静地听，听这平日里安静内敛的人絮絮地打开话匣子，听他神采飞扬地讲述他平凡的故事和憧憬，听他用平常的言语表达对爱人深厚的感激和爱意，而经他言传的这些琐屑的美好、平凡的憧憬，竟然如此恢宏和激昂！

（2020 年 7 月）

你我相逢在黑夜的海上

初识小美

隔壁小区门禁不严，为了少走点儿路，有时，我会从小区穿过去，走到另一条马路上去。

某次顾盼间，我看到了小美打在楼房外墙上的美容广告。

碰巧我当时想就近找家美容院，保养一下怀孕以来懈怠了好几年的脸。于是，拨通了广告牌上的电话，循着指引，七拐八拐地见到了迎出来的小美。

当时的小美，齐耳短发，身形小巧，看着还是个孩子。

小美的"美容院"是单元楼一楼的一户房子，位于电梯拐角处，用防火门单独隔开。房子原先的装修没动，小美简单做了装饰，看起来温馨洁净。

交谈中知道，小美做的是产品加盟店，她和坐在我对面的另一位姑娘就是这家美容院的全体员工。

"我就图个离家近，隔三岔五地可以过来做个基础保养。"我开门见山地说。

"明白。姐，你也看见了，房子在小区里，成本比临街的商铺要低，服务收费上自然会优惠的。"小美不紧不慢地说，有着超出年龄的沉稳，"咱们的客户都是附近的住户，客户关注的也都是下班后顺路可以踏踏实实地做个保养。"

我看过了报价单，基础护理费确实还算靠谱。

"你做这行多久了？"

"不到二十岁开始做，到现在小十年了。以前年轻，在店里蹲不住，老想往外跑，慢慢地年纪大了，懒得动弹了，正好圈里相熟的人要搞产品加盟店，要找能蹲得住的，一谈就成了。"

初见之下有点儿冷漠的小美絮絮地说开来，神情鲜活，有一种自然的活泼。

我琢磨，反正就是做个基础保养，在哪儿都差不多，美容师靠谱更重要。

就这样，一点儿小心思，一点儿凑巧，外加一点儿直觉，就这么结缘了小美。

小美的两个微信

上次做美容，是在 2019 年的农历腊月二十几。

当时，刚学会开车的小美跟我絮絮地聊天，念叨着再过两三天就能自驾回家，满心欢喜地憧憬着年后的回归和计划。

之后，突如其来的疫情暴发，漫长的居家隔离拉开序幕，自此我和小美断了联系。

也不是全然没有音信。

春节过后，我收到过小美的两个微信。

一个是在正月十五后不久，小美发微信告诉客户，她正月初三就自驾返回了，已经自我隔离了十四天，让大家不必担心，尽可以放心地去找她。

当时，全国上下都在自我隔离，春节后的返岗开工已经全面延期。这样的状况下，小美的微信显得突兀又不合时宜，而且也能够看出，微信是群发的。

隔了很久，我收到小美的第二条微信。

这次，小美说，她过年从老家带了陈醋回来，陈醋可以杀菌，在家里用陈醋熏蒸一下，也许可以增强抵抗力。她已经跟离得比较近的几个客户联系了，准备挨个儿送给大家，问我在不在家，她马上给我送过来。

似乎是单发给我的，但大概率对每个人都是这么编发的。隔着屏幕都能感觉到小美满满的挣扎和求生欲。

我的眼前不由得浮现出一张青春的、粲然的脸。上次告别时，小美踌躇满志地憧憬着春节之后要更上一层楼。

我回过去一条微信，找了个借口婉拒。小美的电话立马追来，铃声苦苦地响着，终于寂灭。我有些难过，也有点儿厌恶此刻的自己。

之后，餐饮、美容诸多行业出现倒闭潮。每每听闻类似的信息，我都不由自主地想起小美，想起那通追来的、顽强的、终归消失的铃声。

这样的时候，我是矛盾的，既担心付出的钱打了水漂，心里又真心替她担忧，希望她能挺过危机。如此再想，假如她真的跑路了，我其实并不愤怒，反而有点儿松快。

我主动联系小美，已是半年后。

微信发出去，迟迟没有音信。

我的心沉了沉，似乎这就是答案，又仍然觉得意外。

走路都带着风

不承想，晚上，小美回信了："姐，这两天忙着搬店，过几天再约，行不行？"

我舒了口气，悬着的某个东西落了地。

我如约去找小美。

新店位于商圈十字路口，就在之前我常抄近路走去的马路边上，进单元前按铃就行。

这回房子是套二居室，原先的装修处处透着心思。一进门厅，白橡木的背景墙呼应同质地板，客厅一侧，落地玻璃窗，白色纱帘，转角处，绿植葳蕤。

"哟，房子很不错啊。"我由衷地说。

"姐，你也觉得吧。我一眼就看上了，房东是我朋友的朋友。

原本装修了自己住的，孩子上学要搬到学区去，想找个靠谱的主出租。好是好，就是租金高，是原来的两倍。好在我找了个人合租，和原来也就差不多。我想着，环境好了，客户来了也舒服。"

我这才看到拐角墙上的"××纹眉"招牌。原先小美店里的另一位姑娘不见了。

再去打量小美，格外容光焕发。我打趣："气色很不错，怎么，有情况？"

小美有点扭捏，旋即打开了话匣子。

"原来店里一共就两个人，我们这行肯定要迁就客户的时间，哪来的功夫谈恋爱啊。逢年过节我就怕回家，一回去肯定被各种催。

"咱们的客户真好，我以前在××路开店，后来那边拆迁，没办法搬到这边，我就一个一个地跟客户打电话，说我搬店了，如果觉得离得远不方便，我直接把钱退回去。这些姐真好，好几个姐都说，没事，大不了提前约时间，然后去找你。我谈对象的事，她们比我还急，老给我出主意。

"姐，咱俩之前也唠过，也有给我介绍对象的，但是咱这工作，联系起来有一搭没一搭的，时间久了也就淡了。前一阵，客户不来，有了大把的时间，朋友就给介绍了他，说是搞教育培训的，之前也是忙，各种出差，这阵正好空着，就这么着互相加了微信，一来二去，就谈着了。

"现在客户慢慢回来了，业务也慢慢恢复了，我俩正好又都忙起来了。姐，你别说，老话说的，东边不亮西边亮，还真是这么个理儿。你看我，要不是这个插空，还真不知道拖到猴年马月呢。"

"是这理儿。"我接话。

小美似乎攒了很多的话，急着一吐为快，"我对象说，认识我真好，以前忙得没着落，现在两个人劲儿往一处使，干活都有了奔头。"

"哇，我对象说，"我打趣，"看这进度，是不是要结婚了？"

"姐你别笑我，我也没想到这么快。"小美说，"我跟他是经人介绍认识的，本来就是冲着谈婚论嫁去的。聊了几次后，我就直接问他是不是朝着在这儿买房结婚努力的，如果是，大家就继续谈；要不是，还是趁早结束得好。"

"你真这么说啦？"

"嗯，我跟他说我快三十了，是找个家的年纪了，咱们有言在先，有些话先说不伤感情，一旦说过了，确认了，以后我也不会再提了，剩下的就是咱俩朝着一个方向好好赚钱，好好努力。"小美的声音从我头上方传下来，笑出了声。"他说，哇，你真厉害，怪不得这么大年纪还找不到对象。"

"确实厉害！"我也笑。

小美的务实与精干让我震惊，她的诚实和爽利又让我喜欢。

以至于走到马路上的我，连走路，都带着风。

我也是没有办法

由于孩子上学把家搬到了学区，再见小美已是很久之后。

面前的小美疲惫黯淡，忧心忡忡。

两人相对时，我问："你看着很累，怎么了？"

小美叹气，"姐，这段时间老想你了，盼你来了能说说话。"

在这期间，培训先生的妈妈发病入院，查出胃癌晚期。培训先生和小美一样，都是从农村到城市打拼的孩子，大病之下，整个家庭风雨飘摇。

"他请了长假回老家陪护。我去过两次，不知道该怎么插手，我这边还有客户，就又回来了。中间通过几次话，那边乱七八糟的。再后来，越隔越长，这都好长时间没动静了。其实，就是联系了也没什么话说。"小美顿了顿，嗓子里好像卡着东西，"其他姐，都劝我散。"

"你怎么想？"

"不知道。"

走出单元楼，走到阳光铺洒的马路上，依稀还记得上次自己感染了小美的热情，连走路都格外带劲儿。

不过，当时我也知道，这带劲儿不是来自都市里两个打工人互相取暖的平凡爱恋，而是对小美充满烟火气的务实与清醒，保持着一份发自内心的好感和尊敬。我也真心觉得，平日里没有时间谈恋爱慢慢培养感情的两个人，有基本的喜欢，加上心往一处使，没有理由不会随着时间沉淀出一份深厚的感情。

可是，青苗初发，遭遇霜降。

别看所谓的姐姐们在热情地给小美支招，我知道，小美不需要答案，或者说，这个爽利、泼辣的姑娘，早已用姐姐们的嘴预知了自己心中的答案。

再见时，小美挣扎地说："我和他认识也就半年多，也不是那种一见就来电的，慢慢处起来，觉得能把话说到一块儿，就想着把婚结了。现在他家里出了这事，他妈妈用的进口药，一针就好几千，他本来也没攒几个钱，原来还说把老家的房子卖了付首付，我们在这边买房结婚，现在他肯定得回去照顾老人……"

她没意识到，她已经在拆解问题，而且本能地用理性分析防御着将要离开的焦虑和不安。

终于，某次，小美说："姐，散了。"

"嗯。"我应道。

"姐，你好像早知道？"

"猜的。"

"为什么？"

"你们认识不长，感情还浅。"

"我也是没办法。"她说。

"理解，"我谨慎地措辞，"有时候，对自己诚实需要时间。"

她一反常态地沉默。

接下来，在我脸上打圈的手，分外温柔。

你我相逢在黑夜的海上

再后来离得远，回去找小美有诸多不便，做美容也就淡了下来。

中秋前，小美群发微信，说要搞五周年店庆，邀请大家到店，进门有礼。

几年下来，我已知晓了这类营销套路，厂家派人上门营销，美容院提供场地和顾客，两两联手，借着假期的噱头请君入瓮。

往年，我极力回避。这次爽快应允。我的卡，还剩一次。

推门进去，小美落在人群后，厚白的粉底，眉眼弯弯，不知从什么时候起，青春的神采飞扬一去不复返。

寒暄过后，我径直去做护理，一号称"老师"的营销员在旁巧舌如簧，最终悻悻离去。

小美手下忙活，从头到尾，没发一言。

签完最后一次字，我把原来的护理再续了一年。

来之前，我本想彻底结束。

就在刚才漫长的沉默里，我的心里突然生起漫天的疲惫。

结束之后呢？

在新的住处，重找一个美容院，遇见一位新的小美，经由这张日渐衰老的脸，再一次经历人生海海的交汇？

究其根本，我和小美是萍水相逢的陌生人，偶然地，我邂逅了她的青春故事，保持了倾听和尊重。

而她，在她的领域里，用沉默报以善意。

我想起徐志摩在《偶然》中的句子：

你我相逢在黑夜的海上
你有你的
我有我的 方向
你记得也好
最好你忘掉
在这交会时互放的光亮

（2021 年 10 月）

有一只戴胜鸟飞过

一、仰天啸叫的泰迪

文之斐刚才就注意到那只狗了。

虽然除了头和四肢外，它的身体被灰底点缀着黑白条纹的马甲包裹着，但改变不了它是泰迪狗的事实。

它也确实呈现着它的族群惯常的特征，蜷曲的棕色的毛，浸水的黑色玻璃珠似的眼，激灵下抖擞身体惶惶然的体态。

但显然吸引她的不是这些。

是它逡巡着匆忙来去的样子，是它惊惶四顾、无所适从又保持距离的警醒模样，是它大难临头、一声又一声的哀鸣。

这里是路口转角的健身广场，文之斐送孩子上学时常常路过。后来她来了灵感，每次返回时都停下来活动儿分钟。开始时压压腿，抻抻筋，在健身器材上扭扭腰，后来干脆带着跳绳和毽子，十来分钟的时间里能把自己折腾得微汗。

泰迪嚎叫时，跳绳的文之斐已注意它好一会儿了。它一叫，吸引了这个时段广场上的几个"常客"：瘦高个、长条脸、茶色眼镜、常穿酱紫色带帽棉服的老头；矮一些、身材圆滚、戴顶黑色鸭舌帽的大爷；深蓝色运动套装、玳瑁眼镜、黑色毛线帽的老爷子，以及全勤无缺、灰白齐耳短发、一身红色运动服的大姨。

瘦高个老头手捏围巾两头，乐呵呵地逗弄泰迪，"来，来。"敢情要套圈的架势；"鸭舌帽"没吱声，于几步开外观望；"蓝衣服"走上前，与"瘦高个"包抄的架势；弯腰够脚的红衣大姨，手一搭上脚面就侧头冲这边打趣："好嘛，又找不到了。"

泰迪见"蓝衣服"和"瘦高个"逼近，跑开两步，停下张望，又接着跑，转个弯就不见了。

文之斐到底不安心，运动完转而在广场溜达。走到另一头，还没走上人行道，就隐约听到泰迪的哀鸣。然后，透过车水马龙，她看到那只穿衣服的泰迪蹲坐在对面的马路牙子上仰天啸叫。

二、喏，就是那栋楼

"喏，直走，正对着的那栋楼，二楼楼梯右边，好像是 202。"身着黑色卫衣裤，脚穿棉拖鞋的杂货店老板指着前方二百米处的一幢老楼对她们说。

不同于一身运动装扮的文之斐，围在杂货店老板旁边的另外两位女子通勤装扮，一副等车的样子。白色羽绒服、灰色毛线帽、一双和善大眼睛的那位，年纪四十上下；长发披垂的另一位看着是个二十多岁的年轻姑娘，卡其色及膝呢大衣，浅蓝色翻领衬得肤色白皙，眉眼和婉。

从广场追踪到这里的文之斐与两位清晨等车的女子，因为一只此刻还在嚎叫的泰迪有了交集。

"那个，"文之斐率先破冰，回身指了指对面，"这狗刚才在那里来回跑着找人，广场上有好几位老头、老太太，听口气好像认识它。你们能不能先看住它，我过去问一下，很快就回来。"

不久后，文之斐的推测会被证实没错。不过，此刻迎接她的只有空空如也的广场。

等她气喘吁吁地跑回去，那两个女子还如约守着狗。就在三个人凌乱地交谈间，一辆银灰色的尼桑在身畔停下，摇下的车窗里探出一张戴眼镜的男人脸，冲着"双眼皮"吆喝她上车。

"双眼皮"一步三回头地走到车窗前，"这狗找不到主人了。""哎呀，你快走，"男人抬腕看表，一脸焦急，"赶紧上来。""可是，它要跑走就彻底丢了。""双眼皮"温和地分辩，没有挪步。僵持之下，男人重重地拍拍脑门，长叹口气，熄火下车，指派"双眼皮"，"你到那边杂货店问问去。"自己则对着狗拍照。"双眼皮"绽开笑脸，颠颠地跑了过去。不一会儿，锅还架在火上的杂货店老板跑出来一看究竟。

狗有了去向，接下来谁去送呢？"呢大衣"坐网约车走了，"双眼皮"看看文之斐，踌躇地问："亲，你有时间？""我？也行。"文之斐挠挠脑袋，心说反正已经迟到了，"我按铃问问去。"

"狗狗，过来，来，送你回家。"文之斐边走边回头朝狗招手，"双眼皮"到底一起跟着过来了。

文之斐边在对讲机上摁 2-0-2，边在心里嘀咕："老天保佑，可千万别指错地方，要不咋整，我也没法一直守着啊。"铃音持续，"咔嗒"一声，门开了。文之斐拉大门，泰迪擦着脚边"哧溜"窜进去。

"双眼皮"见状挥手，"亲，交给你了。"

"好，快走吧。"文之斐摆手。

三、点亮陌生人的红姨

"来了。"红衣大姨过来搭讪。

文之斐先是一愣，左右看看，没有别人，这才相信，她是在跟自己说话。

她知道"红姨"，不只因为泰迪事件或者大家都是这个时段广场的常客，还在于红姨自带惹眼体质，是不可忽视的存在。

这大姨始终着一身红色运动服，佝偻着腰一丝不苟地完成一套"规定动作"，大抵是弯腰抻筋、一步一踢腿、蛙跳、吊单杠，以及宣告锻炼即将结束的仰卧起坐。动作顺序大致固定，每个动作的次数大概也一样。

这还不算牛，牛的是，红姨有三四个死忠粉，就是有一回围拢在一起逗弄泰迪的"少年老头们"。说他们是少年老头一点儿也不夸张，别看都是年过花甲的人了，聚在一起活像一群叽叽喳喳互相打闹的中学生。而且相较于身体锻炼，他们显然更多的是聚拢来谈天说地，以及藏起红衣大姨的外套追逐嬉戏。

除了自律，有死忠粉，红衣大姨的厉害之处还在于，既能一丝不苟地锻炼，与一帮青春老头打闹，还不耽误和过路人热情寒暄。

无数次，文之斐看见某张匆匆穿过广场、淡漠平板的脸孔，在遇到红衣大姨时突然就绽放了笑颜，仿佛满墙披垂的迎春花藤条冒出了第一抹亮黄。

现在，点亮陌生人的红姨就站在她面前，瘦小，个子只到她肩头，花白的齐耳短发，笑容在圆脸上荡漾。

"嗯。"文之斐对这唐突的招呼有点儿尴尬，还是客气地应了声。

"没事，你继续啊。"意外地，红姨点到为止，打完招呼后朝着反方向继续踢腿，这是她的规定动作之一——左右腿轮换着抬到与肩平，扭腰去踢平伸着的手掌，一步，一步，绕着冬青花坛，旋到另一边去。

文之斐松口气，很怕被这个热情如火的老太太抓住絮叨个没完。

四、也没啥给你，我快抱抱你吧

很多事一起头似乎就有了生命，会自顾自地延续下去。

自从主动搭了第一次讪，以后每次看见文之斐，红姨都会踢着腿朝她旋过来，打过招呼后旋往花坛另一头。

慢慢地文之斐也卸下防备，跟她寒暄两句。红姨开始查问她的年龄、婚否以及工作云云。要在往常，这要被文之斐视为八卦嚼舌，唯恐避之不及。大概是熟络了，文之斐对红姨的打探并不反感，但也不会实诚到跟萍水相逢的人兜底,于是含糊地支吾:"我啊,孩子都上小学了。""送完孩子,顺便活动下,一会儿去单位。"

红姨显然不满意,眨巴着眼刨根问底:"嫚儿(青岛方言,年轻姑娘的意思),你都结婚了,有孩子啦?不像!看着还是个小嫚嘛。""你有二十六七还是二十八九?"见文之斐一直摇头,红姨睁圆了眼,上下打量后拍拍文之斐的胳膊,肯定地说:"咦,唬我!就是个小嫚。"

没两天,正在抻筋的红姨听到"奶奶好"的招呼,扭头见到了文之斐家的小朋友。再过几天,小家伙学校要跳绳达标,所以文之斐趁周末带孩子来练习。

"呀,好孩子,谢谢你。"红姨顾盼一下,对着从聊天中跑到现实里的孩子张开双臂,"孩子你真好!也没啥给你,我快抱抱你吧。"

接下来的陪练,文之斐深刻地体会到自己会与教别人会完全是两码事,尤其这个别人还是要成绩达标的自己的儿子,一不小心"河东狮吼"就会上演。文之斐眼看原本为着能和妈妈一起晨练而欢呼雀跃的孩子的小脸儿越拉越长,每被绳子绊一次,重启时都狠狠地,空气中火星四射。

红姨原本在另一头锻炼,这时节,看似不经意地过来,经过时重重地拍了下文之斐:"嫚儿,别念,别念。"

焦躁的文之斐一顿,她最讨厌的就是做事时有人在旁絮叨,再去看儿子,倔强的小眼神里都是委屈。

"来,抱抱。"她冲儿子张开手臂,那一瞬间,脑子里响起红姨的话,"也没啥给你的,我快抱抱你吧。"她不由得"扑哧"一下笑了,不明就里的儿子也跟着笑了。

五、剧本有改动

"嫚儿，我衣服放你这里啊。"红姨把装外衣的袋子压到文之斐包下，然后凑近了压低嗓音说，"谢谢啊，跟你沾光，这样他们就不好意思动了。"

如果说，红姨的晨练是一丝不苟地完成"规定动作"，那么，聊天笑闹就是老少年们的固定节目，藏衣服游戏显然是其中的压轴戏，同一个套路，百玩不厌。

剧情通常是这样的：趁着红姨弯腰抻筋或背身踢腿的当口，总有一个老顽童朝放衣服的花坛猫腰过去，在她浑然不觉的情况下拎起衣服袋朝同伙晃悠两下，之后左寻右找地把袋子塞到某个灌木丛后，然后好等着意料之中的追讨；如果还没来得及"藏赃"就被发现，这人会紧走两步拉开距离，嘻嘻哈哈地笑闹一阵，在红姨"该回家吃饭了，赶紧回家去"的哄赶声中笑呵呵地上缴了"赃物"，之后一众同伙心满意足地相继散去。

等到文之斐反应过来红姨这是要把她也拉进来时，衣服已经放好了，她也只剩下笑着点头的份儿。

这天早上，还想故伎重演的老少年们铩羽而归。先是一个老顽童败下阵去，穿蓝衣服的这一个又放马过来，"蓝衣服"慢吞吞地踱过来，左看看右瞅瞅，踌躇一阵，摇摇头，背着手回去了。

再往后只要文之斐来锻炼，红姨就如法炮制，老少年们的压轴戏被改了剧本。逢到他们在衣服周边来回久了，红姨就警醒地边踢腿边赶过来警告："这是人家小嫚的东西，你可别动。""人家小嫚可很厉害，你敢动，小嫚可不饶你。""要晚了，赶紧回家吃饭去吧。"……

老少年们一边不甘示弱地回嘴："不急，等嫚儿走了再拿。""饭还没好呢。"一边冲着文之斐说："嫚儿，别跟她一伙儿，别听她的。"……

文之斐看着这些老顽童只是笑。她觉出来了，对于老少年们来说，和红姨的笑闹就好像水要往低处流，顺势而为罢了，改不改剧本，实在不重要。

六、看着一样，其实不一样

远远地，久未露面的文之斐就看见红姨在追赶着老顽童们要衣服。

"嫚儿，好长时间没见你了，"红姨赶过来打招呼，"看看，都是他们给闹的，到现在还没锻炼完，今天出来时还说要早回去的，又晚了。唉，闹惯了，以前是同事。"

"前阵子忙过年，加上孩子又放寒假，所以没过来。"文之斐笑着回应，"你们是同事啊，我就猜是熟人，要不也不能这么闹。"

"我们都是××船厂的，穿蓝衣服那个是俺厂长，以前还端着架子，退休了，人老了就没架子。我们厂原先在××路，你知道吧？"红姨眼里闪着光，"现在那片修得可漂亮了，外地旅游的都要去，我们以前就住那附近，后来拆迁就都搬到这边了。"

"哦，那您搬过来可有年头了"，文之斐知道现下这片区确实是在几十年前大规模拆迁安置的基础上发展起来的。

"是啊，退休没多久就搬过来了，我退休时才五十岁，现在都八十多岁了。"

闻言，文之斐吓一跳，不由得仔细端详红姨，这才发现她年前贴耳的花白直发烫成了棕红卷发，金色耳环，红色卫衣裤，上衣扎进裤腰里，白板鞋，加上每天雷打不动的那套动作，怎么看也不像八十来岁的老人。

"真不像，我一直以为您也就六十多岁。"文之斐真心地说。

"老了，去年到今年下蹲时明显蹲不到底，蛙跳时腿上也不像以前有力气。"红姨自然诉说着身体的老化，"以前都没跟你说几句话，是穿得少，活动得出汗了，停下来怕感冒。不像他们，都穿着棉袄也没脱。"转身踢腿前红姨又拍了拍文之斐，"嫚儿，你继续，没锻炼完可别长时间停下。"

抱怨回去晚了的红姨显然要更晚了，踢腿到花坛那头的她不断地碰上熟人。

先是迎面碰上一个穿紫色羽绒服的高个女人，两人同时惊喜大叫，紫衣女人张开臂膀给了红姨一个结结实实的拥抱。

然后她又和一位五六十岁的大姨交头接耳地叽咕，欢快的神情很快黯然下去，隐约几声叹息："唉，说没就没了……一天天的……"

再然后，文之斐竟然看见了那只穿衣服的泰迪。几乎同时，红姨朝泰迪跑来的方向迎上去，"来了啊。"就这样文之斐见到了泰迪的主人。上次送泰迪回家，只见到了狗主人的女儿，对方见怪不怪地说："谢谢你送狗回来。我妈早起带狗溜达了，准是又走丢了。"

此刻红姨朝着那个总弄丢狗的老太太迎上去。老太太拄着拐棍，脸瘪得像胡桃，枣红色的毛线帽，同色系的绒面棉袄，咖啡色小脚棉裤，及踝的黑色棉鞋，在红姨面前活像个包裹严实的脆弱瓷器。不一会儿，一位生面孔的大爷加入谈话。接着，泰迪跑起来了，跑两步，停一停，"胡桃"老太太拄着拐棍慢慢地跟在后头。

再一会儿，红姨和大爷一起过来了。文之斐看清大爷身形消瘦还算笔挺，通身黑色，玳瑁茶色眼镜，经过时大爷向踢毽子的文之斐颔首，话却是冲着红姨说的，"你别看，她这可不是一天的功夫。"两人手拉着手唠嗑走远了。

文之斐不由得出了神，她想起这个广场以红姨为纽带被自己看见的人和事：不知谁走失了谁的泰迪狗和主人，退休几十年的一群老人老年生活的冰山一角，偶遇的被红姨点亮笑容的人们，还有人到中年总被红姨喊成"小嫚"的文之斐自己。

她也突然意识到红姨哪里看起来不一样了，那件红色卫衣是绒面的，丝绒材质特有的光泽让她留了意。也许，貌似始终一样的红色衣服，走近了品，内里有光，终究是不一样的。

文之斐一边想，一边快步穿过树木夹道的红砖小道，不经意间扭头，正看见楼间草坪上一只头戴羽冠、五彩斑斓的戴胜鸟振翅起飞。戴胜鸟正飞过扶疏花木，飞上阳光铺洒的高高的树梢。

（2022 年 3 月）

后　记

为你写书

儿子小童是书里某些文章的第一读者。

准确地说，是第一听众。整理结集的日子里，有时我会读给他听，问问他有什么想法，然后两人叽叽喳喳地笑闹一阵。

忘了哪次我脱口而出："我把这些文章写成书送给你，你觉得好不好？"孩子两眼放光地喊："太好了！妈妈，说话要算话。"

许给孩子的诺言自然要算数，而且这一句脱口而出也让我觉察到，潜意识里自己对于写作一直念念不忘，所以才会有这么多年总也没有放弃的随笔拾遗，以及近几个月来整理结集的行动。

当然，过程中我还是免不了常常嘀咕："都过了不惑之年了，才来结集成书？这样碎碎念的文字，真有意义？"

这样的时候，总有一个声音安静地说："又内耗了，别反复，想做就做，随心自在。"

于是我就该干啥干啥，竟然就这么走到了收尾。

写下这些文字的当下，我想起跟小家伙许下的诺言：为你写本书。那个时刻，是身为妈妈的我在说话吧。除此之外，我在这本书里还以不同的角色、不同的面相说了很多话：有女儿对父母的话、女人对爱人的话、从青春到中年的路上自己对自己说的话……

倘若你我有缘在文字的国度里相逢，倘若这些琐碎的文字能够为你带去哪怕一丝丝的共鸣和慰藉，写下这些文字的我，都会感到无上荣光与幸福。

祝福你、我，每一个亲爱的我们，此生宁静自洽。

2022 年 10 月 14 日于青岛